Frank-Martin Stahlberg

Lila 2

Das Duell

Fantasyroman

Mit Illustrationen des Verfassers

Weitere Bände der Fantasyreihe `Lila`:

Herstellung und Verlag:
BoD – Books on Demand, Norderstedt
ISBN 9783837062663

Bibliografische Information der Deutschen Nationalbibliothek
Die Deutsche Nationalbibliothek verzeichnet diese Publikation in der
Deutschen Nationalbibliografie; detaillierte bibliografische Daten sind
im Internet über http://dnb.d-nb.de abrufbar

Lila saß am Seeufer, den Kopf in die Hände gestützt und starrte mißmutig vor sich hin. Morgen würde sie mit ihrer Mutter Sara vorläufig an den Ullasee zurückkehren müssen, um bei den Vorbereitungen zur Umsiedelung in das Kartal zu helfen; dabei wäre sie viel lieber hier bei ihrer Cousine Camilla und ihrer Tante Killy geblieben, denn in den vergangenen Wochen hatten sie derart viel zusammen erlebt, daß es ihr schwerfiel, nun ohne sie auszukommen. Verärgert trat sie mit dem Fuß ins Wasser, daß es mächtig aufspritzte. "He, was soll das?!" rief die neben ihr sitzende Camilla empört aus, "ich kann doch nichts dafür, also laß deine Wut nicht an mir aus!"

"Aber, das ist doch wirklich doof, warum können wir nicht hierher ziehen statt ins Kartal?! Oder ihr zieht mit uns dort hin. So wie sie es jetzt planen, sehen wir uns dann ja kaum noch!" ereiferte sich Lila und erzeugte erneut einen Wasserschwall, der sie beide klitschnaß werden ließ.

"Nun ist's aber gut!" Camilla sprang auf, lief ins Wasser und bespritzte nun ihrerseits Lila nach Kräften mit dem kühlen Naß. Es entwickelte sich eine wilde Wasserschlacht, die im Endeffekt keinen eindeutigen Sieger fand. Am Schluß lagen die beiden Elfenmädchen völlig aus der Puste am Ufer und bemühten sich, ihre Haare und die Flügel wieder trocken zu bekommen.

"Jetzt fällt mir auch noch ein", fing die frustrierte Lila erneut an, "wenn Bernhard mit Anna und Martha, vielleicht sogar mit Corinna zu Besuch hierherkommt, bekomme ich es gar nicht mit, dabei möchte ich sie doch auch so gerne wiedersehen, nach allem, was wir gemeinsam erlebt haben!"

"Stimmt, das ist natürlich besonders ärgerlich", bestätigte ihre Freundin, "wir können zwar auch zu ihnen fliegen, wenn du mal zu Besuch hier bist, aber dann ist die Wahrscheinlichkeit, auch Corinna dort anzutreffen, extrem gering."

"Warum will meine Mama bloß nicht hier bei euch wohnen? Ich finde die Elfen vom Ullasee sowieso alle langweilig und blöde."
"Ganz vielleicht ziehen ja auch alle Elfen von hier mit ins Kartal."
"Wie kommst du denn darauf, Milla?"
"Jondras hat so etwas erwähnt. Weil doch jetzt so viele Menschen im Sumpf an der Erforschung der Pyramide arbeiten, seit der Magier Urkalan dort vertrieben wurde, bestünde eine immer größer werdende Gefahr, daß sich welche von ihnen auch bis hierher verirren könnten. Das hat auch Bernhard bestätigt, und er als Mensch wird es wohl beurteilen können."
"Oh, das wäre doch toll! Hoffentlich entscheidet sich euer Dorfoberster, Histran, für diese Möglichkeit!"
"Komm, Lil, laß uns hochgehen zu unserer Hütte, es wird schon dunkel, und es gibt jetzt auch wohl Abendessen."
Mit neu erwachter Hoffnung lief die elfjährige Lila hinter ihrer drei Jahre älteren Cousine her zu dem Haus ihrer Tante Killy.
Dort war der Abendbrottisch bereits gedeckt, an dem Killy und ihre Schwester Sara, Lilas Mutter, saßen und sich angeregt unterhielten.
"Na, da seid ihr ja endlich", sagte Sara und sah auf. "Meine Güte, wie seht ihr denn aus, ihr seid ja pitschnaß!"
"Och, wir haben nur ein bißchen im See gebadet", erklärte Lila beiläufig.
"Dann trocknet euch erstmal richtig ab, sonst bekommt ihr noch eine dicke Erkältung, und das kannst du bei den bevorstehenden, anstrengenden Flügen nun überhaupt nicht gebrauchen, Lila!"
"Ja Mama, o.k., Mama", kam es leicht genervt von Lila zurück.
Später, als sie in den Betten lagen, fragte Camilla: "Sag mal, Lil, wie wollt ihr eigentlich eure ganzen Sachen vom Ullasee zum Kartal transportieren? Die Möbel und so'n Kram? Die kann man im Flug ja gar nicht tragen."

4

"Ich glaube, das lassen wir alles da und bauen die Sachen neu, wenn wir dort sind. Wir nehmen nur alles mit, was man tragen kann, und selbst dafür müssen wir schon etliche Male fliegen, denn zu Fuß läßt sich der Weg nicht bewältigen; es wäre auch viel zu weit und würde ewig dauern. Jedenfalls graut mir schon ziemlich vor der ganzen Plackerei!"

"Oh je, das kann dann ja ganz schön lange dauern, bis ihr wieder eine komplett eingerichtete Wohnung habt!"

"Das kannst du wohl sagen! Wir werden zu Anfang eine ganze Zeit in Behelfshütten hausen müssen. Hoffentlich haben wir nicht so'n Mistwetter während dieser Phase!"

"Sollten die sich hier noch entschließen, auch dorthin zu ziehen, dann müßt ihr uns einen guten Platz, möglichst dicht bei euch, freihalten, o.k.?"

"Ich werd's versuchen, Milla, aber versprechen kann ich es natürlich nicht."

"Weißt du eigentlich, wo genau im Kartal ihr euer Dorf aufbauen wollt?"

"Mama meint, daß wir die Siedlung an dem Biberteich bauen wollen; du erinnerst dich doch, da wo dieser Fisch mich geschnappt und unter Wasser gezogen hatte und Anna mich gerade noch retten konnte."

"Klar, wie könnte ich das vergessen. Weißt du noch, wie schlecht es Corinna da ging? Die Arme wäre dort sicherlich gestorben, wenn Histran und die anderen nicht rechtzeitig mit Martha und Bernhard erschienen wären."

"Das waren echt schlimme Stunden", bestätigte Lila und schauderte in Gedanken an die schrecklichen Erlebnisse. "Ein Glück nur, daß Urkalan, Gregor und all diese Monsterwesen in der Ruinenstadt verbrannt sind!"

Die beiden Mädchen legten die Arme umeinander und hielten sich ganz fest, während sie an die dunklen Tage der Gefahr zurückdachten.

Konnte es sein, daß dies alles erst drei Wochen her war? Es kam ihnen vor, als lägen die beängstigenden Erlebnisse bereits Monate oder gar Jahre zurück.

Als Killy am nächsten Morgen das Zimmer betrat, lagen die zwei immer noch in fester Umarmung und tiefem

Schlaf in Camillas Bett. Sie betrachtete gerührt das sich ihr bietende Bild und konnte sich kaum dazu durchringen, die Kinder zu wecken. Sanft strich sie beiden über ihre Wangen.

"Guten Morgen ihr kleinen Langschläfer", sagte sie leise. Lila und Camilla schlugen die Augen auf.

"Oh", gähnte Camilla, "ist es wirklich schon Morgen?"

"Ich hab' überhaupt keine Lust aufzustehen", nuschelte Lila und kuschelte sich tiefer in die warme Bettdecke.

"Leider läßt es sich nicht vermeiden", bedauerte Killy, "schließlich müßt ihr bald los, damit ihr nicht im Dunkeln am Ullasee ankommt. Also rafft euch auf und kommt zum Frühstück."

Mit diesen Worten verließ sie das Zimmer.

"Das wird jetzt 'ne langweilige Zeit", brummte Camilla, "was mache ich hier bloß ohne dich?"

"Du hast doch noch deinen Freund Bregard", erinnerte Lila und grinste hämisch.

"Mann, das ist nicht mein Freund, wie oft muß ich dir das noch sagen!" schrie Camilla erbost, sprang aus dem Bett und zog Lila die Decke weg, um ihr anschließend auch noch ein Kissen an den Kopf zu werfen.

Lila hüpfte nun auf dem Bett herum: "Ist er jawohol, ist er jawohol!" skandierte sie.

Camilla erwischte mit einem Hechtsprung Lilas Beine und brachte sie zu Fall, dann kitzelte sie sie nach allen Regeln der Kunst durch.

"Halt, ooh, halt, hör auf, ich kann nicht mehr, ich krieg keine Luft mehr!" japste Lila unter Lachkrämpfen.

"Erst wenn du zugibst, daß Bregard nicht mein Freund ist", drohte Camilla und verstärkte noch ihre Anstrengungen.

"Ja, ja, ich geb alles zu, was du willst!" keuchte Lila und ließ sich erschöpft nach Luft ringend zurücksinken, als ihre Cousine von ihr abließ.

"Und er ist doch dein Freund", flüsterte sie kaum hörbar.

"Was war das?!"

"Nichts, nichts!" versicherte Lila hastig.

"Das will ich aber auch gemeint haben!"

Nachdem sie das Bett wieder in Ordnung gebracht hatten, liefen sie zum Frühstück nach draußen.

"Na, das wurde aber auch Zeit", meinte Sara, "wir wollen gleich los, also sieh zu, daß du in die Gänge kommst, Lila!"

Als Lila ihre zwei Honigbrötchen verdrückt und den Hagebuttentee getrunken hatte, hieß es Abschied nehmen.

"Paßt auf euch auf!" sagte Killy und umarmte Sara wie auch Lila, danach war Sara dran, das Gleiche mit Camilla zu tun, und zum Schluß gaben sich die beiden Mädchen noch einen Kuß.

"Sieh zu, daß du bald wieder da bist, Lil", sagte Camilla, und es schimmerte verdächtig in ihren Augen.

"Klar doch", erwiderte Lila und drehte sich schnell weg, denn auch ihr war ziemlich nach Heulen zu Mute.

"Komm Lila, wir müssen!" Sara nahm ihre Tochter bei der Hand, und sie flogen, zum Abschied winkend, endlich los. Bald hatten sie das Tal mit dem See hinter sich gelassen und flogen entlang des tief einge-schnittenen Flußlaufes nach Norden, bis sie die vorspringende Klippe erreicht hatten. Hier mußten sie das Tal verlassen und flogen nun zwischen den hohen, grün bemoosten Stämmen der alten Buchen durch den großen Wald. Lila erinnerte sich noch an den Hinweg vor einigen Wochen, wie kaputt sie da gewesen war. Jetzt machte ihr das alles nicht mehr viel aus, denn durch die anstrengenden Abenteuer der letzten Zeit hatte sie eine wesentlich bessere Kondition als damals. Sie erreichten das Gebiet, wo sie sich vormals zu Fuß durch das Unterholz gezwängt hatten, weil Sara zuvor Bussarde gesehen hatte, die für die ja nur etwa eine menschliche Spanne großen Elfen eine große Gefahr darstellten. Diesmal war von den Greifen nichts zu sehen, deshalb entschieden sie sich, den Weg über dem Wald fortzusetzen. Aus diesem Grund kamen sie auch wesentlich schneller vorwärts und hatten den Wald schon am frühen Nachmittag hinter sich gelassen. Wenig später kam die Ranne in Sicht, der Fluß, der die Grenze des bewachten Elfengebietes vom Ullasee bildete. Es war jedoch weit und breit keine der üblichen Elfenpatrouillen zu sehen. Leicht befremdet überquerte Sara mit Lila im Schlepptau den Fluß und flog voran über die sanften, mit vereinzelten Wachholderbüschen bestandenen Hügel, deren Heidebewuchs in voller Blüte stand.

"Vorsicht Mama, dort oben, ein Bussard!"

Sara blickte nach oben. "Das ist kein Bussard, Lila, das ist ein Adler. Und da, und dort, das sind ja fünf, nein, gleich sechs von ihnen. Was machen die hier, und wo kommen sie her, hier gibt es doch normalerweise gar keine Adler!"

Sie setzten ihren Weg vorsichtig fort, von einer Deckung zur nächsten fliegend und ständig die mächtigen Vögel im Auge behaltend.

"Was ist denn das hier?" fragte Lila.

Sie hatten soeben Deckung in einer kleinen Gruppe von Wachholderbüschen gesucht, und Lila hatte etwas Weißliches entdeckt, das unter einem der Büsche zu sehen war. Sie griff danach und zog.

"Oh mein Gott!" rief Sara entsetzt aus und schlug die Hände vor den Mund. Lila war ebenso geschockt; das, was sie jetzt erschrocken hatte fahren lassen, war der obere Teil des Brustkorbes sowie der Schädel einer Elfe oder eines Elfen. Die Überreste waren bereits vollkommen skelettiert, und so war nicht mehr identifizierbar, um wen es sich gehandelt haben mochte.

"Warum ist das Skelett denn nicht gefunden worden", fragte Lila ihre Mutter, "es lag doch gar nicht so verborgen, und man muß ihn oder sie doch vermißt haben?"

"Das kann ich mir auch nicht erklären", erwiderte Sara, "wir sollten so schnell wie möglich das Dorf erreichen und Karmak, unseren Dorfältesten informieren!"

Mit blassen Gesichtern verließen sie ihr Versteck, überflogen das letzte Stück der Wachholderheide und folgten dem Lauf des Krautbaches durch die blühenden Sumpfwiesen. Sara hatte ein beklemmendes Gefühl in der Brust; noch immer war ihnen keiner der Ullaseeelfen begegnet, die hier normalerweise um diese

Tageszeit überall unterwegs waren. Zudem waren viele der hier wachsenden Pflanzen stark beschädigt oder angefressen, doch gab es keine näheren Hinweise, was solche Schäden angerichtet haben könnte. Es waren nur noch ein paar hundert Meter bis zum Dorf, als sie zu ihrem Entsetzen die nächsten Elfenskelette fanden. Zwei von ihnen hielten noch ihre zerbrochenen Lanzen in den knöchernen Fingern, die anderen beiden waren offensichtlich Kinder gewesen. Viele ihrer Knochen waren gebrochen, die Skelette regelrecht auseinandergerissen. Lila erbrach sich bei dem furchtbaren Anblick, und auch Sara ging es nicht viel besser. Wer oder was hatte hier nur so gewütet?

Erfüllt von quälender Angst, legten sie das letzte Stück bis zum Dorf zurück. Was sie dort erwartete, übertraf ihre schlimmsten Befürchtungen: Sämtliche Hütten und Häuser waren zerstört und größtenteils verbrannt; überall dazwischen lagen die übel zugerichteten Überreste der Bewohner, egal ob Männer, Frauen oder Kinder, niemand war verschont worden. Lila klammerte sich weinend an ihre Mutter.

"Waren das wohl die Adler?" fragte sie schluchzend.

"Ich weiß es nicht, mein Kind", antwortete Sara unter Tränen, "ich habe keine Ahnung, was es war, aber es waren mit absoluter Sicherheit nicht nur Tiere, denn Tiere legen kein Feuer."

Sie zwang sich zur Beherrschung und durchsuchte das ganze Dorf, gefolgt von der unter Schock stehenden Lila, um sicherzugehen, ob nicht vielleicht doch jemand versteckt hatte überleben können. Aber alle Suche blieb vergebens. Es war zu sehen, daß sich viele Elfen verzweifelt gewehrt haben mußten, denn etliche hatten ihre Waffen bei sich, aber entweder war es ihnen nicht gelungen, auch nur einen der Angreifer zu töten, oder diese hatten ihre Gefallenen mitgenommen, denn außer Elfenskeletten waren keinerlei sterbliche Überreste anderer Lebewesen zu finden. Lila hockte sich bei einem der kleinen Skelette nieder, bei dem ihr ein Glitzern aufgefallen war: es war eine silberne Kette, an welcher ein schimmernder Glückskäfer befestigt war.

"Oh, Mama!" schrie sie verzweifelt auf, "es ist Fianna!" Neuerlich liefen ihr die Tränen über die Wangen; wie oft hatte sie mit der kleinen Fianna Blumen gepflückt, Ketten oder Kränze daraus geflochten und auf die Sechsjährige aufgepaßt, wenn deren Eltern nicht da waren. Nie wieder würde sie ihr unbeschwertes Lachen hören und in ihre fröhlichen, tiefblauen Augen sehen! Ihre ganze Welt, in der sie aufgewachsen war, schien aus den Fugen zu geraten, nichts würde jemals wieder so sein wie früher. Ihr schwindelte, und in ihrem Magen rumorte es erneut. Dann fühlte sie, wie die Arme ihrer Mutter sich um sie legten. Lila drückte sich zitternd an den einzigen Halt, der ihr geblieben war.

"Wir sollten lieber schnell weg hier", befand Sara mit einem besorgten Blick nach oben. Lila sah ebenfalls hin und bemerkte, daß die Adler, deren Anzahl sich auf über ein Dutzend vergrößert hatte, mittlerweile wesentlich niedriger über ihnen kreisten.

Sie versteckten sich vorläufig unter einem dichten Dornengesträuch, um die Dunkelheit abzuwarten, denn bei Helligkeit würde es ihnen schwerfallen, über die offenen Heidestellen und den Fluß zu kommen, falls die Adler es auf sie abgesehen haben sollten. Bei Anbruch der Nacht zogen sich die Adler zurück, da sie keine nachtaktiven Jäger waren.

Lila kroch hinter Sara her aus dem Gebüsch. Zwei unsteten Schatten gleich flogen sie durch die nächtliche Gräue dem schützenden Wald entgegen. Lila kam es vor, als wolle der Weg dorthin kein Ende nehmen; bei jedem kleinsten Geräusch zuckte sie panisch zusammen. Endlich tauchte die dunkle Wand des Waldes vor ihnen auf. Sara schlüpfte durch eine Lücke in das Unterholz und drehte sich zu Lila um.

Deutlich hob sich diese vor dem mondhellen Himmel ab. Doch plötzlich, von einer Sekunde auf die andere, war ihre Silhouette nicht mehr die einzige: Ein riesenhafter Schatten verdunkelte das Licht des Mondes. Lila, die dies ebenfalls bemerkte, drehte sich um; ihr stockte der Atem, als sie eine Eule erkannte, die mit ihren

gewaltigen Krallen nach ihr griff. Im letzten Sekundenbruchteil, als die Krallen zuschnappten, fühlte sie sich nach hinten gerissen. Direkt vor ihrem Gesicht schlossen sich die Klauen, und der nächtliche Jäger drehte mit einem enttäuscht klagenden Schrei ab.

Sara nahm die völlig aufgelöste Lila in den Arm und versuchte sie zu beruhigen. Sie selber war jedoch ähnlich betroffen, so daß ihr dies nur halbwegs gelang. Immerhin hatte sie Lila nach einiger Zeit soweit, daß sie ihren Weg fortsetzen konnten. Die ganze Nacht schleppten sie sich vorwärts, gepeinigt von Müdigkeit und den entsetzlichen Bildern, die sich ihnen dargeboten hatten. Endlich, in den frühen Morgenstunden, als sich die ersten Sonnenstrahlen über den Horizont tasteten, erreichten sie total erschöpft die Hütte von Killy.

2

Schweigen breitete sich in der Ratshalle aus. Soeben hatten Sara und Lila ihren Bericht über die grausigen Geschehnisse vom Ullasee beendet. Die Gesichter der hier versammelten führenden Persönlichkeiten des Elfendorfes, unter Vorsitz Histrans, zeigten eine Mischung vielfältigster Gefühle: Angst, Wut, Entsetzen und Ungläubigkeit, daß intelligente Wesen - davon ging man wegen des gelegten Feuers aus – anderen so etwas anzutun, überhaupt im Stande waren.

"Ich hatte gedacht, daß wir nach dem Tode Urkalans nun ohne Angst leben könnten", brach die leicht quäkige und belegt klingende Stimme des Korbflechters Meanmar die Stille, "aber nach diesem unbeschreiblichen Massaker erscheint unsere Zukunft düsterer und gefährdeter denn je."

"Vor allem die Ungewißheit, wer oder was überhaupt Urheber jener Bluttat war, macht alles noch schwieriger. Wir wissen ja gar nicht, vor was, oder wogegen und deshalb auch wie wir uns schützen müssen", fügte Jondras mit tiefer Bitterkeit in der Stimme hinzu.

"Eine Gegenwehr mit den normalen, uns zur Verfügung stehenden Waffen scheint in Anbetracht der von Sara und Lila beschriebenen Funde völlig aussichtslos zu sein", erklärte Histran, "wir müssen unbedingt eine Gruppe von uns dorthin schicken, um Anhaltspunkte zu finden, wer die Bedrohung für uns ist und natürlich auch, um die Toten zu bestatten."

"Ich glaube", ließ sich nun Sara vernehmen, "daß wir die direkte Beteiligung von Menschen wohl ausschließen können."

"Wie kommst du darauf, Sara?" fragte Toldar, Vater des ebenfalls anwesenden siebzehnjährigen Bregard, und zog erstaunt die Augenbraue hoch, "ich dachte, wir wären wegen des Feuers gerade sicher, daß einer oder mehrere Menschen beteiligt gewesen sein müssen."

"Tja, das Feuer bereitet auch mir Kopfzerbrechen", erwiderte Sara, "aber wenn Menschen dort gewütet hätten, wären die Häuser anders, totaler zerstört gewesen, und ich habe auch keinerlei menschliche Fuß- oder Schuhabdrücke gesehen."

"Wenn ausschließlich Menschen den Angriff ausgeführt hätten", warf Histran ein, "wären wohl auch die meisten Elfen fliegend entkommen; außerdem hätten sie auch wohl kaum versucht, sich gegen Menschen mit Lanzen und Schwertern zu verteidigen, da solches Unterfangen, wie jedem Elf bekannt sein dürfte, völlig aussichtslos ist."

"Es müssen kleinere Lebewesen gewesen sein", vermutete Camilla, "weil die Toten skelettiert waren und größere Tiere hätten die Knochen zum Teil mitgefressen oder zermalmt."

"Das kann man nicht mit Sicherheit sagen", widersprach Histran, "das Abnagen der Skelette kann auch später, zum Beispiel von Ameisen, erfolgt sein. Ich schätze, bevor wir dort nicht alles gründlich untersucht haben, wird alles wilde Spekulation bleiben. Auf jeden Fall müssen sich ab sofort alle hier lebenden Elfen so verborgen wie möglich halten, um, sofern es geht, eine Entdeckung durch diese mysteriösen Feinde zu vermeiden. Insbesondere müssen alle Eltern ihre Kinder unter verstärkter Aufsicht haben und sie nur draußen spielen lassen, wo eine Entdeckung auszuschließen ist."

"Was denkst du, Histran", fragte Jondras, "haben die Adler wohl etwas mit dem Angriff zu tun?"

"Hm, eigentlich gehe ich davon aus, daß dies eher nicht der Fall ist, weil die Adler die angegriffenen Elfen wohl schlimmer zugerichtet hätten. Andererseits weiß ich auch überhaupt noch nicht, wie ich das Erscheinen dieser Vögel einzuordnen habe. An und für sich sollten Adler keine allzu große Bedrohung für uns Elfen darstellen, weil wir für sie als Beute einfach zu klein sind."

"Und was ist mit der Eule, die mich greifen wollte?" verlangte Lila zu wissen.

"Ich denke", meinte Jondras, "ich denke, daß die Eule wohl nichts mit dem Überfall zu tun hat; sie wird wohl nur auf einer für Eulen normalen Jagd gewesen sein, und Elfen passen von ihrer Größe nun einmal als Beute."

"Sara, wie steht es mit dir", wollte nun Histran wissen, "darf ich dich denn bitten, uns noch einmal zum Ullasee zu begleiten? Ich weiß, wie schwer das für dich ist, aber du kennst den Weg am genauesten, und außerdem bist du die einzige, die die traurige Aufgabe übernehmen könnte, die Toten, oder wenigstens einen Teil von ihnen zu identifizieren, da du ja dort gelebt hast."

Er blickte Lilas Mutter fragend an.

"Nun, ich muß ja wohl oder übel, aber ich lasse Lila nach diesen Erlebnissen nicht gern allein."

"Ach Mama, mach dir keine Sorgen", warf Lila ein, "ich komm schon darüber hinweg. Außerdem bin ich ja nicht alleine, Milla und Killy sind doch auch noch da."

"Klar", stimmte Camilla zu, "wir werden uns schon um Lila kümmern!"

Auch Killy nickte zustimmend, so daß Sara seufzend endgültig zusagte, am nächsten Tag mit der Gruppe um Histran zu dem Ort der Bluttat zu fliegen.

Zurück in Killys Behausung nahm Sara Lila in den Arm: "Lila, du mußt mir versprechen, daß du, beziehungsweise ihr - dabei blickte sie Camilla an – keine eigenmächtigen Touren unternehmt. Nein, nein, Lila, du brauchst mich nicht so empört anzusehen; wie du dich wohl noch recht gut erinnern kannst, wäre es wahrlich nicht das erste Mal! Aber diesmal ist die Gefahr noch ungleich größer, da wir bislang überhaupt nicht wissen, was es ist, doch sehr wohl, was es anrichten kann. Also, gehorche Tante Killy aufs Wort, verstanden!?"

"Ja, Mama!"

"Ich werd' mein Bestes tun, die beiden Rangen im Auge zu behalten", versicherte nun auch Killy ihrer Schwester, "versuche du nur, deinen Kopf für die bevorstehende Aufgabe freizuhalten, damit du nicht die Gefahr für dich selbst aus den Augen verlierst."

In der folgenden Nacht fiel es ihnen allen schwer, Schlaf zu finden. Camilla meinte, eben erst eingeschlafen zu sein, als ein entsetzlicher Schrei sie weckte. Verwirrt und schlaftrunken fuhr sie hoch, wild um sich blickend. Da ertönte der Schrei erneut, direkt neben ihr. Noch nicht ganz bei sich, stimmte sie verängstigt mit ein. Auf dem Flur war Poltern zu vernehmen, dann wurde die Tür aufgerissen, und Killy und Sara stürmten mit schreckgeweiteten Augen ins Zimmer. Die Lampe, die Killy in der Hand hielt, beleuchtete die verschreckt im Bett kauernde Camilla und neben ihr Lila, die, gerade als die beiden Mütter den Raum betraten, den dritten Schrei ausstieß. Sara lief zu ihrer Tochter und schüttelte sie leicht, um sie wachzubekommen, denn Lila stand dort mit zwar aufgerissenen, doch blicklosen Augen und war offensichtlich noch fest in einem Alptraum gefangen. Langsam kam sie wieder zu sich und barg schluchzend ihr Gesicht an Saras Brust.

"Lila, es ist alles gut. Es war nur ein böser Traum", flüsterte ihre Mutter, den Kopf Lilas streichelnd, "es ist nichts passiert, wir sind doch bei dir!" Mit diesen Worten hob sie Lila auf und trug sie zum Bett zurück. Mittlerweile hatte sich auch Camilla durch Killy beruhigen lassen und lag nun wieder entspannt in ihrem Bett. Während Sara Lila nun ein Schlaflied sang, um ihren aufgewühlten Geist zu besänftigen, verließ Killy leise den Raum. Als Sara feststellte, daß auch Lilas Atemzüge wieder ruhig gingen, gab sie ihr noch einen Kuß auf die Stirn und folgte ihrer Schwester.

"Milla?"

"Ja, Lila?"

"Sag, kann ich mit zu dir ins Bett? Ich hab Angst, daß die bösen Träume wiederkommen."

"Na klar, komm her!"

Rasch sprang Lila aus ihrem Bett und schlüpfte zu Camilla unter die Decke.

"Was hast du denn Schreckliches geträumt, daß du so geschrien hast, Lil?"

"Ich hab geschrien? Davon habe ich gar nichts gemerkt!" staunte Lila.

"Und wie, das kann ich dir sagen! Ich hatte tierische Angst, daß irgendetwas Furchtbares passiert. Zuerst, als ich durch die Schreie wach wurde, habe ich auch gar nicht mitgekriegt, daß du es bist."

"Es war aber auch entsetzlich! Ich habe geträumt, der Magier Urkalan lebte noch und hatte uns Elfen alle gefangen. Dann hat er seinen Riesenameisen befohlen, alle bis auf die Knochen abzunagen. Gerade fingen sie bei Mama an ... !" Lila fing wieder an zu schluchzen.

"Iii, das ist ja grausig! Du Ärmste!" Camilla streichelte Lilas Arm, bis sie sich wieder gefangen hatte.

"Du, Milla, was meinst du", grübelte Lila, "könnte es nicht sein, daß Urkalan den Brand in der Ruinenstadt überlebt hat? Dann wäre es doch möglich, daß er etwas mit dem Massaker vom Ullasee zu tun haben könnte."

"Kann ich mir eigentlich nicht vorstellen", erwiderte ihre Cousine, "das war eine derartige Flammenhölle in den Gewölben, und dann gab es doch, als wir draußen waren, auch noch diese enorme Explosion. Nein, ich kann es nicht glauben, daß irgend ein Lebewesen so etwas überstehen kann!"

"Eigentlich habe ich das auch so gedacht, aber andererseits, wer sonst hätte irgendetwas davon, die Elfen auszurotten? Bei Urkalan könnte man sich so etwas aus Rache vorstellen."

"Mir fällt auch noch etwas ein, was für deine Vermutung spräche", sinnierte Camilla, "und zwar das Feuer."

"Hä? Wieso sollte das auf Urkalan hindeuten."

"Na ja, deine Mama hat doch gesagt, daß es keinerlei Spuren gab, die auf Menschen hindeuteten, Fußspuren oder so; Urkalan hatte aber doch vor, Tiere mit elfischer oder menschlicher Intelligenz zu versehen, oder hatte es sogar teilweise schon geschafft, wenn ich an die Viecher in dem Gewölbe denke, wo Anna und Corinna eingesperrt waren, so hätten auch irgendwelche derart veränderten Tiere das Feuer legen können."

"Das stimmt, Milla! Darauf wäre ich nicht gekommen. Das müssen wir unbedingt den anderen erzählen, bevor sie morgen losfliegen, damit sie mit der Möglichkeit rechnen, daß sie intelligenten Tieren gegenüberstehen, oder daß Zauberei im Spiel ist!"

Mit diesem Entschluß schliefen die beiden ein.

3

Als sie am nächsten Morgen geweckt wurden, stahlen sich gerade erst die ersten Sonnenstrahlen über den Horizont. Weil die Elfenmädchen so aufgeregt darauf brannten, ihren Müttern die Ergebnisse ihrer nächtlichen Unterredung mitzuteilen, mußte die Morgenwäsche heute bedauerlicherweise ausfallen.

"Huch, wo kommt ihr denn schon her?" wunderte sich denn auch Killy prompt, "so schnell seid ihr ja noch nie aus den Betten gefallen!"

"Wir müssen euch unbedingt noch etwas erzählen, bevor Mama losfliegt!" sprudelte Lila hervor, "wir ... !"

"Wir glauben, daß Urkalan gar nicht tot ist, und daß er hinter der üblen Geschichte stecken könnte!" rief Camilla dazwischen. Dann berichteten sie geordneter von den Schlußfolgerungen, zu denen ihre Überlegungen sie geführt hatten.

"Ihr habt recht, so abwegig dies im ersten Moment erscheinen mag, so wenig darf man eine derart gefährliche Möglichkeit außer acht lassen. Ich werde Histran und die anderen darauf hinweisen, so daß wir uns von Aktionen Urkalans nicht so leicht überraschen lassen werden", versicherte Sara, "es ist gut, daß ihr darauf gekommen seid. Aber bitte bedenkt, daß auch ihr hier sein Ziel werden könntet, wenn er denn wirklich noch lebt, und laßt auch hier dementsprechende Vorsicht walten!"

"Ach, wenn ich daran denke, wie es hier noch vor einem Vierteljahr gewesen ist: Keinen Gedanken brauchte man an derart furchtbare Dinge zu verschwenden; es gab sie einfach nicht. Und jetzt? Ein grauenvolles Ereignis jagt das nächste, und es ist kein Ende abzusehen", sagte Killy traurig.

"Du hast recht, Schwester, wir müssen alles daransetzen, endlich ein für alle Mal damit fertig zu werden. Auch dürfen wir nicht vergessen, Bernhard, seine Familie und Corinna zu informieren, denn auch sie werden das Ziel von Urkalans Rache sein, so er noch lebt."

"Das können wir machen!" rief Camilla, "dürfen wir Mama, ja? Wir waren doch schon mehrmals dort und kennen uns aus. Wir sind auch supervorsichtig!"
Killy schaute nachdenklich drein: "Was meinst du Sara, können wir sie allein dort hinlassen?"
"Ich weiß nicht, in Anbetracht der drohenden Gefahr?"
"Och bitte, wir passen auch wirklich ganz doll auf!" versprach jetzt auch Lila, "wir kennen den Weg dahin so genau, daß uns niemand sehen wird."
"Eigentlich würde ich lieber mitkommen", sagte Killy, "aber Histran hat mich gebeten, den Vorsitz im Dorfrat zu übernehmen, solange ihr auf eurer Exkursion seid. Darum kann ich nicht weg."
"Nun, Kinder, wenn ihr fest versprecht, aufzupassen und nicht noch irgendwoanders hinzufliegen, denke ich, daß wir ihnen diese Aufgabe anvertrauen können", entschied Lilas Mutter.
"Toll!" rief Lila, "dann sehen wir endlich Anna, Martha und Bernhard wieder!"
Sara lächelte still in sich hinein; vielleicht würde dies Lila helfen, die schrecklichen Bilder vom Ullasee ein wenig zu verdrängen. Ihre Gedanken wurden durch energisches Klopfen an der Tür unterbrochen.
"Herein, die Tür ist offen!" rief Killy.
Durch die Tür trat nun Histran, der Oberste der hiesigen Elfen, in die Wohnung.
"Guten Morgen alle zusammen", grüßte er.
"Guten Morgen Histran!" erwiderten die vier weiblichen Elfen wie aus einem Munde.
"Bist du soweit, Sara?" fragte Histran, "dann sollten wir uns gleich auf den Weg machen."
"Ja, ich bin soweit, aber vorher solltest du dir vielleicht noch anhören, was unseren beiden Mädchen heute nacht noch aufgefallen ist."
"Aber natürlich, wenn es denn wichtig ist. Soviel Zeit muß übrig sein, "willigte der Angesprochene ein, "was ist euch zwei jungen Damen diesmal durch den Kopf gegangen?"
"Wir befürchten, daß Urkalan noch lebt und hinter dem Überfall am Ullasee stecken könnte", erklärte Camilla

und erläuterte anschließend, wie sie zu diesem Schluß gelangt waren. Histran zeigte ein deutlich betroffenes Gesicht. "Meine Güte, da müssen erst zwei Kinder kommen, um uns auf einen so naheliegenden Gedanken zu bringen! Daß wir da in der Besprechung gestern nicht darauf gekommen sind, ist ja schon fast peinlich. Ja, ich muß zugeben, es erscheint durchaus logisch, und ich bin geneigt, mich eurer Denkweise anzuschließen. Demzufolge müssen wir noch deutlich achtsamer vorgehen, als ohnehin schon geplant. Komm schon mal mit, Sara,wir gehen die anderen draußen informieren, und dann brechen wir auf!"

Sara verabschiedete sich noch hastig von Killy und den Kindern, welche ihr nach draußen folgten, um die übrigen Elfen zu begrüßen und zum Abschied zu winken. Es waren - mit Sara - neun Elfen, die an dem Flug teilnehmen sollten. Neben Histran waren dies der Korbflechter Meanmar, der Goldschmied Jondras, seine Frau Kara, einer der Dorflehrer, Toldar, dessen siebzehnjähriger Sohn Bregard, der Jäger Dungan und letztendlich noch der Seiler Welard. Bis auf Sara und Kara waren alle bewaffnet und hatten zusätzlich noch Schaufeln mitgebracht, um die Toten begraben zu können. Mit bangem Gefühl im Herzen sahen die drei Daheimbleibenden nun die Gruppe fortfliegen.

"Was meinst du, Milla, sollten wir uns nicht auch auf den Weg machen? Wenn es wirklich eine Racheaktion von Urkalan war, dann schwebt Bernhard mit seiner Familie in größter Gefahr. Das Schlimmste dabei ist ja eben, daß er nichts davon ahnt!"

"Du hast recht Lil, wir sollten sofort los. Ist das o.k., Mama?"

"Meinetwegen, ich muß sowieso gleich weg, ins Dorf, um Histrans Aufgaben wahrzunehmen, solange er fort ist. Aber bevor ihr fliegt, werdet ihr erst etwas essen, klar?"

"Ja. Komm, Lil!" Sie rannten ins Haus, um eilig das vorhin unterbrochene Frühstück zu beenden.

"Hey Lil, wir hau'n ab, wir können die Brötchen doch auch unterwegs weiteressen!"

Lila schnappte sich ihr Marmeladenbrötchen und folgte Camilla, die, kaum daß sie das Haus verlassen hatte, ein hohes Tempo anschlug und den See entlang nach Süden flog. Es war ein schöner Sommertag; die Sonne schien fast ungehindert hernieder, nur ab und an zogen ein paar kleine Schäfchenwolken vorüber. Ein leichter Wind trieb ihnen die Blumendüfte und das Bienengesumme der seenahen Wiesen zu. Einige Zeit später hatten sie die Grenze des Knochensumpfes erreicht.

"Weißt du noch, wie wir uns hier das erste Mal verirrt haben, Milla?"

"Erinner mich nicht daran", schauderte diese, "erstmal dieser undurchdringliche Nebel und dann die Gottesanbeterin, brrr ... !"

Heute wirkte die gesamte Szenerie harmlos und friedlich; die moosigen Buckel sahen weich und einladend aus, und die Sonne tauchte alles in ein warmes Licht. Das einzige, was die Idylle störte, waren die unzähligen Mücken, die dicht über dem aufgewärmten moorigen Wasser tanzten.

"Heute ist es richtig schön hier", meinte Lila, "wollen wir nicht einen Augenblick rasten und unsere Brötchen essen?"

"Gute Idee", stimmte Camilla zu. Sie suchten sich eines der größeren Moospolster aus und machten es sich darauf bequem.

"Ooh, ist das gemütlich!" schwärmte Camilla, "am liebsten würde ich mich jetzt einfach ausstrecken und einschlafen!"

"Geht mir genauso", murmelte Lila mit vollem Mund, lehnte sich zurück und ließ ihre Blicke schweifen. "Weißt du, Milla ..., Milla sieh mal!" sie unterbrach sich selbst und schüttelte Camillas Arm, "da oben!"

Camilla folgte mit ihrem Blick Lilas Arm und sah zu ihrem Unbehagen einen Adler hoch oben am Himmel kreisen.

"Laß uns lieber ganz still liegen, Lila, damit er uns nicht bemerkt!"

"Glaubst du, Urkalan hat sie sich auch zu Diensten gemacht?"

"Ich weiß es nicht, aber immerhin waren ja, wie du erzählt hast, auch da am Ullasee mehrere Adler, also könnte es einen Zusammenhang geben."
Sie blieben regungslos liegen, bis der Greifvogel sich bei seinen Kreisen weit genug entfernt hatte.
Auf einmal fanden sie es gar nicht mehr so gemütlich hier und sahen zu, daß sie weiterkamen. Dabei behielten sie den Himmel und ihre Umgebung nun ängstlich im Auge. Doch bis endlich der Anleger vor ihnen auftauchte, an dem der Wissenschaftler Bernhard sein Boot festzumachen pflegte, blieben sie von weiteren unliebsamen Überraschungen verschont. Von hier aus folgten sie dem Feldweg, der zum Dorf führte, das in leichtem Dunst, im Schein der Spätnachmittagssonne, fast unwirklich aussah. Behutsam schlängelten sie sich durch die Gärten, um keinem der Bewohner aufzufallen, bis sie das Grundstück der Hesius' erreicht hatten. Lila spähte durch eine Buschlücke; dort lag Bernhard, nur mit einer Badehose bekleidet, mit geschlossenen Augen in einem Liegestuhl. In der anderen Ecke des leicht verwilderten Grundstückes spielte Anna, die fünfjährige Tochter Bernhards, im Sandkasten. Martha, Bernhards Frau, war nicht zu sehen, und auch sonst schien sich niemand hier aufzuhalten.
"Wir können rein", flüsterte Lila, "aber leise, ich will Bernhard überraschen!" Lila pflückte zwei lange Grashalme, von denen sie einen Camilla gab. Diese grinste verstehend und schlüpfe hinter ihrer Cousine durch die Blätter. Als sie sicher waren, daß Anna nicht in ihre Richtung blickte, huschten sie über den Rasen und bauten sich zu beiden Seiten des Liegestuhls auf. Auf Lilas Zeichen hin begannen beide gleichzeitig, Bernhard mit den Halmen in den Ohren zu kitzeln. Der fuhr sich zuerst unwillig mit der Hand über die traktierte Stelle, dann, als dies keinen Erfolg zeitigte, schlug er sich gar aufs Ohr. Natürlich ließen die zwei garstigen Elfenmädchen sich davon nicht beeindrucken und intensivierten sogar noch ihre Bemühungen.
"Verfluchtes Insektengesocks!" schrie Bernhard erbost, sprang auf und fuchtelte wild mit seinen Armen um den

Kopf. Lila und Camilla konnten nicht mehr an sich halten und platzten mit für Elfen lautem Gelächter los. Verblüfft hielt Bernhard in seinem Veitstanz inne und schaute zu ihnen hinunter. Plötzliches Erkennen erhellte sein Gesicht, und er stimmte in das Lachen ein.

"Da habt ihr mich aber ganz schön zum Narren gehalten!" rief er. Inzwischen schaute auch Anna, durch das merkwürdige Benehmen ihres Vaters aufmerksam geworden, herüber. Als sie der Elfen gewahr wurde, jauchzte sie auf und kam herbeigerannt.

"Lila, Camilla", schrie sie begeistert, "was macht ihr denn hier? Das ist ja witzig, ausgerechnet heute kommt nämlich auch Conny zu Besuch!"

"Ehrlich? Das trifft sich ja gut, so sehen wir alle auf einmal wieder!" freute sich Lila.

"Ja, das ist schon ein lustiger Zufall", fand Bernhard, "Martha ist gerade in den Nachbarort zum Bahnhof unterwegs, um sie abzuholen. Kommt erst einmal lieber mit herein, der alte Heinrich guckt schon hierher. Er wundert sich wahrscheinlich über mein Verhalten. Ehe er noch die Idee hat, herüberzukommen, verschwinden wir besser."

Im Wohnzimmer machten sie es sich auf dem Teppich bequem, während Bernhard in die Küche entschwand, um Getränke zu holen.

"So", sagte er, als er sich zu ihnen gesetzt hatte, "nun erzählt mal, was es alles Neues bei euch gibt. Seid ihr schon vom Ullasee weggezogen, Lila? Das hattet ihr doch vor, oder?"

"Nein, wir ..., wir ... ", Lila schluckte, Tränen traten ihr in die Augen, als die grausigen Bilder vom Ullasee zurückkehrten.

"Es tut mir leid!" sagte Bernhard, als er Lilas Betroffenheit bemerkte, "habe ich etwas Falsches gesagt?"

"Nein, nein!" beeilte sich Camilla zu erklären, "es ist nur, daß dort etwas Schreckliches passiert ist. Lila und ihre Mutter sind zum Ullasee geflogen, um den Umzug vorzubereiten, aber als sie dort ankamen, waren alle dort wohnenden Elfen tot, ermordet. Es lagen nur noch ihre Skelette umher, und das Dorf war Haus für Haus niedergebrannt worden. Es müssen sehr viele und starke Angreifer gewesen sein, denn die Elfen haben sich sehr gewehrt, die meisten der größeren Skelette hatte noch die größtenteils zerbrochenen Waffen bei sich, aber sie haben es offensichtlich nicht fertiggebracht, einen Gegner zu töten. Andererseits können es aber auch keine allzu großen Tiere oder gar Menschen gewesen sein, da man sonst Spuren von ihnen hätte finden müssen. Wir sind zu dem Schluß gekommen, daß Urkalan doch noch leben muß, da nur er imstande ist, niederen Tieren die nötige Intelligenz zu verpassen, um zum Beispiel auch das Feuer zu legen. Zudem ist er der Einzige, der Rachegedanken gegen Elfen hegen könnte; und was sonst kann jemanden dazu treiben, einganzes Elfendorf auszurotten? Wir fragen uns nur, was das für Tiere gewesen sein können, denn vor den meiste hätten sich doch wenigstens einige Elfen fliegend in Sicherheit bringen können. Jetzt sind Histran, Sara und einige andere dorthin geflogen, um die Toten zu begraben und zu versuchen, herauszufinden, was für Angreifer das waren. Ach ja, dann waren da auch noch etliche Adler, die die Gegend zu beobachten schienen. Auch auf dem Flug hierher haben wir einen gesehen. Nun wollten wir euch warnen, daß, sofern Urkalan tatsächlich der Urheber ist, auch ihr seine Rache befürchten müßt."

Bernhard hatte den Worten Camillas mit wachsender Bestürzung gelauscht, während sich Annas Augen angstvoll weiteten, als sie hörte, daß Urkalan noch am Leben sein könnte.

"Das ist ja entsetzlich, dieser..., diese, ... , es fällt mir kein Wort ein, das auf so etwas wie Kalan paßt. Lila, es tut mir wirklich sehr leid für euch. Wenn ich doch nur wüßte, wie man etwas gegen dieses Monster unternehmen könnte! Aber was kann man denn gegen Magie schon groß ausrichten? Vor allem, wenn sie so mächtig ist und auch noch mit technologischem Wissen einhergeht wie bei Kalan. Vermutlich ginge das nur, wenn man selber ebenfalls Magie einsetzen könnte; aber mir ist niemand außer Kalan bekannt, der über echte magische Fähigkeiten verfügt."

"Aber in Büchern, die ich gelesen habe", warf Lila ein, "war öfter von Zauberern und Hexen die Rede. Vielleicht finden wir ja doch einen."

"Nun ja", meinte Bernhard, "in Büchern kommen sie wohl vor, aber das sind ja nur Märchen. In Wirklichkeit gibt es keine Hexen und Zaube .. , hm, tja, Urkalan ist ja aber doch auch einer. Ach, ich weiß einfach nicht mehr, was nur Märchen sind und was nicht. Doch selbst wenn es welche geben sollte, Lila, wo sollten wir nach ihnen suchen?"

"Das weiß ich auch nicht", gestand Lila kleinlaut und wischte sich die letzten Tränen aus den Augen.

Anna hob ihren Kopf: "Mama kommt, ich hab' das Auto gehört," verkündete sie, sprang auf und lief zum Fenster. "Ja, sie sind es, "rief sie und beeilte sich, die Tür zu öffnen.

"Hallo Conny!" hörte man sie rufen, "Mama, rat mal, wer da ist!"

"Ach Gott, woher soll ich das denn wissen. Omi vielleicht?"

"Nee, falsch. Nochmal!"

"Onkel Max?"

"Nee, noch falscher! Einmal darfst du noch!"

"Ich weiß es nicht Anna, nun sag schon!"

"Lila und Camilla sind da, und Urkalan ist doch nicht tot und hat alle Elfen verbrannt!"

"Oh Gott, nein, was ist passiert?" hörten sie Corinnas entsetzte Stimme.

Anna kam zurück ins Wohnzimmer, ihre Mutter an der Hand hinter sich herziehend. Corinna kam mit bleichem, sorgenvollem Gesicht hinterher. Auch Marthas Miene zeigte ängstliche Erwartung, als sie Lila und Camilla willkommen hieß und anschließend Bernhard einen flüchtigen Begrüßungskuß gab. Sie setzte sich mit Corinna zu den Elfen und nahm Anna auf den Schoß.

"Ist es wahr, daß Urkalan euch überfallen hat? Und was ist mit Sara, Killy, Histran und den anderen?" fragte sie mit belegter Stimme. Nun wiederholte Camilla noch einmal den Ablauf der Ereignisse.

"Ich dachte, es sei endgültig vorbei", sagte Corinna mit zitternder Stimme, "dabei ist alles noch viel schlimmer als je zuvor! Wie hat Urkalan nur die schwere Explosion überleben können?"

"Das frage ich mich auch", grübelte Bernhard, "vielleicht konnte er sich mit Hilfe seiner Zauberei in Sicherheit bringen."

"Wir müssen auf jeden Fall etwas unternehmen, um euch und auch uns zu schützen", bestimmte Martha, "Urkalan darf nicht noch einmal so leicht Gelegenheit kriegen, einen von uns in seine Gewalt zu bekommen!"

"Das meine ich auch", brummte Bernhard und räusperte sich, "ich denke, Anna und du, ihr solltet erstmal bei deiner Mutter unterkommen, um hier aus der Schußlinie zu sein. Ich werde euch am besten gleich morgen früh dort hinbringen."

"Das klingt ja verdächtig so, als meintest du dich selbst nicht mit", stellte Martha fest und sah Bernhard mit kritischem Blick in die Augen.

"Ja, das hast du schon richtig verstanden, mein Schatz", bestätigte ihr Mann, "es muß jemand mit zu den Elfen, denn, wie du ja auch mitgehört hast, sind sie offenbar nicht in der Lage, sich gegen Urkalans Übergriffe zu wehren."

"Und du kannst das natürlich!" erwiderte Martha mit leicht beißender Stimme, "du weißt doch auch überhaupt noch nicht, mit was sie es zu tun haben!"

"Wir können doch alle mit zu den Elfen", mischte sich Anna ein, "dann können wir Urkalan alle zusammen besiegen!"

"Kommt überhaupt nicht in Frage", entgegnete Bernhard, "das ist nichts für Kinder!"

"Aber Lila ist doch auch ein Kind!" widersprach Anna.

"Das ist etwas ganz anderes, Lila wohnt schließlich dort."

"Ich werde gleich mit euch kommen", sagte jetzt Corinna, "ich hatte sowieso vor, euch zu besuchen, und zu Hause wäre ich auch ganz allein, da sich meine

Eltern zur Zeit im Ausland aufhalten. Vielleicht kann ich euch ja irgendwie helfen."

"Oh, das ist ja toll, Conny!" freute sich Camilla, "wir hatten eigentlich nur vorgehabt, euch vor Urkalan zu warnen, aber wenn du oder vielleicht auch Bernhard noch mitkommt, das wäre super!"

"Ich glaube, da werden sich die anderen ganz schön wundern, denn damit haben die bestimmt auch nicht gerechnet", meinte Lila.

"Das ist wirklich ein nettes Angebot von dir, Corinna, aber bitte vergiß nicht, über welch enorme Macht Ur-kalan verfügt", gab Bernhard zu bedenken, "also übereilt nichts bei all euren Plänen und Vorhaben. Ich werde so bald wie möglich nachkommen; vielleicht fällt mir oder Martha bis dahin auch noch etwas Sinnvolles ein, was wir gegen Urkalan verwenden können."

"Fast genau das gleiche lag auch mir auf der Zunge", setzte Martha hinzu, "denk immer daran, wie es dir letztes Mal in seiner Gewalt ergangen ist!"

"Das werde ich mit Sicherheit niemals vergessen!" bekräftigte Corinna, und es lief ihr kalt den Rücken hinunter, als sie daran zurückdachte, wie nahe sie dem Tode gewesen war. Eine Zeitlang saßen sie schweigend da und hingen ihren Gedanken nach, dann seufzte Martha, stand auf und hob Anna, der vor Müdigkeit immer öfter die Augen zufielen, auf die Arme und trug sie hinauf in ihr Zimmer. Nachdem sie mit Anna gebetet und ihr noch ein Schlaflied gesungen hatte, setzte sie sich wieder zu den anderen.

"Ich wollte es nicht sagen, solange Anna noch dabei ist, aber wenn sie bei ihrer Oma ist, werde ich selbst-verständlich mit Bernhard mitkommen, denn ohne mich", dabei kniff sie ihm leicht ins Ohrläppchen, "ist er oftmals doch zu leichtsinnig!"

"Aber Martha, wie kannst du so von mir denken!" sagte Bernhard mit vorwurfsvoller Stimme. "Du brauchst wirklich nicht mitzukommen, ich passe schon auf."

"Keine Widerrede!" bestimmte Martha, "ich komme mit und Schluß!"

"Na gut. Also, ihr zieht dann morgen früh mit Corinna los, und Martha und ich kommen einen Tag später nach, o.k. ?"

"Alles klar", erwiderte Camilla, "und ich glaube, wir sollten uns dann auch allmählich aufs Ohr hauen, es ist schon ganz schön spät, und wir müssen morgen schließlich fit sein, damit wir keine eventuellen Gefahren übersehen."

"Wenigstens eine, die hier vernünftig ist", kommentierte Martha, "ich habe das Gästezimmer für euch drei zurechtgemacht. Wollt ihr vorm Zubettgehen noch etwas essen oder trinken? Nein? Dann kommt mit, ich zeige euch das Zimmer!"

"Gute Nacht ihr drei !"

"Gute Nacht, Bernhard, bis morgen!"

4

"Ob Urkalan sein Hauptquartier immer noch in der Ruinenstadt hat?" überlegte Camilla.

"Schwer einzuschätzen", meinte Corinna, "einerseits könnte das eine oder andere an Einrichtungen heil geblieben sein und es für ihn leichter machen, es dort wieder aufzubauen; andererseits muß er dort damit rechnen, leichter gefunden zu werden, da wir den Standort kennen. Wenn wir jedoch etwas gegen ihn unternehmen müssen, kann es unausweichlich sein, daß wir dort wieder hin müssen. Das fände ich furchtbar! Jedesmal, wenn ich daran denke, was Urkalan und Gregor dort mit Anna und mir vorhatten, wird mir ganz übel."

Es war später Vormittag, und die beiden Elfen waren mit Corinna auf dem Weg zu ihrem Dorf. Wie schon tags zuvor, war das Wetter herrlich. Lila und Camilla saßen je auf einer Schulter Corinnas, so daß sie sich problemlos zu dritt unterhalten konnten. Für die junge Frau war dies auch keine ernstzunehmende Belastung, da die beiden zusammen nicht einmal ein halbes Kilo auf die Waage brachten.

"Es wäre aber auch blöd für uns, wenn er jetzt woanders hingezogen ist", sinnierte Lila, "dann ginge die Sucherei nach ihm von neuem los."

"Na ja, bevor wir ihn oder seine Wirkungsstätte aufsuchen können, müssen wir erst einmal eine Idee haben, was wir denn machen könnten", warf Corinna ein.

"Vielleicht haben Histran, Sara und die anderen ja mittlerweile einen Hinweis gefunden, was die Ullaseelfen angegriffen hat", mutmaßte Camilla, "dann fällt die Planung auch leichter.

Sie kamen längst nicht so schnell voran wie auf dem Hinweg, denn da hatten sie fliegen können, nun aber mußte Corinna als Fußgängerin das Tempo bestimmen, und dies war nicht allzu hoch, da das Gelände hier im Naturschutzgebiet zwar nicht besonders schwierig war, aber es keinerlei gebahnte Wege gab. Oft genug mußte Corinna größere Umwege in Kauf nehmen, um Sumpflöchern und kleineren Moortümpeln auszuweichen. So war es denn auch kein Wunder, daß sie, als der Abend hereinbrach, noch fast einen halben Tagesmarsch vor sich hatten. Es blieb ihnen nichts anderes übrig, als sich ein geeignetes Nachtlager zu suchen. Glücklicherweise hatten sie die Grenze des Knochensumpfes bereits hinter sich gelassen, so daß sie hier trockenen Untergrund vorfanden. Sie entschieden sich für ein kleines Rondell aus Felsblöcken, die sie auf drei Seiten vor dem kühlen Nachtwind schützten. Zwischen den Steinen befand sich eine nahezu kreisförmige Mulde feinen Sandes, auf dem Lila und Camilla sich kleine Betten aus Gras und Moos zurechtmachten, während Corinna ihren mitgebrachten Schlafsack ausrollte.

"Ich schau mich mal um, ob ich etwas Holz für ein Lagerfeuer finde", informierte sie die beiden Elfen, "dann können wir uns auch etwas Warmes zum Essen zubereiten."

"Gute Idee", meinte Camilla und schlang die Arme um ihren Oberkörper, "es wird doch schon ziemlich frisch hier."

Es dauerte nicht lange, da flackerte inmitten ihres Lagerplatzes ein wärmendes Feuerchen, über dem Corinna eine Nudelsuppe aus der Konservendose aufwärmte. Lila und Camilla betrachteten diese Art der Essenszubereitung mit Staunen und einer gewissen Skepsis. Doch nachdem sie erst einmal probiert hatten, waren sie mit dem Ergebnis von Corinnas 'Kochkünsten' ganz zufrieden. Noch während sie die letzten Bissen hinunterschluckten, erklang zwischen den sie umgebenden Felsblöcken, aus dem tiefsten Schatten, ein hastiges Rascheln, dann ein hoher warnender Fiepton. Erschrocken drehten sie sich um und meinten, gerade noch so zwei kleine glänzende Augen dicht über dem Boden gesehen zu haben. Wie zur Antwort erklang nun, nicht weit über ihnen, der klagende Schrei eines Nachtvogels. Ängstlich klammerte sich Lila, die an den Angriff der Eule zurückdenken mußte, an Corinnas Hand und auch Camilla rückte dichter zu der jungen Menschenfrau.

"Das war doch sicher nur ein Zufall", beschwichtigte diese, aber ihre Stimme schwankte bei diesen Worten und strafte den von ihr zur Schau gestellten, Sicherheit vorgaukelnden Gesichtsausdruck Lügen.

"Wir sollten uns lieber ein anderes Versteck suchen", wisperte Camilla, "jetzt wissen sie, daß wir hier sind."

"Das hat wohl wenig Sinn, Milla, weil wir in der Dunkelheit kaum etwas finden werden", erklärte Corinna, "außerdem können sie uns ja auch beobachten, wenn wir versuchen, das Versteck zu wechseln."

"Und die sehen im Dunkeln auch viel besser als wir", vermutete Lila, "was sollen wir denn jetzt machen?"

"Es muß ja nicht unbedingt etwas Böses bedeuten", versuchte Conny nochmals die Gemüter zu beruhigen, "am besten, jeder nimmt sich ein brennendes Stück Holz, davor haben die meisten Tiere Angst!"

Sie legte etliche Hölzer in das Feuer, welches nun kräftig loderte. Die beiden Elfen nahmen jede einen brennenden Zweig, so groß, wie sie ihn gerade noch genügend handhaben konnten; auch Corinna griff sich einen kräftigen Ast, dann stellten sie sich mit dem Rücken zum Feuer auf, um nicht von den Flammen geblendet zu werden. Vorläufig jedoch passierte nichts. Nur das Knistern und Knacken des Feuers war zu hören. Das Warten, ob etwas kommen würde, war nervenaufreibend und zermürbend. Lila schreckte auf, hatte sich dort nicht etwas bewegt? Sie versuchte genauer hinzusehen und blinzelte, denn ihre Augen brannten von dem Qualm des Feuers, der ab und zu herüberwehte. Als sie ihre Augen wieder klar hatte, konnte sie jedoch ihren flüchtigen Eindruck nicht bestätigen; sie mußte sich wohl getäuscht haben. Wieder herrschte gespannte Ruhe, in der jetzt das Rauschen des stärker gewordenen Windes in den Bäumen das Lauschen erschwerte. Plötzlich ertönte ein scharfes Knacken, ein lautes Krachen und dann ein dumpfer Aufprall. Lila schrie verängstigt auf und fuchtelte verzweifelt mit ihrem brennenden Zweig vor sich in der Luft herum. Alle drei rückten in unausgesprochenem Einvernehmen dichter zusammen. Erneut war

minutenlang nur das Feuer, der Wind und zuweilen ein unterdrücktes Schluchzen Lilas zu hören. Jetzt schien sich das Sausen des Windes schnell zu verstärken, und von einem Moment zum anderen fegte ein gewaltiger Schatten auf die beiden winzig anmutenden Elfenkinder zu. Beide kreischten nach Leibeskräften und ließen ihre gegen einen so großen Gegner nutzlosen Zweige fallen. Corinna wirbelte herum und stieß im letzen Augenblick ihren brennenden Ast dem kaum sichtbaren Schatten in die Seite. Kurz züngelten Flammen aus dichtem Gefieder, dann drehte das Tier mit schwer schlagenden Schwingen ab, einen wahren Funkenregen aus der Feuerstelle aufwirbelnd. Es stieß noch einen wilden Schrei aus und verschwand mit erlöschenden Federn zwischen den dunkel drohenden Bäumen. Schwer atmend hockte sich Corinna hin, um nach den Elfen zu sehen. Camilla kniete am Boden, preßte die Hände auf den rechten Oberschenkel, mit dem sie auf ein Glutstück gefallen war, und sah sie kläglich an.
"Lila?" wandte sich Conny nun an die Jüngere, die auf dem Bauch lag und die Arme schützend über den Kopf gelegt hatte, "ist alles in Ordnung mit dir?"
Lila kauerte sich noch mehr zusammen, drückte die Arme gegen die Ohren und war vorläufig unansprechbar. Corinna schaute Camilla hilfesuchend an und zuckte die Achseln. Camilla kniete sich neben ihre verschreckte Cousine und streichelte sie sanft.
"Lil, es ist weg, die Gefahr ist vorbei. Nun komm schon, es passiert dir nichts!" Behutsam zog sie Lila hoch, bettete ihren Kopf an ihrer Brust und wiegte sie langsam hin und her. Sie spürte, wie Lila sich allmählich entspannte. Nach einer Weile blickte Lila auf und lächelte zaghaft und verlegen. "Ich weiß nicht, was mit mir los ist", sagte sie mit noch etwas zittriger Stimme, "ich wollte gar nicht so reagieren!"
"Meine Güte, Lila", beschwichtigte Corinna, "das ist doch nichts Peinliches, wenn ich so klein wäre, wie ihr, ginge es mir bestimmt genauso!"
"Das sagst du doch nur, um mich zu beruhigen", vermutete Lila mit leicht trotziger Stimme.

"Nein, Lil, das glaube ich nicht", meinte Camilla, "schließlich habe ich mich doch praktisch auch genau wie du verhalten. Also denk nicht mehr daran! Wir sollten lieber überlegen, wie wir den Rest der Nacht unbeschadet überstehen können. Ich schätze zumindest, das Schlafen können wir uns wohl abschminken."

"Ich könnte ganz bestimmt kein Auge zukriegen!" bestätigte Lila im Brustton der Überzeugung.

"Ich auch nicht", stimmte Corinna zu, "das müssen wir nachholen, wenn wir euer Dorf erreicht haben."

"Na ja, eine Nacht kann man schon mal durchmachen", fand Camilla, "bei so einigen Festen haben wir das doch auch schon geschafft!"

Corinna machte sich nun erst einmal am Feuer zu schaffen, welches schon arg heruntergebrannt war und dadurch die Dunkelheit näher an sie heranrücken ließ. Binnen kurzem loderte es wieder hell auf, was ihnen innerlich irgendwie wieder Mut machte.

Die Stunden bis zur Morgendämmerung verbrachten sie überwiegend schweigsam, um nicht zu überhören, sollte sich etwas Bedrohliches nähern. Die schlimmste Zeit war die Stunde vor Sonnenaufgang, als die Konturen der Umgebung in schattenlosem Grau verschwanden. Der Wind war eingeschlafen, das Feuer zu einem Gluthaufen zusammengeschmolzen. Die Stille wirkte bleiern. Von den Zweigen der Büsche und Bäume tropfte die Nässe des Frühtaues. Immer häufiger wechselten sich die drei Mädchen mit Gähnen ab und konnten kaum noch die Augen aufhalten. Lila stand auf und reckte sich.

"Wenn ich noch länger sitzen bleibe, schlafe ich ein."

"Ein wahres Wort", murmelte Corinna, "sobald es hell genug geworden ist, sollten wir uns auf den Weg machen." Auch sie erhob sich und rollte ihren vom Tau klammen Schlafsack zusammen. Eine sich scheinbar endlos ziehende halbe Stunde später glomm endlich der erste rötliche Schein am Horizont über dem See. Die ersten Vogelstimmen erwachten und vertrieben die düstere Stimmung aus den Gemütern der drei Freundinnen. Nachdem sie sich vergewissert hatten, daß nirgends hinter den Felsblöcken oder Büschen Gefahr lauerte, liefen sie ausgelassener Stimmung zum See hinunter, um sich frisch zu machen und etwas von dem klaren kühlen Wasser zu trinken. Als sie sah, wie fröhlich die beiden Elfen im Wasser planschten, schlüpfte auch Corinna aus ihren Kleidern und rannte, nachdem sie ein paarmal tief Luft geholt hatte, in den See. Das kalte Wasser war wie ein Schock, aber dafür war sie jetzt richtig wach. Gründlich wusch sie sich den Rauchgeruch von Haut und Haaren, danach trockneten sich alle in der mittlerweile wärmenden Sonne.

"Das, was heute Nacht passiert ist, kommt mir jetzt nur noch wie ein böser Traum vor, gar nicht, als sei es wirklich passiert."

"Wie, was soll denn heute Nacht gewesen sein, Lil? Wir haben doch die ganze Nacht ruhig geschlafen!"

Lila schaute total verblüfft drein.

"Hä, da war gar nichts? Das kam mir so real vor, als wir angegriffen ... !"

"Mensch Lila, laß dich doch von Milla nicht veräppeln!"

"Ooh, du blöde Kuh, ich dachte schon, ich spinne!"

Camilla wand sich vor Lachen und prustete: "Ätsch, voll reingfallen, ha, ha, ... !"

Sie mußte sich unterbrechen und schnell wegdrehen, um die Hand voll Sand, die Lila nach ihr warf, nicht voll ins Gesicht zu bekommen.

"He, was soll das, jetzt muß ich mir die Haare nochmal waschen!"

"Geschieht dir recht, mich so doof dastehen zu lassen," murrte Lila immer noch etwas beleidigt.

"Ey, Lil, sooo schlimm war das doch auch nun wieder nicht; laß uns wieder vertragen!"

"Na gut, o.k."

Als Camilla nach ihrer erneuten Kopfwäsche einigermaßen trocken war, setzten sie ihren Weg guter Stimmung, schräge Lieder singend, fort.

5

"Was glaubst du, Histran? Denkst du, Bernhard könnte uns eventuell helfen?"

"Ich weiß es nicht, Sara, aber ich fürchte, er wird, zumindest vorerst, genug zu tun haben, seine Familie in Sicherheit zu bringen und zu schützen."

"Aber vielleicht kann er, wenn er schon nicht selber kommen kann, uns doch wenigstens Waffen zur Verfügung stellen", warf Bregard ein.

"Auch das halte ich für eher unwahrscheinlich", meinte Histran, "woher sollte Bernhard denn Waffen haben, die so kleine Wesen wie wir handhaben könnten?"

"Ich glaube", ließ sich nun die quäkige Stimme Meanmars vernehmen, "wir sollten uns nicht in wilde Spekulationen versteigen, sondern abwarten, was wir in eurem Dorf am Ullasee finden werden. Möglicherweise ergibt sich ja daraus schon die Antwort, was wir unternehmen können, oder müssen."

Die Gruppe hatte mittlerweile den großen Wald fast durchquert und näherte sich der Ranne. In Sara wuchs die Unruhe immer mehr, als sie sich dem Gebiet näherten, das einst ihre Heimat und nun nur noch als Bild unsäglichen Schreckens in ihr eingebrannt war.

Histran, der mit Sara, welche den Weg wies, voranflog, hob die Hand und gebot Einhalt.

"Ab jetzt werden nur noch die nötigsten Worte gewechselt, und zwar im Flüsterton!" befahl er, "und jeder hat mit höchster Aufmerksamkeit die Umgebung im Auge zu behalten, ist das klar!?"

Ein zustimmendes Gemurmel antwortete ihm, dann ging es schweigend weiter. Am Waldrand hielten sie einen Augenblick inne, um die Umgebung zu inspizieren. Die Luft schien rein. Rasch überquerten sie den Fluß und bewegten sich so unauffällig wie möglich, jede Deckung nutzend, weiter in Richtung des zerstörten Dorfes.

"Stop, was ist das!?" rief Jondras mit unterdrückter Stimme und deutete gen Himmel. Die anderen hielten inne, suchten jeder eine Deckung auf und spähten in die von Jondras gewiesene Richtung. Dort war in großer Entfernung eine dunkle Wolke auszumachen, die sich mit recht hoher Geschwindigkeit fortbewegte.

"Was soll das schon sein?" brummte Toldar und sah Jondras leicht spöttisch an, "hast du noch nie eine Wolke gesehen?"

"Doch, natürlich, dumme Frage, aber keine, die sich gegen den Wind fortbewegt!"

"Oh, es tut mir leid, das ist mir tatsächlich entgangen!"

"Ich frage mich, was das sein mag", grübelte Histran, als die Wolke allmählich ihren Blicken entschwand, "aber zumindest im Augenblick stellt sie für uns keine direkte Bedrohung dar. Laßt uns weiterfliegen!"

Er ließ seinen Blick noch einmal über den Himmel schweifen, um sicherzugehen, daß auch keine Greifvögel zugegen waren, dann führte er die Gruppe nach Saras Anweisungen weiter.

"Stop mal eben", flüsterte Sara, "hier muß es irgendwo gewesen sein, wo Lila das erste Skelett fand. Ah ja, richtig, dort ist es!" Sie deutete auf den skelettierten Oberkörper, der noch unverändert so dort lag, wie sie ihn verlassen hatten. Sorgsam untersuchten sie gemeinsam die sterblichen Überreste und die Umgebung, konnten aber weder auf die Identität, noch auf die Todesursache den kleinsten Hinweis finden. Bevor sie weiterflogen, begruben sie den Leichnam und errichteten einen kleinen Steinhügel darüber, damit er nicht von Tieren in seiner letzten Ruhe gestört würde.

Als sie nun entlang des Krautbaches flogen, berührte Sara Histrans Arm: "Die Pflanzen hier sahen neulich großenteils sehr mitgenommen aus, jetzt erkennt man es kaum noch." Sie wies auf eine Gruppe von Blumen, an denen noch etliche Spuren zu sehen waren. Histran landete, und die anderen taten seinem Beispiel gleich.

"Das sieht aus, als haben hier sehr große Insekten die Blätter an-, beziehungsweise abgenagt. Wie von großen Raupen oder Heuschrecken", erklärte Dungan, der Jäger.

"Hm, das wäre möglich. Aber Raupen wären zu langsam, um Elfen gefährlich zu werden, und weder sie noch Heuschrecken sind Fleischfresser."

"Nun, bei Heuschrecken wäre ich mir da nicht so sicher", widersprach Dungan, "immerhin sind sie mit den Fangschrecken verwandt, die sich sogar fast ausschließlich von Fleisch ernähren."

Den Rest des Weges setzten sie zu Fuß fort, um auch Kleinigkeiten nicht zu übersehen. Als sie schließlich das Dorf erreichten, verschlug es selbst den Hartgesottenen unter ihnen die Sprache, und bei nicht wenigen sah man Tränen in den Augen, als sie die Skelette der getöteten Kinder erblickten. Kara, die Frau Jondras', nahm Sara in den Arm, die vorübergehend die Fassung verloren hatte und sich nur mit äußerster Willensanstrengung zusammenreißen konnte.

"Du solltest dich erst einmal einen Augenblick ausruhen", sagte sie, besorgt in das blasse Gesicht Saras schauend.

"Nein, nein, es geht schon, ich will es lieber möglichst bald hinter mir haben!"

Die folgenden Stunden waren für sie wie ein Alptraum: Bei jedem Skelett, welches zu identifizieren sie in der Lage war, tauchten vor ihren Augen die Gesichter der entsprechenden Elfen auf, als sie noch gelebt hatten. Am schlimmsten war es bei den Kindern, bei denen sie im Inneren zusätzlich auch immer noch Lila vor sich sah, die von irgendwelchen Ungeheuern angegriffen wurde. Als die Dämmerung anbrach, hatten sie diese furchtbare Aufgabe bewältigt und alle Toten waren begraben. Erschöpft saßen sie beisammen, bemüht, trotzdem wachsam zu bleiben.

"Nach allem, was wir gesehen und gefunden haben, scheint es nicht abwegig, daß tatsächlich ein großer Heuschreckenschwarm über das Dorf hergefallen sein könnte. Die Knochenverletzungen ließen sich mit derartigen Beißwerkzeugen erklären, wenn die Tiere übernormale Größe hatten. Dies wiederum deutet auf Urkalan hin."

Bei diesen Worten Histrans hielt Bregard einen riesigen Insektenflügel hoch, den er gefunden hatte.

"Das würde auch erklären, warum niemand entkommen ist; Heuschrecken fliegen schneller als wir und treten meist in großen Schwärmen auf. Zudem sind ihre Chitinpanzer so stark, daß sie kaum von unseren Waffen durchstoßen werden können. Das einzige, was so nicht erklärt werden kann, ist das Feuer. Denn selbst wenn Urkalan die Tiere mit einer gewissen Intelligenz ausgestattet haben sollte, wären sie, bedingt durch ihre Anatomie, wohl nicht in der Lage, ein Feuer zu entzünden. Das bedeutet, daß wir noch zusätzlich mit anderen Feinden rechnen müssen. Zudem haben wir ja auch noch nicht klären können, ob und wie weit die Adler mit dieser Geschichte zusammenhängen."

Plötzlich schreckte Bregard aus tiefen Gedanken empor, "Histran", sagte er mit drängender Stimme, "diese Wolke heute Mittag, können das nicht auch Heuschrekken gewesen sein? Und wenn, wohin waren sie unterwegs?!"

"Oh Gott, nein!" schrie Sara auf. Auch die anderen waren aufgesprungen und redeten wild durcheinander.

"Ruhe, Ruhe!" rief Histran, "ihr habt recht, sie könnten in Richtung unseres Dorfes unterwegs gewesen sein und wir werden uns jetzt unverzüglich auf den Rückweg machen. Aber bei aller Sorge dürfen wir nicht unvorsichtig werden und in eine Falle laufen. Wir müssen genauso umsichtig vorgehen, wie auf dem Hinweg, oder besser noch achtsamer. Also kein wildes Davonrasen; jeder behält den ihm zugewiesenen Abschnitt im Auge! Und nun los!"

6

"Ist das nicht Killys Haus?" rief Corinna, "dann müßten wir es ja gleich geschafft haben!"

"Ja das ist es", bestätigte Camilla, "ich habe mittlerweile auch ganz schönen Hunger. Wir werden aber erst ins Dorf müssen, denn meine Mama wird sich dort aufhalten, da sie für die Zeit von Histrans Abwesenheit seine Amtsgeschäfte übernommen hat."

So ließen sie denn Camillas Heim links liegen, um den letzten Wald- und Buschgürtel, der sie noch vom Dorf trennte, zu durchqueren. Durch eine lichte Stelle war jetzt das Seeufer vor dem Dorf zu erkennen. Mehrere Elfenkinder badeten und spielten dort. Just in dem Moment, in dem sie den Schutz der Bäume verlassen wollten, erklangen laute Warnrufe einer in der Luft befindlichen Patrouille. Dann erkannten auch sie eine rasch näherkommende Wolke, die schnell einen Großteil des Himmels ausfüllte. Einige der sich im Wasser aufhaltenden Kinder schafften es, sich in die Luft zu erheben, während andere zu nasse Flügel hatten und versuchten, rennend das Ufer zu erreichen. Die Wolke hatte sich derweil in viele kleine Punkte aufgelöst, die sie nun als Heuschrecken erkennen konnten. Das laute Brummen der vielen tausend Flügel erfüllte die Luft und übertönte fast das Kreischen der Elfen, die von Beinen und Kiefern der übergroßen Insekten gepackt wurden. Die Elfenmänner, die sich mit ihren Speeren in das Getümmel warfen, standen von vornherein auf verlorenem Posten; jeder von ihnen wurde sogleich von einer Vielzahl der Tiere angegriffen.

"Aliana, hierher!" schrie Camilla einem etwa achtjährigen Elfenmädchen zu, welches ungefähr in ihre Richtung lief. Doch direkt am Ufer hatte eine besonders große Heuschrecke sie eingeholt, warf sie nieder und hielt sie mit einem kräftigen Biß der mächtigen Kauwerkzeuge in die Flügelansätze am Boden. Aliana schrie vor Schmerz und Angst und versuchte verzweifelt freizukommen.

"Ich muß ihr helfen!" rief Corinna, "bleibt ihr hier und versteckt euch, ihr könnt gegen die Heuschrecken eh nichts ausrichten!"

Bevor sie jedoch eingreifen konnte, erklang der Schrei eines Adlers weit oben. Wie auf Kommando ließen die Heuschrecken von ihren Opfern ab, die sie mittlerweile alle, auch die, die sich im Dorf aufgehalten hatten, auf den offenen Uferstreifen geschleift hatten.

Corinna zögerte überrascht einen Moment lang. Aliana richtete sich erstaunt auf, um fortzulaufen, doch bevor sie ihren Plan in die Tat umsetzen konnte, rauschte eine lange Reihe Greifvögel, Adler, Bussarde, Falken und Milane, heran, und jeder von ihnen griff sich eine oder zwei der überwältigten Elfen und flog mit den Opfern davon. Auch Aliana erging es nicht besser; das verletzte Mädchen wurde von einem Bussard gepackt, dessen Klauen sich rücksichtslos wie ein Käfig um sie schlossen, emporgerissen und fortgetragen. Im Anschluß erhoben sich auch die Heuschrecken und drehten ab, nicht ohne ihre getöteten oder verletzten Artgenossen mitzunehmen. Dann war der Spuk vorüber. Corinna stand zitternd auf und sah hinter den Adlern her. Wie sie schon beinahe erwartet hatte, flogen sie in ungefährer Richtung der Ruinenstadt. Hilflos stand sie mit geballten Fäusten da, Tränen brannten in ihren Augen, da hörte sie hinter sich ein jämmerliches Schluchzen und sah sich um. Dort standen Lila und ihre Cousine, die bitterlich weinte.

"Meine Mama! Sie haben meine Mama mitgenommen! Was soll ich denn jetzt machen ... ?"

"Dieses gemeine Schwein!" schrie Lila voll ohnmächtiger Wut, "der hat so viele Verbündete oder Sklaven, gegen den kann man ja gar nicht gewinnen!"

"Hoffentlich haben sie nicht auch noch Histran, Sara und die anderen erwischt!" murmelte Corinna. Lila sah sie entsetzt an. Wenn nun ihre Mutter auch gefangen oder gar ..., nein, das durfte einfach nicht sein! Bloß nicht so etwas denken, hinterher träfe es noch ein.

"Was können wir denn jetzt tun?" fragte Lila mit bebender Stimme, "und wo sollen wir jetzt überhaupt hin? Hier ist jetzt ja auch alles kaputt, obwohl sie diesmal kein Feuer gelegt haben."

"Ich glaube, sie haben diesmal auch niemanden getötet", fügte Conny hinzu, "soweit ich es beurteilen konnte, haben sie alle lebend mitgenommen. Ich glaube, wir sollten hier warten. Denn Histran und die anderen werden ja nach hier zurückkehren, und es muß ihnen jemand sagen, was passiert ist.

Außerdem können wir drei alleine so oder so nichts unternehmen, was irgendwie erfolgversprechend wäre."

"Ja, stimmt, Conny, und Bernhard und Martha wollten doch auch hierher kommen", ergänzte Lila, und ein leicht hoffnungsvoller Ton schwang in ihrer Stimme mit.

"Zuerst sollten wir aber nachsehen, ob sie nicht etwas übersehen haben. Vielleicht haben sie irgendwo jemanden verletzt liegengelassen."

So durchsuchten Corinna und Lila ein Haus - oder was davon übriggeblieben war - nach dem anderen, während Camilla blicklos und wie betäubt hinter ihnen hertrottete. Schließlich konnte Corinna es nicht mehr mit ansehen und nahm das noch völlig unter Schock stehende Mädchen auf die Hand.

"He Milla, wir werden deine Mama und die anderen da herausholen! Wenn uns auch jetzt nichts einfällt, spätestens Histran oder Bernhard werden einen Weg finden, ganz sicher!"

"Ja, bestimmt", murmelte Camilla teilnahmslos.

"Milla, das schaffen wir bestimmt", redete nun auch Lila Camilla zu, "guck mal, wir haben es damals doch auch zu viert geschafft, Anna und Corinna aus der Ruinenstadt zu befreien, und diesmal haben wir dann doch noch Martha, Bernhard, Histran und so dabei!"

"Da hatte Urkalan aber auch noch nicht so viele Tiere, besonders wie jetzt die Adler, dabei!" kam nun die erste nennenswerte Reaktion von Camilla, wenngleich sie äußerst deprimiert klang.

"Nun mach nicht so ein Gesicht, Milla, ich verspreche dir, daß wir Killy da rausholen und die anderen natürlich auch, o.k.?" drängte Corinna.

Camilla nickte, und man merkte, daß sie so allmählich wieder zu sich fand. Sie wischte sich die letzten Tränen aus den Augen.

"Du kannst mich jetzt ruhig wieder runterlassen", sagte sie und schniefte noch einmal, "es geht schon wieder."

Die Suche zwischen den Trümmern brachte indes keinen Erfolg, außer, daß sie genügend zu essen fanden, um ihren Hunger zu stillen.

"Wie geht's jetzt weiter?" fragte Lila, "wir können doch nicht einfach hier nur so rumsitzen und abwarten, ob etwas passiert!"

"Ich hab auch schon darüber nachgedacht", antwortete Corinna, "und da ist mir etwas eingefallen; und zwar wäre es gut, wenn eine von euch, weil ihr erheblich schneller seid als ich, Bernhard entgegenfliegen könnte, um ihn möglichst früh abzufangen. Dann könnte er noch mal schnell zurück und irgendetwas mitbringen, womit man eventuell solch große Insektenmassen bekämpfen kann."

"Das kann ich machen, "erbot sich Lila, "ich glaube, es ist besser, wenn ich fliege, dann kann Milla sich noch ein bißchen erholen."

"Das ist nett von dir, Lil, das kann ich echt noch ganz gut brauchen", nahm Camilla das Angebot dankbar an. "Am besten, du fliegst sofort los, damit Martha und Bernhard nicht extra so ein langes Stück Weg zurückmüssen und dadurch viel Zeit verlieren."

"O.k., ich werd mich beeilen!" versprach Lila, trank schnell noch ein paar Schlucke Wasser und startete.

"Und sei vorsichtig, paß auf dich auf!" rief Camilla noch hinterher und winkte. Lila drehte sich noch einmal kurz um, machte eine zustimmende Geste und jagte dann den Weg zurück, den sie gekommen waren.

7

"Omi, kennst du einen Zauberer ?"

"Och ja, ich habe neulich einen im Fernsehen gesehen, Anna."

"Nee, Omi, ich meine so'n richtigen. Die im Fernsehn sind ja gar nicht echt, hat Papa gesagt."

"Du meinst wohl so einen wie diesen Kalan, der dich entführt hatte; nein so einen kenne ich nicht."

"Oder vielleicht 'ne Zauberin?! Oder kennt Opa eine?"

"Eine Zauberin? Hm, die Leute erzählen, daß nicht weit von hier eine Hexe lebt oder gelebt haben soll, aber ich kenne sie nicht und weiß auch nicht, wo das sein soll. Die alte und etwas wunderliche Lisbeth, drei Häuser weiter die Straße hinunter, hat sich immer damit gebrüstet, sie zu kennen, aber auch sie hat schon lange kein Wort mehr über dies Thema verloren, weil sich immer alle über sie lustig gemacht haben."

"Ist die nett? Darf ich die mal besuchen, Omi?"

"Bestimmt, Anna, Lisbeth hat Kinder sehr gerne und verteilt sogar des Öfteren Süßigkeiten auf dem Spielplatz, obwohl das manche Eltern wegen der Zähne gar nicht so gerne sehen."

"Könn'n wir da jetzt mal hingehen, Omi?"

"Ein anderes Mal, Anna, ich habe im Augenblick keine Zeit, ich muß noch das Essen vorbereiten. Oder du mußt eben alleine hingehen, wenn du dich traust. In unserer Straße fahren ja so gut wie nie Autos, und du mußt sie ja auch nicht überqueren. Also geh nur! Ich hole dich dann zum Essen wieder ab."

"Toll!" rief Anna, klatschte in die Hände und lief Richtung Haustür.

"Halt, halt, mein Schätzchen, du willst doch wohl nicht in Strümpfen hinauslaufen! Zieh dir die Sandalen an, die stehen neben dem Bücherbord!"

Hastig tat Anna wie geheißen und stürmte dann hinaus, daß die Haare nur so flogen. Mit einem mächtigen Wums haute sie die Vordertür zu, daß die Scheiben klirrten, und hüpfte durchs Gartentor auf den Gehsteig.

Ihre Großmutter verdrehte die Augen, als sie die Tür so heftig knallen hörte und schüttelte ergeben den Kopf.

"He du, spielst'e mit Hinkepott?!"

Anna hielt kurz an und sah hinüber. Dort standen der dicke stoppelhaarige Junge von nebenan und das rothaarige, sommersprossige Mädchen, welches schräg gegenüber wohnte, und sahen sie erwartungsvoll an. Sie hatten die Felder für das Spiel mit Kalk- und Ziegelsteinbrocken auf die Straße gemalt und standen soeben im Begriff, zu beginnen.

"Nee, ich hab' keine Zeit, ich muß gerade was Wichtiges machen!" rief Anna zurück, "vielleicht nachher!"

Der Junge sah sie enttäuscht an, dann zuckte er die Achseln. Anna bekam das gar nicht mehr mit, weil sie bereits weitergerannt war. Sie hatte nun das Grundstück von Tante Lisbeth, wie sie hier von allen genannt wurde, erreicht. An der hohen Pforte hielt sie einen Augenblick inne. So ein bißchen mulmig war ihr doch schon; schließlich kannte sie Tante Lisbeth nur flüchtig vom Sehen. Der Garten war ziemlich verwildert, weil die alte Frau nicht mehr die Kraft hatte, ein solch großes Grundstück zu pflegen. Selbst der Kiesweg, der zu der alten hölzernen Villa führte, war mit Gras und Unkraut überwuchert. Als Anna ihn jetzt in Richtung Haus beschritt, mußte sie aufpassen, nicht die vielen von den Seiten hereinhängenden Brennesseln zu berühren. An der Tür angekommen, suchte sie vergeblich nach einer Klingel an der Wand, deren Farbe, ursprünglich vermutlich weiß, schon fast vollständig abgeblättert war. Das einzige, was sie fand, war ein dicker, abgegriffener, messingfarbener Löwenkopf, welcher in der Mitte der Tür in einem metallenen Ring befestigt war. Dahinter befand sich eine dicke, verbeulte Platte, die Anna auf die Idee brachte, wozu dieses Ding gut war. Sie hob den Löwenkopf an und ließ ihn gegen die Tür bollern. Der dröhnende Hall, der daraufhin entstand, war erschreckend laut, so daß Anna schon die Befürchtung hegte, es könne Ärger geben. Doch vorläufig tat sich erstmal gar nichts. Anna versuchte, durch das Fenster neben der Tür zu spähen, gab den Versuch aber schnell wieder auf, da die Scheiben desselben nahezu erblindet waren. Jetzt hörte sie, wie sich ein Schlüssel im Schloß drehte und das Rasseln einer Vorhängekette, die entfernt wurde, dann öffnete sich die Tür langsam mit lautem Knarren.

"Ja?" erklang eine knarzige, etwas zittrige Stimme, und eine alte Frau, mit einem von Runzeln übersäten Gesicht, trat auf die Schwelle. Sie trug einen verblichenen Morgenmantel, aus dem unten zwei dürre Beine herausragten. Die Füße steckten in ausgetretenen Pantoffeln. Erneut öffnete sich der zahnlose Mund: "Wer ist denn da?"

"Guten Tag", sagte Anna und trat verlegen von einem Fuß auf den anderen, "ich bin Anna Hesius, und Omi hat gesagt, ich könnte dich ruhig mal besuchen."

"Oh, die Kleine von Martha", sagte die Alte, und ein Lächeln glitt wie ein Sonnenstrahl über ihr Gesicht, "ich habe dich nur nicht erkannt, weil ich meine Brille eben nicht so schnell gefunden habe. Komm doch herein, mein Kind!"

Sie wartete, bis Anna an ihr vorbei das Haus betreten hatte und schloß dann hinter ihnen die Tür. Nun war es so finster in dem hohen Flur, daß Anna einen Augenblick stehenbleiben mußte, um ihre Augen an die Dunkelheit zu gewöhnen. Es roch ziemlich muffig, und die Bilder, die die Wände zierten, waren unter einer dicken Staubschicht kaum mehr zu erkennen. Auch der große Spiegel an der Garderobe offenbarte nicht mehr von ihnen beiden als einen vagen Schatten. Anna fühlte sich unbehaglich; eigentlich sah die alte Lisbeth genauso aus, wie sie sich eine Hexe immer vorgestellt hatte, das einzige, was noch fehlte, war die Hakennase mit einer Warze und ein Besen zum Reiten. Aber schon im nächsten Moment schämte sich Anna dieser Gedanken. Die Greisin war mittlerweile an ihr vorübergeschlurft und hatte eine Tür am Ende des Flures geöffnet, durch die helles Sonnenlicht hereinfiel. Anna folgte ihr in eine große, mit schwarzen und weißen Steinen geflieste Küche. Hier sah alles schon wesentlich sauberer aus. Über einem mächtigen, emaillierten Kohleherd hingen etliche Töpfe, Pfannen, Kellen und Ähnliches. Zwei schwere hölzerne Küchenschränke, deren Oberteile mit Glastüren versehen waren, standen dem Herd gegenüber. Neben dem Herd befand sich ein großes weißes Doppel-waschbecken aus Keramik, über welchem ein langer Wasserhahn mit altmodischem Porzellangriff aus der Wand ragte. Die Mitte nahm ein klobiger Küchentisch mit weißblau gemusterter Wachsdecke ein, um den vier weiße Holzstühle mit hoher Lehne standen. In der Fensterbank fristete eine kümmerliche Azalee ein klägliches Dasein.

"Magst du etwas trinken, Anna? Vielleicht eine Limonade, oder lieber eine heiße Schokolade?"

"Lieber die Schokolade!" entschied Anna.

"Das dauert aber einen Augenblick, mein Kind," sagte Lisbeth und hob dann mehrere eiserne Ringe aus dem Herd, um Papier und Holz hineinzuwerfen und mit einem Streichholz zu entzünden. Anschließend kamen die Ringe wieder an ihren angestammten Platz, auf den ihre Gastgeberin nun einen Topf stellte und aus einem Krug frische Milch hineinfüllte.

Anna schaute interessiert zu; sie hatte noch nie einen so umständlich zu bedienenden Herd gesehen. Auch das Kakaopulver sah ganz anders aus als zu Hause, viel dunkler. Zudem mußte Lisbeth den Zucker noch extra hineingeben, bei dem, den Mama immer kaufte, war das alles schon drin.

"Gleich ist er fertig", sagte Lisbeth und sah lächelnd - mittlerweile mit Brille - in Annas große, staunende Augen, "du kannst dir schon mal einen Platz aussuchen."

Anna setzte sich so, daß sie weiter beobachten konnte, was Tante Lisbeth tat. Die hatte den Topf jetzt von der heißen Herdplatte geschoben und schlug nun - mit einem Schneebesen, per Hand! - Schlagsahne. Hatte sie denn nicht mal einen Mixer!? Danach holte die gebrechlich wirkende Frau zwei verschnörkelte Tassen mit goldenen Rändern aus dem Schrank, stellte sie auf den Tisch und goß den Kakao hinein. Hinterher kam auf jede Tasse noch ein dicker Klecks Sahne.

"So, denn probier mal! Wenn er nicht süß genug ist, kannst du ja noch Zucker nachnehmen. Aber paß auf, er ist bestimmt noch sehr heiß!"

Während Anna vorsichtig an ihrer Tasse nippte, stellte die Alte noch eine Schale, welche ebenso reich mit Zierat versehen war wie die Tassen, gefüllt mit selbstgebackenen Keksen und Schokolade, vor Anna hin.

Obwohl Anna auch zu Hause gerne Kakao trank, mußte sie eingestehen, daß dieser hier um Klassen besser schmeckte.

"Mmmh, toll!" kommentierte sie, "so gut kann meine Mama das nich'!"

Tante Lisbeth sah sie liebevoll an", das höre ich gern, Kleines, du kannst mich ja ruhig öfter mal besuchen."

"Ou ja!" freute sich Anna, dann fiel ihr wieder ein, weshalb sie überhaupt hergekommen war.

"Du, Tante?"

"Ja, Anna?"

"Sag mal, kennst du eine Hexe?"

Sofort verdüsterte sich das Gesicht Lisbeths.

"Hat man wieder über mich getratscht?" fragte sie mit verbitterter Stimme.

"Nein, nein!" versicherte Anna hastig und ein wenig ängstlich, ob des schnellen Stimmungswechsels, "ich hatte Omi danach gefragt, weil ich unbedingt eine Hexe finden muß, die gegen einen Zauberer kämpfen kann, und da hat Omi gesagt sie kennt keine, aber du wüßtest vielleicht eine."

"Das mußt du mir mal etwas genauer erklären, Anna", sagte Lisbeth schon etwas besänftigt, "was ist das für eine Geschichte mit dem Zauberer?"

Nun erzählte Anna, wie sie Urkalan kennengelernt hatten, wie er sie entführt hatte, über seine Zauberfähigkeiten, den Rubin, über den er die Tiere zu kontrollieren imstande war, seinen mutmaßlichen Tod, sowie sein erneutes Auftauchen und die folgende Vernichtung des Elfendorfes.

Lisbeth, die ihr gebannt lauschte, schüttelte ein ums andere Mal den Kopf, so daß Anna schließlich ihren Bericht abbrach.

"Glaubst du mir nicht, Tante? Das stimmt aber wirklich alles, was ich gesagt habe! Ehrlich!"

Lisbeth blickte auf: "Doch, doch, natürlich glaube ich dir! Ich hatte schon vorher von dem Rubin gehört und auch von den Elfen, und zwar von jener Hexe, von der deine Oma gesagt hat, daß ich sie kenne, doch ich muß gestehen, daß ich ihr nie so recht geglaubt habe. Und nun ist genau das eingetreten, was sie immer befürchtet hatte: daß dieser sagenumwobene Rubin eines Tages wieder auftauchen würde und in schlimme Hände fiele."

"Kannst du mich zu ihr bringen, Tante Lisbeth? Ich will sie fragen, ob sie uns gegen Urkalan hilft."

"Das ist nicht so leicht wie du denkst, Anna. Man kann nicht einfach so zu ihr gehen, um mit ihr zu reden. Weil sie lange verachtet und verfolgt wurde, hat sie sich in eine tiefe unzugängliche Höhle zurückgezogen. Der Weg dort hinein ist beschwerlich und heimtückisch; auch bin ich ihn noch nie gegangen, da ich nicht mehr rüstig genug bin. Ich sah sie vor sieben Jahren das letzte Mal, und das war, bevor sie sich in die Tiefe zurückzog. Sie hat ziemlich seltsame Regeln aufge-stellt: Es dürfen nur unschuldige Wesen sein, die sie aufsuchen, und sie dürfen nur in einer Neumondnacht kommen, ansonsten gewährt sie weder Hilfe, noch wird sie den oder diejenige bis zu sich herabkommen lassen."

"Oh, was sollen wir denn dann machen? Wir brauchen sie doch so dringend, weil keiner 'was gegen Urkalans Zauberei machen kann!" brachte Anna hervor, und ihre Augen füllten sich mit Tränen, "ich hatte so gehofft, Hilfe für meine Freundinnen zu finden!"

"Bitte nicht weinen, mein Kind, dich würde sie ganz sicher bis zu sich kommen lassen", tröstete Lisbeth und strich Anna über das Haar, "ich kann dir den Weg bis zum Höhleneingang auch genau beschreiben. Du darfst es aber an niemanden weitersagen!"

Sie blickte auf einen Kalender an der Wand.

"Übermorgen ist Neumond, da könntest du es versuchen."

"Ich weiß nicht", sagte Anna unsicher, "Omi und Opi lassen mich bestimmt nicht weg, so in der Nacht. Außerdem habe ich Angst davor", setzte sie noch leise hinzu.

"Tja, das kann ich gut verstehen, Kleines, aber wenn es für dich und deine Freunde so lebenswichtig ist?"

"Ich trau mich nicht!" Anna knetete nervös ihre Hände und brach erneut in Tränen aus, "das war letztes Mal schon so schrecklich, als ich in der Höhle von Urkalan gefangen war!"

Lisbeth setzt sich zu ihr und nahm Anna auf den Schoß.

"Ich käme sofort mit dir, aber meine Beine machen das nicht mehr mit. Hast du denn niemanden, den du mitnehmen könntest?"

Anna schüttelte den Kopf, biß sich auf die Lippe und ballte die kleinen Fäuste: "Ich mach' es alleine!" sagte sie mit trotziger Stimme, "dann mußt du mir jetzt nur sagen, wie ich die Höhle finde!"

"Nun gut, auf die Gefahr hin, daß ich Ärger mit deinen Großeltern bekomme! Hast du schon einmal den Turm dort oben im Wald gesehen?"

"Mmm, Opa war schon mal oben drauf mit mir, vor ein paar Wochen."

"Auf der einen Seite des Turmes steht ein einzelner großer Stein ... ."

"Ja, den hab ich auch gesehen, ich bin darauf geklettert und runtergesprungen!"

"Gut, gut! Also bei dem Stein beginnt ein schmaler, kaum sichtbarer Pfad, der sich den Hang hinunterwindet und an einem kleinen Quellteich endet. Du mußt in den Teich hineinwaten. Auf der gegenüberliegenden Seite schiebst du die herabhängenden Ranken und Moose beiseite, dahinter befindet sich der Eingang. Mehr kann und darf ich dir nicht sagen, aber ich wünsche euch Erfolg im Kampf gegen dieses Ungeheuer Urkalan!"

"Danke", sagte Anna mechanisch, aber mit ihren Gedanken war sie bereits weit fort. Ein polterndes Dröhnen schreckte sie wieder auf und ließ sie zusammenzucken.

"Keine Angst Kleines, das ist nur der Türklopfer", beruhigte Lisbeth.

"Das ist bestimmt Omi, die wollte mich abholen, wenn das Essen fertig ist", mutmaßte Anna und sprang von Lisbeths Schoß hinab.

"Komm mich bald wieder besuchen, Anna und erzähl, wie es dir ergangen ist. Ach ja und grüß Meliolantha, so heißt die Hexe, von mir!"

"Mach ich!" rief Anna über die Schulter zurück und rannte zur Tür, "Tschüß, Tante Lisbeth!"

"Na Anna", wurde sie von der Oma empfangen, "wie war es? Hast du etwas über die Hexen gelernt?"

"Och, na ja, so'n bißchen", sagte Anna so beiläufig wie möglich, "aber leckeren Kakao und Kekse hat Tante Lisbeth mir gegeben!"

"Ja, ja, dafür ist die Gute bekannt. Hoffentlich hast du dann jetzt überhaupt noch Hunger auf das Mittagessen!"

"Was gibt's denn?"

"Kartoffelpuffer mit Apfelmus."

"Oh, Klasse, dann hab ich auch noch Hunger! Du, Omi, habt ihr vielleicht eine Taschenlampe für mich?"

"Hmm, ich glaube nicht, nein. Wozu brauchst du denn eine Taschenlampe?"

"Och, nur so, zum Spielen. Is' nich' so wichtig."

Mist, wo sollte sie jetzt eine Taschenlampe herbekommen? Zu Hause, in Papas Arbeitszimmer, gab es gleich mehrere, aber hier ? Nicht mal einen Laden gab es hier, wo sie sich von ihrem Taschengeld eine hätte kaufen können. Sie müßte irgendwie zu ihrem Haus kommen, aber wie? Zu Fuß war es viel zu weit, und ein Fahrrad hatte sie auch nicht. Abgesehen davon würde es auch mit dem Fahrrad zu lange dauern. Da kam ihr eine Idee: Ein Taxi! Sie würde einfach ein Taxi rufen. Sie hatte nämlich zufällig gesehen, daß vorn auf dem Telefonbuch eine Telefonnummer für Taxis stand.

Das war ihr gerade eingefallen und hatte sie auf die Idee gebracht.

Nach dem Mittag, bei dem sie entgegen ihrer Gewohnheit nur drei Pfannkuchen aß, weil sie so aufgeregt war, ergab sich auch schon eine Gelegenheit.

"Kann ich dich nochmal eine Zeit alleinlassen, Anna? Ich müßte eigentlich zur Gemeinderatssitzung, die ich nur ungern ausfallen ließe."

"Kein Problem, ich kann ja mit den Nachbarskindern spielen, die haben mich vorhin schon gefragt."

Kaum war ihre Oma, Hedwig, gegangen, als Anna auch schon zum Telefon lief und die besagte Nummer wählte.

"Taxiruf 2000, was können wir für sie tun?"

"Hallo, hier ist Anna Hesius, ich brauche ein Taxi!"

"Wann soll der Wagen kommen, und wohin?"

"Jetzt sofort, in den Rotkehlchenweg 10."

"In Ordnung, es wird zirka fünf bis zehn Minuten dauern."

"Danke, tschüß."

Puh, das hatte ja besser geklappt, als befürchtet. Langsam beruhigte sich auch ihr Herzklopfen wieder. Rasch lief sie noch in ihr Zimmer und holte das Portemonaie mit ihren gesamten Ersparnissen. Hoffentlich waren der Junge und das Mädchen nicht gerade da, wenn das Taxi kam. Hinterher würden sie sie verpetzen! Doch ihre Befürchtung war grundlos; als sie vor die Tür trat, lag die Straße einsam und verlassen in der Mittagssonne. Kurz darauf bog auch schon das Taxi um die Ecke und hielt vor dem Haus. Der Fahrer stieg aus und wollte gerade zur Tür gehen.

"Hallo, guten Tag!" sagte Anna.

"Mahlzeit", antwortete der Fahrer, "he, du bist doch Anna, die Enkelin von den Landgrafs! Hast du etwa das Taxi gerufen?"

"Ja, ich muß dringend etwas von zu Hause holen, und Opa ist nicht da und kann mich nicht fahren!"

"Na ja, normalerweise hätte ich ja Bedenken, aber weil ich dich kenne, ist das wohl schon o.k.. Aber bis zu euch nach Ostendorf, da wohnt ihr doch oder, ist es ganz schön weit, also auch teuer. Hast du denn so viel Geld?"

"Ich glaub schon, ich hab ziemlich lange gespart!"

"Na, denn man los!" Er öffnete Anna die hintere Tür und ließ sie einsteigen, dann setzte er sich ans Steuer und fuhr los. Die Fahrt dauerte über eine halbe Stunde, obwohl der Mann ziemlich schnell fuhr.

"So, wir sind da, Endstation, alles aussteigen!"

"Kannst du bitte warten, ich will nur schnell etwas aus dem Haus holen."

"Na klar, ich laß dich doch nicht hier einfach allein!" sagte der Chauffeur und lächelte.

Anna rannte zur Vordertür. Plötzlich fiel ihr siedendheiß ein: Sie hatte vergessen, den Hausschlüssel mitzunehmen! Was nun? Sie probierte trotzdem; natürlich war die Tür verschlossen. Vielleicht war ja die Tür zum Garten nicht zugeschlossen. Eilig lief sie ums Haus, aber auch hier wurde sie enttäuscht. Sollte sie das ganze Geld umsonst ausgeben müssen?! Das konnte doch einfach nicht wahr sein! Ob eventuell ein Fenster aufgeblieben war? Nein, es war wieder nichts; das einzige offene Fenster war das Toilettenfenster oben, das auf Kippe stand. Aber sie würde es weder schaffen, dort hinaufzukommen, noch durch den schmalen Spalt ins Innere zu gelangen. Enttäuscht ließ sie sich auf den Rasen fallen und trommelte vor Wut mit den Fäusten auf den Boden.

8

Lila war schweißgebadet, als sie endlich den Anleger erreichte und nun Richtung Dorf flog. Sie brauchte unbedingt eine Pause, aber bis zu Bernhard würde sie es schon noch schaffen. Jeder Flügelschlag schmerzte, und sie hatte Mühe, genug Luft zu holen. Unnötigerweise setzte jetzt auch noch Seitenstechen ein. Doch nun war schon das Haus der Hesius' zu sehen. Sie mußte vorsichtig sein, denn auf der Straße stand ein cremefarbenes Auto, in welchem ein Mann saß und zu dem Haus hinüber sah. Aus dem Garten war ein leises dumpfes Trommeln zu hören. Lila versteckte sich zwischen den Büschen und lugte darunter hervor. Mit Erleichterung registrierte sie, daß es Anna war, die jene Geräusche zustande brachte, indem sie mit den Fäusten auf das Gras schlug. Worüber sie sich wohl derart ärgern mochte? Lila zögerte nicht mehr und huschte zu Anna hinüber.

"He, du, was hat das arme Gras dir denn getan, daß du es so schlägst?"

Anna hielt inne und sah auf: "Lila, du hier?! Das ist ja 'ne Überraschung!"

"Das gleiche hab ich auch gedacht; wenn, dann hätte ich eigentlich nur Martha und Bernhard hier erwartet."

"Häh, wieso? Die sind doch zu euch unterwegs!"

"Oh nein, dann muß ich sie verpaßt haben! Na ja, läßt sich jetzt auch nicht mehr ändern, dann muß ich eben wieder zurückfliegen. Aber was machst du denn hier, besonders, wenn deine Eltern gar nicht da sind? Ich dachte, du seiest bei deinen Großeltern."

"Bin ich auch eigentlich, aber ich muß unbedingt eine Taschenlampe haben, und Opa und Oma haben keine. Ich muß nämlich in eine Höhle zu einer Hexe!"

Rasch berichtete sie Lila von der Unterredung mit Lisbeth. "Und jetzt bin ich hier und komme nicht rein, weil ich den Schlüssel vergessen habe. Das einzige Fenster, das offen ist, ist das da oben und da komme ich nicht hin oder durch."

"Ich könnte da wohl durch", meinte Lila, "aber dann weiter? Wenn drinnen die Türen geschlossen sind, werde ich es kaum schaffen, sie zu öffnen, und wenn doch, die Haustüren schaffe ich nie! Und die Taschenlampen wären für mich auch zu schwer."

"Ich weiß was, Lil, wenn die Türen drinnen auf sind, kannst du nach unten fliegen. Da ist ein Schlüsselbrett bei der Haustür an der Wand und wenn da ein Schlüssel mit einem grünen Anhänger ist, kannst du ihn mit nach draußen bringen, dann kann ich die Tür aufschließen."

"Gut, ich versuch's!"

Lila surrte empor und schlüpfte durch den Fensterspalt; sie hatte Glück: Die Tür war nur angelehnt, so daß sie keine große Mühe hatte, ins Treppenhaus und nach unten zu gelangen. Das Schlüsselbrett war auch schnell gefunden, und Lila griff sich, ohne zu zögern, den richtigen Schlüssel und kehrte damit zu Anna zurück.

"Super!" freute sich Anna und klatschte in die Hände, "jetzt kann ich rein. Was für ein Glück, daß du ausgerechnet jetzt gekommen bist!"

Sie öffnete die Tür und betrat, gefolgt von Lila, das Haus.

"Lil?"

"Ja?"

"Könntest du nicht vielleicht mitkommen zu der Hexe? Ich hab so dolle Angst!"

"Das ist schon morgen Nacht, ja? Ich glaube, ich komme mit. Bernhard habe ich ja sowieso verfehlt, und wenn ich dann nicht sofort zurückkomme, denken sie bestimmt, daß ich ihn suche. Vor allem wäre es ja toll, wenn die Hexe uns möglicherweise tatsächlich gegen Urkalan helfen würde."

Annas Augen leuchteten vor Freude und Erleichterung, daß sie nun doch nicht allein in diese unheimliche Höhle mußte.

"Hm, aber wie kriege ich dich mit? Der Taxifahrer darf dich ja nicht sehen."

Nach kurzem Überlegen nahm sie eine Werkzeugtasche, leerte sie aus und tat dann zwei Taschenlampen hinein.

"So, da paßt du auch noch mit rein, Lil, dann sieht dich keiner. Wir müssen auch schnell los, damit wir vor Omi wieder zurück sind. Anna tat, bevor Lila hineinstieg, noch schnell ein kleines, sauberes Handtuch mit in die Tasche, damit Lila es weicher hatte. Als Lila es sich bequem gemacht hatte, klappte Anna die Tasche zu, schloß die Haustür ab und lief zum Taxi.

"Das hat ja ganz schön lange gedauert", hörte Lila den Mann sagen.

"Ja, ich hab die Sachen, die ich brauchte, nicht so schnell finden können", flunkerte Anna.

"Ist ja auch egal", antwortete der Fahrer, "ich hab es eh nicht eilig. Es ist noch kein Anschlußauftrag da." Er startete den Motor und fuhr los. Als einige Zeit später der Wagen hielt und der Motor verstummte, war Lila heilfroh, denn ihr Notquartier war doch reichlich eng, und es kam kaum genügend Luft durch die Ritzen.

"So, da wären wir. Dann bekomme ich jetzt 56,80 DM von dir Anna."

Anna kramte ihr Portemonaie hervor. "Kannst du dir das Geld selbst herausnehmen? Ich kann noch nicht so gut damit rechnen", bat Anna und hielt dem Mann die Börse hin. Dieser nahm sie entgegen und öffnete sie, dann fing er an zu lachen.

"Weißt du Anna, du hast zwar wirklich schon viel gespart, aber es sind trotzdem nur 16,10 DM in deinem Portemonaie. Das reicht bei weitem nicht!"

Anna sah ihn ängstlich an.

"Und was jetzt? Krieg ich jetzt Haue?"

"Aber Anna, wo denkst du hin! Es ist ja auch meine Schuld, wenn ich mich nicht vorher vergewissere, ob du genügend Geld hast; gerade bei einer so weiten Fahrt. Paß mal auf, wir machen es so: Du behältst dein Geld und dafür fährst du irgendwann mal mit mir ins Dorf und spendierst mir 'ne Tüte Eis, abgemacht?" Er streckte Anna seine Hand hin.

"Abgemacht!" bestätigte Anna erleichtert und schlug ein.

Dann hörte Lila die Autotür klappen und den Wagen sich entfernen. Annas Schritte waren zu hören, wobei

Lila in der Tasche heftig hin- und hergeschwenkt wurde. Das Öffnen und Schließen einer weiteren Tür folgte, dann öffnete Anna endlich die Tasche.

"Wir haben Glück gehabt, Omi ist noch nicht zurück und Opa auch nicht! Du kannst rauskommen."

Lila kletterte, etwas grün um die Nase und mit einem Gefühl wie Seekrankheit, aus ihrem 'Gefängnis'.

"Oh, ist mir schlecht", würgte sie.

"Tschuldigung, Lil, hab ich dich zu doll rumgeschlenkert?"

"Ist nicht so schlimm, das geht gleich wieder."

"He, da kommt Omi wieder", stellte Anna bei einem Blick aus dem Fenster fest, "komm schnell mit, ich verstecke dich erst mal in meinem Zimmer!"

Anna griff sich den Werkzeugkoffer mit den Taschenlampen und hastete los.

"So, wenn jetzt jemand reinkommt, kannst du dich ja hinter den Blumen verstecken. Wenn ich es bin, klopfe ich zweimal und dann noch dreimal, o.k. ?"

"Alles klar! Du, Anna, wenn es geht, kannst du mir dann irgendetwas zu essen und zu trinken besorgen?"

"Klar, Lil, mach ich. Ich geh jetzt mal zu Omi, damit sie erst gar nicht hier herein kommt. Bis gleich!"

Es dauerte eine ganze Weile, bis sie wiederkam und Brot, Kuchen, Mineralwasser und Kirschsaft mitbrachte.

"Tut mir leid, daß es so lange gedauert hat, aber ich mußte warten, bis Omi mal draußen war, damit ich die Sachen unbemerkt hierherbringen konnte."

"Kommen wir hier überhaupt in der Nacht hinaus, ohne daß deine Großeltern etwas bemerken?" fragte Lila, während sie nun auf Annas Bett sitzend gemeinsam aßen und tranken.

"Joo", sagte Anna mit vollem Mund, "die schlafen so fest, die würden nicht mal von einem Gewitter wach werden."

"Anna!" tönte später die Stimme Hedwigs, "es ist Bettgehzeit. Geh bitte die Zähne putzen, und dann ab in die Heia!"

"Ja Omi!" rief Anna. "Bin gleich wieder da", setzte sie für Lila hinzu, "nur eben Zähne putzen und Omi Gute Nacht sagen."

"Kann ich mitkommen? Ich möchte mich auch waschen und Zähne putzen, außerdem muß ich mal!"

"Wart mal, ich seh nach, ob die Luft rein ist!"

Nach einem kurzen Augenblick steckte Anna ihren Kopf durch die Tür: "O.k., du kannst kommen, Oma und Opa sitzen im Wohnzimmer, die kriegen nichts mit."

Als sie nach erfolgreichen Abendwerken wieder in Annas Zimmer waren, machte Anna ihr Puppenbett für Lila zurecht.

"Ich hätte zwar nichts dagegen, wenn du mit in meinem Bett schläfst, aber hinterher wälze ich mich im Schlaf noch auf dich drauf, oder Omi sieht dich, wenn sie mich morgen weckt."

Sie postierte das Puppenbett so hinter ihrem, daß es nicht ohne weiteres zu sehen war, dann schlüpften beide unter die Decken.

"Ich glaube, wir unterhalten uns lieber nicht mehr lange, sonst sind wir morgen, wenn wir die Nacht durchmachen müssen, zu müde. Also gute Nacht, Anna!"

"Gute Nacht, Lil!"

9

Getrieben von der Angst, daß etwas Schlimmes passiert sein mochte, jagten die Elfen durch die Nacht. Niemand von ihnen achtete auf die Schmerzen der überforderten Muskeln; sie alle trieb nur der Gedanke an die im Dorf Zurückgebliebenen. Schon lange vor Sonnenaufgang näherten sie sich dem See. Als sie Killys Hütte erreichten, die unversehrt dort im Dunklen stand, beruhigten sie sich ein wenig. Sara überlegte kurz, ob sie Killy aufsuchen sollte, entschied sich dann aber dagegen, um ihrer Schwester nicht unnötigerweise den Schlaf zu rauben. Sie durchquerten den letzten Waldstreifen und wollten gerade hinaus auf die freie Fläche vor dem Dorf, als die vorn fliegenden Bregard und Toldar abrupt und mit einem Entsetzensruf stoppten. Saras Herz krampfte sich zusammen und schlug heftig, dann sahen sie es alle: Ihr Dorf existierte praktisch nicht mehr. Die Häuser waren nur noch formlose Schutthaufen in der sie umgebenden Dunkelheit.

"Oh Gott nein, das darf doch nicht wahr sein!" brach es aus Sara hervor, "ich kann nicht mehr, ich halte das nicht mehr länger aus!"

Damit sprach sie das aus, was alle übrigen ebenso dachten. Verzweifelt durchkämmten sie langsam das zerstörte Dorf. Bregard flog allen voran. Ihn schwindelte, und am liebsten hätte er geschrien; das einzige im Leben, was ihn derzeit wirklich interessierte, was er liebte, Camilla, vernichtet, getötet! Seine Augen brannten, und seine ohnmächtige Wut drohte ihn zu verzehren. Doch schon bald wurde klar: Im Gegensatz zum Massaker vom Ullasee lagen hier keine Toten, obwohl die Kampfspuren, soweit in der Finsternis zu erkennen, durchaus ähnlich waren.

Als sie die Trümmer fast gänzlich durchsucht hatten, erklang vor ihnen plötzlich eine Stimme, die Bregards Herz einen Sprung machen ließ:

"Hallo, wir sind hier hinten, auf der Lichtung!"

Das war Camilla! Ihre Stimme klang bedrückt und ängstlich. Er flog auf sie zu; im schwachen Licht des Mondes sah er Tränen in ihren Augen schimmern. Voller Freude, daß sie unversehrt schien, umarmte er sie stürmisch und Camilla, die ihm sonst meist eher reserviert gegenübertrat, erwiderte die Umarmung dankbar.

"Was ist passiert, Milla? Wo sind all die anderen?" fragte die nun hinzukommende Sara, "und wo ist Lila?!"

"Lila ist in Ordnung", beruhigte Camilla schnell und löste sich aus Bregards Umarmung, "sie ist unterwegs, um Bernhard abzufangen und ihn zu bitten, etwas gegen die Heuschrecken, die hier das Dorf und wohl auch das am Ullasee, überfallen haben, mitzubringen. Bernhard hatte nämlich zugesichert, uns mit Martha zu Hilfe zu kommen. Auch Corinna hilft uns - sie ist schon hier."

Während ihrer Erklärung hatte sie die übrigen zu der Lichtung geführt, auf der Corinna wartete. Anschließend berichtete sie, wie sich der Überfall abgespielt hatte. Daß, zumindest vorerst, keine Elfen bei dem Überfall getötet worden waren, führte bei den Zuhörern zu einer gewissen Erleichterung, andererseits aber auch zu der bangen Frage: Was würde mit ihnen geschehen, was hatte Urkalan vor?

"Wann können wir denn mit Bernhard und Martha rechnen?" wollte Jondras wissen.

"Schwer zu sagen", überlegte Corinna, "es kommt wohl ziemlich darauf an, ob und wie weit sie schon unterwegs waren, bis Lila sie erreicht hat.

Wenn sie weit zurück müssen, kann es passieren, daß sie erst in zwei, drei Tagen hier sind. Wenn sie noch gar nicht los waren, ganz vielleicht schon heute abend oder morgen."

"Hoffentlich bringt er irgendetwas Effektives gegen Urkalan mit; wir müssen schließlich schnell handeln, bevor er den Gefangenen etwas antut!" wünschte sich Kara.

"Wir müssen auch hier etwas improvisieren", erklärte Histran und wies in Richtung der zerstörten Häuser, "wir haben nicht mal mehr ein Dach über dem Kopf und sollten uns wenigstens eine behelfsmäßige Unterkunft bauen."

"Das habe ich im Laufe des Tages schon erledigt", meldete sich Corinna zu Wort, "ich habe eine Hütte gebaut, die groß genug sein sollte, uns allen Platz zu bieten. Ihr müßtet halt nur, entsprechend euren Bedürfnissen, die Einrichtung ergänzen."

"Haltet ihr es denn für klug, hier zu bleiben?" wollte Toldar wissen, "schließlich kennt Urkalan ja offensichtlich den Platz unseres Dorfes."

"Ich denke schon, daß wir hier relativ gefahrlos bleiben können", erwiderte Histran, "denn der Magier wird davon ausgehen, daß seine Truppen ganze Arbeit geleistet und alle gefangen haben, so daß er sein Augenmerk wohl nicht so schnell wieder hierher richten wird. Trotzdem sollten wir äußerst vorsichtig sein und Urkalans Spähern am Himmel möglichst keinen Hinweis auf unsere Anwesenheit geben."

"Vor den Adlern ist man ja nirgends sicher", sagte Camilla zu Bregard gewandt, "auf dem Weg zu Bernhard haben wir auch einen gesehen, der die Gegend abzusuchen schien." Dann fügte sie an alle gerichtet noch hinzu: "Er scheint auch kleinere Landlebewesen und Nachtvögel, Eulen und so, unter seinem Befehl zu haben."

Sie berichtete in allen Einzelheiten von dem nächtlichen Angriff am Seeufer.

"Das ist ja furchtbar", entfuhr es Sara, "da ist man ja nirgends mehr sicher. Man kann doch nicht auf jede Maus, jeden Vogel und womöglich jedes Insekt achten, nur weil es vielleicht unter seinem Befehl steht!"

"Das ist wahr", stimmte Histran bei, "wir müssen zusehen, ihm so bald wie möglich den Rubin zu entreißen, damit das ganze Szenario wieder etwas übersichtlicher für uns wird!"

"Laßt uns versuchen, zur Ruhe zu kommen", mahnte Kara, "wir alle brauchen Kraft und wache Sinne für die nächsten Tage. Wollen wir beten, daß Bernhard und

Martha schon im Laufe des anbrechenden Tages kommen!"

Dem war nichts hinzuzufügen, und so machten sie es sich in der Hütte, die Corinna aus Ästen, Gras, Moos und Blättern gebaut hatte, so gut es ging bequem, um, soweit es ihr innerer Aufruhr gestattete, noch etwas Schlaf zu finden. Sara legte sich neben Camilla, um ihr Trost zu spenden und Bregard baute sich seine Schlafstelle auf ihrer anderen Seite auf, ehe ihm etwa jemand zuvorkommen konnte. Camilla, die bemerkt hatte, wie besorgt Bregard um sie war, drehte sich, bevor sie einschlief, noch einmal zu ihm um: "Danke Bregard!" sagte sie leise und drückte seine Hand.

Dann kehrte sie ihm wieder den Rücken und schlief in den Armen von Lilas Mutter ein. Bregard war glücklich; zwar war ihm nicht so ganz klar, weshalb Camilla sich speziell bei ihm bedankte, doch darüber zerbrach er sich nicht lange den Kopf. Allein, daß sie ihm ihre Aufmerksamkeit widmete und der Händedruck, den er noch Minuten später zu fühlen meinte, reichten, um ihn in wunderschöne Träume sinken zu lassen. Kurz vor Mittag des neuen Tages kam eine der vorgescho-benen Wachen angeflogen.

"Bernhard und Martha kommen!" rief Welard aufgeregt.

"Was, jetzt schon!?" rief Corinna überrascht, "da muß Lila ja geflogen sein wie eine Rakete. Das kann doch nicht sein!"

Aber es war so. Wenige Minuten später führte Dungan die beiden auf die Lichtung. Die Gesichter des Ehepaares waren angespannt und offensichtlich schockiert, nachdem sie auf dem Weg zu dem Versteck die Zerstörungen gesehen hatten.

"Was ist hier passiert?" fragte Martha und blickte in die Runde.

"Hat Lila euch das nicht erzählt?" wollte Corinna überrascht wissen.

"Ja, und wo ist Lila überhaupt?" setzte Sara besorgt hinzu.

"Lila?" entgegnete Bernhard, "hätte sie uns treffen sollen? Wir haben sie nicht gesehen."

"Nein, nein, nein!" flüsterte Sara, "Gott, bitte gib, daß das nicht wahr ist!"

"Lila wollte euch unterwegs abfangen, um euch zu bitten, noch etwas mitzubringen", erklärte Corinna, "und selbst wenn ihr sie nicht gesehen hättet, so hätte sie euch umgekehrt doch bestimmt bemerken müssen."

"Nicht unbedingt", meinte Martha, "es kann durchaus sein, daß wir uns verfehlt haben, denn wir sind anfangs einen ziemlichen Umweg gegangen, um die Ausläufer des Knochensumpfes zu meiden."

Sara atmete erleichtert auf; es mußte also doch nichts passiert sein!

"Bestimmt sucht sie euch jetzt oder denkt, daß ihr noch gar nicht unterwegs seid und wartet bei eurem Haus auf euch", vermutete Camilla, "so würde ich es jedenfalls machen."

"Das kann gut sein", pflichtete Sara bei, "daß heißt aber auch, daß wir hier nicht alle wegkönnen, bevor sie nicht wieder da ist, sonst weiß sie ja nicht, wo sie uns finden soll!"

"Natürlich, das ist doch selbstverständlich!" versicherte Histran, "wir dürfen auf der anderen Seite aber auch keine Zeit verlieren, den anderen zu Hilfe zu eilen!"

"Kann mir bitte mal einer erklären, was hier überhaupt Sache ist?" unterbrach Bernhard, "was ist denn mit den übrigen passiert?"

Nun setzte Corinna die beiden von den Ereignissen der vergangenen Tage in Kenntnis.

"Das wird ja immer schlimmer!" stöhnte Martha, "wir sollten wohl noch heute aufbrechen, denn wir wissen ja, daß Urkalan mit seinen ekelerregenden Versuchen nicht unbedingt lange wartet."

"Ich habe auch einiges an Waffen mitgebracht, was uns vielleicht hilft", fügte Bernhard hinzu, "sogar Sprengstoff habe ich auftreiben können."

"Gut, dann macht euch fertig!" wandte sich Histran an alle, "wer bleibt hier?"

"Ich bleibe natürlich hier!" sagte Lilas Mutter.

"Ich kann auch mit warten", erbot sich Corinna, "es sollte wenigstens ein Mensch bei jeder Gruppe sein, weil ihr Elfen euch ja nicht gegen jeden Angreifer wehren könnt."

"Bist du böse, wenn ich mit der ersten Gruppe mitfliege?" fragte Camilla Sara und sah sie etwas unsicher an.

"Selbstverständlich nicht, Milla, daß du dabei sein willst, deine Mutter zu retten, kann ich nur zu gut verstehen."

Camilla atmete erleichtert auf, während Jondras und seine Frau Kara ihre Bereitschaft bekundeten, ebenfalls hier zu warten.

"Das ist lieb von euch, aber ich glaube, es reicht, wenn ich mit Corinna auf Lila warte. Ihr werdet alle verfügbaren Kräfte dort brauchen, um Erfolg zu haben!"

So machte sich denn eine knappe halbe Stunde später die Hauptstreitmacht gegen Urkalan auf den Weg zur Ruinenstadt nördlich des Kartales, allen voran Camilla, die es nicht erwarten konnte, ihre Mutter aus den Fängen des üblen Zauberers zu befreien, und Bregard, der sich, ermutigt durch die vergangene Nacht, an ihrer Seite hielt. Bald waren sie den Blicken Saras und Corinnas entschwunden.

Sara seufzte: "Wo Lila wohl ist, und was sie jetzt macht?"

"Sie wird sicher bald kommen", antwortete Corinna, "wenn sie merkt, daß Bernhard und Martha nicht kommen, wird sie hierher zurückkehren."

"Das glaube ich auch, Conny, ich hoffe nur, daß sie nicht zu lange dort wartet. Je länger sie dort allein in der Weltgeschichte umherzieht, desto größer wird auch die Gefahr, daß sie von einem Späher Urkalans entdeckt wird, die Bernhards Haus mit Sicherheit beobachten."

"Sie wird schon aufpassen!" war sich Corinna sicher, "sie ist ja gewarnt, nicht zuletzt durch die Ereignisse auf dem Weg hierher und durch den Angriff hier."

So ergaben sie sich in das Unvermeidliche und fieberten, abwechselnd Wache haltend, der Ankunft Lilas entgegen.

10

Benommen öffnete Killy die Augen. Ihr war kalt, der Wind zerrte an ihren Flügeln. Sie hörte zeitweise mal lautes mal leises Schreien in der Nähe. Irgendwie fühlte sie sich eingeengt. Als ihre Augen klar wurden, sah sie über sich den Körper und die gleichmäßig schlagenden Schwingen eines Milans. Mit einem Schlag kehrte die Erinnerung zurück: Der Überfall der Heuschrecken, die Panik, das Schreien der Verletzten, die sinnlose Gegenwehr. Sie war hinausgeflogen, als sie den Lärm gehört hatte und war, kaum, daß sie das Haus Histrans verlassen hatte, von zwei Heuschrecken angegriffen und zu Boden geworfen worden. Dabei mußte sie mit dem Kopf irgendwo so hart aufgeschlagen sein, daß sie das Bewußtsein verloren hatte. Jetzt fand sie sich in den Klauen des Greifes wieder, die sie so fest umklammert hielten, daß sie sich kaum bewegen, geschweige denn entkommen konnte.

Sie verdrehte den Kopf, um sich umzusehen; nicht weit vor und hinter ihr flogen verschiedene andere Greife in langer Reihe, jeder trug eine oder mehrere Elfen. Etliche schienen verletzt, und viele, besonders die Kinder, weinten oder schrien. Der Menge der Vögel nach zu urteilen, dürfte es nur wenigen oder gar keinem gelungen sein, zu entkommen. Wie hatte der Angriff nur so schnell und überraschend kommen können? Sie hatten doch überall Wachen postiert, und dennoch kam deren Warnung viel zu spät, um noch angemessen reagieren zu können. Killy bemühte sich, in eine etwas bequemere Position zu kommen, aber es war zwecklos; die Krallen hielten sie wie stählerne Klammern. Sie stöhnte unter Schmerzen; wie mochte es erst den Kindern und Verwundeten ergehen?! Und was erwartete sie am Ziel dieses Fluges? Urkalan, so viel war sicher! Doch was hatte er mit ihnen vor?

Warum hatte er sie nicht von seinen Horden töten lassen, wie die Ullaseeelfen? Erneut versuchte sie sich zu bewegen, weil ihr linker Arm von einer Kralle derart abgedrückt wurde, daß er sich schon vollkommen taub anfühlte. Aber je mehr sie sich wand, desto härter griffen die Klauen zu, deshalb verhielt sie sich in der Folge ruhig, um ihre Lage nicht noch mehr zu verschlimmern. Unter sich erkannte sie das Kartal; demzufolge residierte Urkalan vermutlich noch am selben Ort, und sie schienen auf dem Weg in die Ruinenstadt zu sein. Seltsamerweise beruhigte sie dieser Gedanke, nicht in eine völlig unvertraute Gegend verschleppt zu werden. Wenig später setzte der Greif über den ersten Trümmern zum Sinkflug an. In schwindelerregendem Tempo kam der Boden näher, dann öffnete der Vogel unvermittelt seine Greiffüße, und Killy plumpste unsanft zu Boden, noch bevor sie reagieren und mit ihren Flügeln hätte abbremsen können. Den anderen Verschleppten ging es nicht besser, einer nach dem anderen wurde fallengelassen, wobei nicht wenige sich zusätzliche Verletzungen zuzogen. Ehe sie ernsthaft Fluchtgedanken hegen konnten, wurden sie jetzt von einem Heer wartender Riesenameisen, wie sie sie schon von ihren früheren Erlebnissen mit Urkalan kannten, übernommen und durch eine Ruine in die unterirdischen Gangsysteme geschleppt. Killy stellte fest, daß die Treppenfluchten nach unten nur äußerst notdürftig repariert worden waren. Überall sah man noch die Schäden, die der Brand und die Explosion, die sie vor Wochen auslösten, angerichtet hatten. Der Gang, von dem die Gewölbe abgingen, in denen Urkalan Corinna und Anna gefangengehalten hatte, war kaum wiederzuerkennen. Er mußte komplett eingestürzt sein; nun war es mehr eine Erdhöhle mit etlichen Trümmerstücken, die not- dürftig mit Brettern und Balken abgestützt wurde. Die angrenzenden Gewölbe hatte Urkalan scheinbar gar nicht mehr wiederherzustellen versucht. Nach einer Weile kamen sie in Regionen, die weniger in Mitleidenschaft gezogen worden waren, und schließlich erreichten sie gänzlich unversehrte Teile der offensichtlich immens großen unterirdischen Anlagen. Als sie letztesmal hier waren, hatte Killy sich nicht träumen lassen, daß dieses System von Gängen,

Stollen, Treppen und Gewölben derart riesige Ausmaße haben könnte. Um die beschädigten Teile wieder nutzbar zu machen, hatte Urkalan sicher die Dienste seiner Kreaturen in Anspruch genommen, ihm allein wäre es in der Zwischenzeit wohl kaum gelungen, derart viel zu schaffen. Der Gang, den die Ameisen nun betraten, unterschied sich erheblich von allen vorher; er war breiter, höher, komplett mit Marmor ausgekleidet und mit jeder Menge aufwendiger Verzierungen versehen. Auch die Leuchter, die mildes Licht spendeten, mußten von Meisterhand stammen und schienen aus massivem Gold zu bestehen. Wunderbare Mosaiken wechselten sich mit großartigen Gemälden ab. Zwischendurch kamen sie an einer geöffneten Tür vorbei, hinter welcher sich ein grandioser Saal, mit einer von unzähligen marmornen Säulen getragenen Deckenkonstruktion öffnete, der an Pracht vermutlich kaum zu überbieten war. Dann wurden die Flure allmählich wieder schlichter und schließlich bog die ganze Karawane in einen schmucklosen Raum ein, in dem es eine Anzahl größerer Käfige gab, in die sie gruppenweise eingesperrt wurden. Killy teilte sich ihren Käfig mit vier anderen Elfen, unter denen auch Aliana war, die ihrem Schicksal bei dem Angriff beinahe noch entkommen wäre. Dann war da noch Eotan, ein neunzehnjähriger, muskulöser Elf, mit markanten Gesichtszügen, grauen Augen und einer wilden Mähne blonder Haare. Er war der älteste Sohn des Jägers Dungan. Die vierte war Deliana, achtundzwanzig Jahre alt, mit dunklen, relativ kurzen Haaren, braunen Augen und einem eher fülligen Körper. Sie war eine der Lehrerinnen des Dorfes und hatte die badenden Kinder überwacht, als der Überfall geschah. Ihr ging es sehr schlecht; zum einen war sie von den Greifen bei dem Überfall schwer verletzt worden, zum anderen gab sie sich die Hauptschuld, die Feinde nicht rechtzeitig bemerkt und die Kinder in Sicherheit gebracht zu haben. Sie kauerte sich in eine Käfigecke und war völlig unansprechbar. Killy kümmerte sich als erstes um Aliana, die wimmernd bei ihr Schutz suchte. Voller

Mitleid bemerkte sie, daß das Mädchen ziemlich tiefe Bißwunden an den Schultern und Flügelansätzen hatte. Killy selber hatte noch am wenigsten abbekommen, wohl, weil sie gleich mit dem Kopf aufgeschlagen war und sich nicht mehr gewehrt hatte. Sie stellte lediglich ein paar Quetschungen und eine dicke Beule am Kopf bei sich fest. Eotan, der länger gekämpft hatte, hatte erheblich mehr Blessuren davongetragen, ließ sich jedoch nichts anmerken.

"Es tut so weh!" klagte Aliana und barg ihren Kopf an Killys Brust.

"Ich weiß, Aliana, aber es wird bald besser", tröstete Killy und war froh, daß das Mädchen nicht in der Lage war, ihre Wunden auf dem Rücken zu sehen. Auch Eotan schien das gleiche zu denken und sah Killy vielsagend in die Augen. Machen konnten sie aber so oder so nichts, um die Situation für die Verletzten zu verbessern, da sie hier nichts hatten, die Wunden zu behandeln. So blieb Trost die einzige, wenn auch schwache Medizin. Die Elfen in den anderen Käfigen hatten mit den gleichen Problemen zu kämpfen, von überall her war Weinen, Stöhnen und andere Klagelaute zu hören.

"Was glaubst du, was dieser Zauberer mit uns vorhat?" wandte sich Eotan an Killy, "du kennst ihn doch von uns am besten, weshalb mag er uns gefangengenommen haben?"

"Ich habe nicht die leiseste Ahnung; wahrscheinlich wird er uns nur aus Rache eine Zeitlang gefangenhalten und uns dann wieder laufen lassen", antwortete Killy und blickte dabei vielsagend auf Alianas Kopf an ihrer Brust. Eotan verstand: Killy hatte vermutlich gewisse Vorstellungen, was Urkalan mit ihnen vorhaben könnte, mochte dies aber mit Rücksicht auf Aliana lieber nicht laut aussprechen. Bevor er jedoch weitere Vermutungen anstellen konnte, öffnete sich die Tür des Raumes, und ihr großer Widersacher trat herein.

Killy erschrak, als sie ihn erblickte: Sein Gesicht war zu einer grauenvollen Maske entstellt und sah kaum noch menschenähnlich aus. Das war vermutlich eine Folge des Feuers und der Explosion. Das bedeutete aber auch, daß sie nun erst recht nicht auf Gnade hoffen durften.

"Da habe ich aber einen guten Fang gemacht", kam es aus der Stelle seines Gesichtes, die vormals sein Mund gewesen war, "an euch werde ich erproben, was mir mein Gesicht zurückgeben kann und noch einiges mehr. Dabei werdet ihr noch oft genug bereuen, was ihr mir angetan habt! Und nun hört auf mit eurem elendigen Gejammer, das ist ja nicht zum Aushalten. Besonders du da!" brüllte er ein etwa dreizehnjähriges Mädchen an, welches ununterbrochen schrie. Doch sie schien ihn nicht einmal zu hören.

"Nun gut, dann nicht. Dann werde ich euch zeigen, wie es jemandem geht, der sich mir widersetzt! Holt sie da raus!" befahl er zwei Frettchen die mit ihm gekommen waren. Die beiden Tiere huschten augenblicklich zu dem Käfig und machten sich an dem Riegel zu schaffen.

"Bitte laßt sie in Ruhe!" bat Killy, "sie kann doch nichts dafür, sie ist verletzt!"

"Das ist mir vollkommen gleichgültig", schnappte Urkalan zurück, "nun macht schon!"

Das eine Frettchen hatte die Käfigtür geöffnet, das andere sprang hinein, packte die Elfe mit seinen spitzen Zähnen im Genick und zerrte sie nach draußen.

"Und nun du!" Er griff in eine Tasche seines weiten Umhanges, holte eine etwa faustgroße Spinne hervor und setzte sie neben der Schreienden ab. Die Spinne zuckte gedankenschnell vor und biß dem Mädchen in den Hals. Schon wenige Sekunden später wurden die Schreie leiser, und der Körper des Kindes erschlaffte, als das betäubende Gift der Spinne zu wirken begann.

"Schafft sie fort!" befahl er den Frettchen, die seinen Befehl sofort ausführten und den leblosen Körper fortschleppten. Die Mutter des Mädchens, die in einem der anderen Käfige untergebracht war, erlitt einen Nervenzusammenbruch und konnte nur mit äußerster Mühe von den übrigen Elfen soweit zur Ruhe gebracht werden, daß sie nicht auf der Stelle das Los ihrer Tochter teilen mußte. Auch dem Vater ging es kaum

besser; er war unglücklicherweise in noch einem anderen Käfig eingesperrt, so daß sich die beiden Elternteile keinen direkten Beistand leisten konnten. Insgesamt war es nach dieser Aktion wesentlich stiller geworden, was Urkalan zu einem höhnisch zufriedenem Grinsen veranlaßte, soweit man seine entstellten Gesichtszüge überhaupt noch interpretieren konnte.

"So gefällt mir das schon eher, da kann man sich doch gleich viel besser konzentrieren", war sein zynischer Kommentar.

"Keine Angst", fuhr er nun fort, "ich werde euch nicht unversorgt lassen. Jeder, bei dem es sich noch lohnt, wird aufgepäppelt werden, um meinen Forschungen und damit der Menschheit zu dienen."

Aliana, die im Gegensatz zu Killy Urkalan bisher nur vom Hörensagen kannte, hatte den Auftritt des Magiers und die folgende Szene mit vor Entsetzen geweiteten Augen verfolgt, jetzt drückte sie sich fest an Killy, schloß die Augen und wollte von allem um sie herum möglichst nichts mehr mitbekommen. Eotan stand mit zornblitzenden Augen und in hilfloser Wut geballten Fäusten am Gitter und flüsterte immer wieder: "Dieses Schwein, dieses dreckige Schwein!" Zu seinem Glück so leise, daß Urkalan es nicht hörte.

"Nun, dann erholt euch erstmal und amüsiert euch gut", höhnte Urkalan und bleckte seine Zähne zu einem wölfischen Grinsen.

"Bitte, Herr Zauberer", flehte der Vater des eben fort-geschafften Mädchens, "was geschieht jetzt mit unserer Tochter? Ich bitte euch inständigst, tut ihr nichts zuleide!"

"So, eure Tochter war das, schlecht erzogen, muß ich sagen, solch einen Lärm zu machen. Richtig ungehörig! Ich weiß noch nicht, was ich mit ihr mache. Kommt ganz auf ihren Zustand an. Vielleicht spiele ich ein bißchen mit ihr oder mache ein paar Versuche, mal sehen. Wenn es sich herausstellt, daß sie zu schwer verletzt ist, kann ich sie immer noch an meine Diener verfüttern, die lieben lebende Nahrung! Dann dient sie immerhin noch einem guten Zweck."

"Nein, nein, nein!" flüsterte der Vater; Tränen rannen aus seinen Augen und er sackte halt- und hoffnungslos am Käfiggitter zusammen.

Killy hatte derweil Aliana die Ohren zugehalten, um ihr noch größere seelische Pein zu ersparen. Urkalan drehte sich um und verließ den Raum.

"Ich hatte ja schon gehört, daß er ein schlimmes Subjekt ist", sagte Eotan mit bleichem Gesicht, "aber wessen ich hier gerade Zeuge wurde, übertrifft alle noch so grausigen Phantasien!"

"Was glaubst du, Killy", fuhr er nach einer Weile leise fort, "können wir uns normal, auch von Käfig zu Käfig, unterhalten und eventuell Pläne schmieden, oder werden die Tiere hier uns verstehen und es irgendwie an Urkalan übermitteln?"

"Ich weiß es nicht, Eotan, letztes Mal hätte ich noch keine Bedenken gehabt, aber jetzt? Besonders, wenn man gesehen hat, wie die Frettchen seinen Befehlen auf's Wort gehorcht haben! Also sollten wir uns bei wichtigen Dingen, die er nicht wissen soll, nur im Flüsterton unterhalten und von Käfig zu Käfig vielleicht mit Gesten; ich denke, so weit werden sie noch nicht sein, das zu verstehen."

Dann fing sie gleich an, den anderen in Gebärdensprache zu übermítteln, alle schlimmeren Verletzungen so zu vertuschen, daß Urkalan nicht auf die Idee kam, vorzeitig einige von ihnen an seine Tiere zu verfüttern. Dem wurde, wie sie befriedigt feststellte, auch sofort effektiv Folge geleistet. Sie selbst verband die offenen Wunden Alianas mit Stoffstreifen, die sie aus ihrer Bluse riß. Das Mädchen hielt sich, in Anbetracht der Schwere der Verletzungen, äußerst tapfer und gab während der gesamten Behandlung keinen Ton von sich.

"So mein Kind, das dürfte reichen, in ein paar Tagen kannst du deine Flügel wieder gebrauchen. Nun ruh dich erst einmal aus, Eotan und ich müssen uns um Deliana kümmern."

Aliana nickte und zog sich in eine Ecke zurück, wo sie, allerdings mit wenig Erfolg, versuchte, nicht ständig an die Schmerzen zu denken.

"Deliana, wir müssen etwas für deine Verletzungen tun", sagte Killy, die sich neben die Lehrerin gekniet hatte, eindringlich, "aber du mußt uns auch sagen, was dir fehlt und wo es weh tut!"

"Ihr sollt nichts machen", erwiderte diese mit schwacher Stimme, und mit Erschrecken bemerkte Killy, daß Deliana Blut über die Lippen lief, "ich bin doch an allem Schuld, ich habe es nicht besser verdient!"

"Was für ein Unsinn, dich trifft keine Schuld", rief Eotan aus, "wenn man überhaupt von Schuld reden kann, dann träfe es höchstens die Flugpatrouillen, und selbst denen möchte ich keine Schuld zuweisen, wenn man bedenkt, wie schnell dieser Heuschreckenschwarm herankam."

"Da hat Eotan recht, Deliana, außerdem könnten wir hier auf längere Sicht deinen scharfen Verstand gebrauchen, wenn wir versuchen, einen Ausweg zu finden! Also ergib dich nicht widerstandslos in dein Schicksal, sondern kämpfe gemeinsam mit uns dagegen an!"

"Ich werd's versuchen", versprach Deliana und hustete. Erneut kam ein Schwall Blut mit.

"Es tut im Brustkorb schrecklich weh!" flüsterte die Lehrerin. Killy tastete sie so vorsichtig ab, wie es irgend ging, trotzdem zuckte ihre Patientin mehrfach zusammen.

"Ich fürchte", stellte Killy ihre Diagnose, "du hast mehrere Rippen gebrochen, deren scharfe Bruchkanten vermutlich deine Lunge verletzt haben; daher auch das Blut. Wie steht's denn mit dem Atmen, Deliana?"

"Es geht so", erwiderte diese tapfer, "nur wenn ich tief einatme, schmerzt es sehr."

"Leg dich am besten auf den Rücken, die Brüche sind ja scheinbar alle im vorderen Brustbereich. Einrichten können wir die Rippen hier nicht, da müßten wir operieren, es muß halt so gehen. Beweg dich so wenig wie möglich und scheu dich nicht, uns um alles zu

bitten, was wir hier für dich zu tun in der Lage sind!"
"Danke, das ist lieb von euch!" Deliana streckte sich langsam auf dem Boden aus, den Eotan und Killy mit ein paar Kleidungsstücken so bequem gemacht hatten, wie es eben ging.

"Vielleicht ahnen die anderen ja, was uns passiert ist, dann können sie uns womöglich finden und zu Hilfe kommen", hoffte Eotan.

"Das brauchen sie nicht zu ahnen", warf Aliana ein, "sie wissen es nämlich schon!"

"Wieso, woher sollen sie es denn wissen?" fragte Killy verblüfft, und auch Eotan sah erstaunt auf das Mädchen.

"Kurz bevor die Heuschrecken mich gekriegt haben, hörte ich jemanden meinen Namen rufen, und als ich dort hingeguckt habe, habe ich Camilla, Lila und Corinna gesehen, die sich in den Büschen verborgen hatten. Corinna wollte mir gerade helfen, da kamen die Vögel und haben mich weggeschleppt; aber die drei in den Büschen haben sie nicht entdeckt!"

"Dann werden sie sicher wissen, wo wir stecken", meinte Killy etwas erleichtert, "denn alle drei waren ja schon mal hier in der Ruinenstadt. Sie werden sicher auch Histran, Bernhard und die anderen informieren, was passiert ist. Jetzt habe ich doch schon erheblich mehr Hoffnung auf Rettung als noch vorhin!"

"Wenn sie nur schnell genug kommen, um auch Renata zu helfen, ehe Urkalan mit ihr 'spielt', oder sie tatsächlich verfüttert!" stieß Eotan hervor und schlug gegen das Gitter, "wir haben hier wenigstens uns, aber sie ist nun ganz allein mit diesen Ungeheuern!"

"Und ich bete auch, daß Urkalan nicht ahnt, daß er nicht alle gefangen hat und womöglich dem Rest eine Falle stellt!" fügte Killy hinzu.

Für die Elfen in Urkalans Gewalt begannen damit Stunden banger Erwartung; konnte es noch einmal eine Rettung geben?

11

Der Tag zog sich in die Länge und wollte einfach kein Ende nehmen. Lila und Anna fieberten dem Abend entgegen, immer auf der Hut, damit Annas Großeltern keinen Verdacht schöpften. Mehrmals war Lila der Entdeckung nur denkbar knapp entgangen, doch dann kam endlich der Augenblick, den sie so sehnlichst herbeigewünscht hatten: Annas Oma kam noch einmal in das Kinderzimmer, sprach das Abendgebet mit Anna, gab ihr einen Gutenachtkuß und ging zurück in das Wohnzimmer.

"Jetzt müssen wir noch ungefähr eine Stunde warten", kommentierte Anna, "Omi und Opi sehen meist noch ein bißchen fern und gehen dann schlafen."

Nach etwa einer Stunde, hörten sie denn auch Geräusche, die darauf schließen ließen, daß die Großeltern zu Bett gingen. Kurz darauf war alles still im Haus. Sicherheitshalber warteten sie noch eine Weile, dann schlüpfte Anna aus dem Bett und zog sich geschwind an. Anschließend holte sie die Taschenlampen und etwas zu essen unter dem Bett hervor, was sie im Laufe des Tages dort deponiert hatte.

"Psst, leise!" mahnte Lila.

"Ach, so leise müssen wir gar nicht sein", meinte Anna, "die wachen von so ein paar Geräuschen nicht auf!"

Trotzdem gab sie sich Mühe, die Türen zu öffnen, ohne ein verräterisches Knarren ertönen zu lassen. Das einzige etwas größere Problem war die Haustür, die von außen keinen Griff, sondern nur einen Knauf besaß und mit etwas Schwung zugezogen werden mußte, damit sie schloß. Sie meinten schon, der Krach müsse die halbe Nachbarschaft geweckt haben und lauschten ängstlich, doch es war weder hier draußen, noch drinnen im Haus etwas zu hören.

Erleichtert machten sie sich auf den Weg, immer darauf bedacht, das Licht der Straßenlaternen zu meiden. Kurz darauf hatten sie die letzten Häuser hinter sich gelassen und erreichten den Schlagbaum, der verhindern sollte, daß die Leute mit ihren Autos die

Waldwege befuhren. Anna schlüpfte darunter hindurch und hastete dann eilig durch das weiche Gras des Weges den Berg hinauf. Lila flog dicht neben ihr her, um sie in der Finsternis nicht aus den Augen zu verlieren, denn dank des Neumondes war die Nacht, obwohl wolkenlos, sehr dunkel. Auch das schwache Licht der Sterne half kaum weiter, da die Bäume ihre Kronen, einem Tunnel gleich, über dem Weg zusammenschoben.

"Mir ist total unheimlich!" gestand Anna mit zitternder Stimme, "immer denke ich, da käme irgendein Schatten auf mich zu."

Sie leuchtete mit der Taschenlampe voraus, aber bis auf die hohen, dunklen Bäume war nichts zu sehen. Als sie die Lampe wieder ausmachte, weil sie diese ja noch in der Höhle dringender brauchten, kamen sie sich einen Augenblick lang nahezu blind vor; deshalb verzichteten sie in der Folge auch so gut es ging auf den Einsatz des Lichtes und suchten sich den Weg weiter in der Dunkelheit. Kurz bevor sie die Kuppe erreichten, wurde es etwas leichter, da die Wipfel der Bäume den Weg hier nicht mehr überragten und sich so das Sternenlicht einen Weg bis zum Boden bahnen konnte. Nun endete der Weg auf einer Lichtung, in deren Mitte sich dunkel und drohend der alte Turm erhob. Das einzige, was die Szene etwas weniger unheimlich erscheinen ließ, waren einige Glühwürmchen, die, durch die lauwarme Luft hervorgelockt, durch die Büsche am Rand der freien Fläche schwirrten.

"Da ist der Stein, den Tante Lisbeth erwähnt hat", stellte Anna fest, "hier irgendwo muß der Pfad zur Höhle beginnen." Sie ließ den Strahl ihrer Lampe über das Gesträuch gleiten.

"Halt, ich glaube, da war er", rief Lila, "leuchte noch mal 'n Stück zurück! Ja, guck hier, das muß er sein!" Anna ließ die Lampe nun brennen, da sie ansonsten dem Pfad in dem Gestrüpp nicht folgen konnten. Er war sehr schmal, fast vollständig zugewuchert und führte in engen Kehren steil den Hang hinab. Lila, die dicht hinter Anna herflog, spürte plötzlich einen harten

Schlag in ihr Gesicht und fand sich unversehens am Boden wieder.

"Au, meine Nase", jammerte sie, "paß doch mal auf!"

"Was ist denn? Ich hab doch gar nichts gemacht!"

"Doch, du hast einen Ast nach hinten flitschen lassen, den hab ich voll ins Gesicht gekriegt!"

"Tschuldigung, das wollte ich nicht", bedauerte Anna, "ich paß' jetzt besser auf! Tut es doll weh?" Sie leuchtete Lila in das Gesicht.

"Ey, du blendest mich! Ich glaub, ich hab Nasenbluten." Zum Glück war es halb so schlimm, und sie konnten alsbald den Weg fortsetzen. Wenig später tauchte der Quellteich im Schein der Taschenlampe auf. Der Pfad lief daran vorbei und verschwand im Dunkel der Nacht.

"Leuchte mal rüber", bat Lila, "ich flieg hin und guck nach, ob da wirklich eine Höhle ist, bevor du in den Teich gehst und dich naß machst."

Die gegenüberliegende Seite der Quelle wurde von senkrecht abfallenden Felsen gebildet, die von Ranken und Moos überwuchert waren. Wasser troff in Rinnsalen durch die grünen Polster und plätscherte in den Tümpel. Lila landete auf einer vorspringenden Felsnase und zerrte ein paar Ranken zur Seite; ein kalter Lufthauch streifte ihr Gesicht, und der Strahl der Lampe verlor sich zwischen den Pflanzen in tiefer Schwärze.

"Du kannst rüberkommen, Anna", rief Lila, "aber sei vorsichtig, ich weiß nicht, wie tief das Wasser ist!"

Anna zog ihre Schuhe und Strümpfe aus, stopfte sie unter den Pullover, krempelte die Hose hoch und trat in den kalten Quell. Sie ließ das Licht vor sich über das Wasser wandern; es war kristallklar, und der kiesige Grund wirkte alles andere als tief. Anna beeilte sich, um schnell wieder auf dem Trockenen zu sein, doch mußte sie feststellen, daß der optische Eindruck sie getrogen hatte: Schon nach den ersten Schritten reichte ihr das Wasser bis zum Bauch, und es schien sogar noch tiefer zu werden! Sie blickte sich nach einer Alternative um, doch offenbar war der Teich bis zum Ufer ähnlich tief, und dies wiederum war so dicht mit Dornensträuchern bestanden, daß dort ein Durchkommen unmöglich war.

Es blieb ihr keine Wahl, sie hob die Lampe über den Kopf, damit sie nicht naß würde, und tastete sich Fuß um Fuß vor. Als sie schließlich die Felsen erreichte, war sie bis zur Brust durchnäßt. Sie schob den Pflanzenvorhang beiseite und leuchtete in die freigewordene Öffnung. Die ersten Meter war der Boden des Ganges, der sich vor ihnen auftat, noch wasserbedeckt, weiter hinten hob er sich, wurde schmaler und verschwand in der Tiefe des Berges. Anna holte tief Luft und nahm ihren Mut zusammen, "komm Lil, laß uns losgehen, wenn ich noch lange hier stehe, trau ich mich nicht mehr!" Sie hielt die Ranken beiseite, damit Lila hindurchfliegen konnte, und folgte ihr ins Ungewisse.

"Aah, ouh, meine Füße," jammerte Anna, "ich glaube, ich habe mich geschnitten, die Steine hier drinnen, unter dem Wasser, sind ganz spitz und scharf!"

Humpelnd überwand sie noch die letzten Meter des Ganges, die unter Wasser lagen, und erklomm dann eine trockene Stelle, wo sie als Erstes ihre Füße untersuchte.

"Zeig mal her, Anna!" Lila besah sich das Malheur, doch ganz so arg, wie sie es schon befürchtet hatte, war es denn doch nicht; es gab zwar einige Kratzer und Schrammen sowie einen leicht blutenden Schnitt in der einen Fußwölbung, doch sehr tief war auch der nicht gegangen. Da zudem das Wasser glasklar und sauber war, war auch eine Entzündung nicht zu erwarten. Anna riß sich auch schnell wieder zusammen, drückte so gut es ging das Wasser aus ihrer Kleidung, wrang die Strümpfe aus und ließ das restliche Wasser aus den Schuhen laufen, die trotz der Vorsichtsmaßnahme, sie vorher unter den Pullover zu stecken, wegen der Tiefe des Teiches nicht verschont geblieben waren. Rasch streifte Anna die klammen Stümpfe und Schuhe über, wobei sie wegen der Blessuren das Gesicht verzog, dann konnte es weitergehen.

Es schien sich nicht um einen künstlichen Gang, sondern um eine natürlich entstandene Höhle zu handeln, wie Lila aus dem unregelmäßigem Profil schloß. Zuerst ging es eine Weile relativ eben vorwärts, dann wand sich die Höhle steil nach unten.

"Da kann ich nicht hinunter", stellte Anna fest, "das geht nie und nimmer, das ist viel zu steil!"

Dem konnte Lila nur beipflichten, für Anna schien der Abstieg unmöglich.

"Ich wette, die Hexe benutzt einen anderen, weniger beschwerlichen Weg", vermutete Lila, "man sieht hier auch nirgends irgendwelche Anzeichen, daß hier schon mal jemand entlanggekommen ist. Leuchte mal ein bißchen 'rum, ich fliege ein Stück hinab und gucke von unten, ob es irgendwo eine Möglichkeit für dich gibt, hinabzukommen."

Sie schwirrte einige Meter hinunter und sah sich um; nachdem sich ihre Augen an die Dunkelheit gewöhnt hatten - Annas Licht reichte nämlich nicht bis in die Winkel und Seitenschächte - entdeckte sie an der einen Seite in den Fels gehauene Stufen. Sie folgte diesen durch einen düsteren Schacht nach oben und kam ein Stück hinter Anna, in einer dunklen Nische, wieder auf den oberen Gang.

"Ich hab einen Weg gefunden," sagte sie, als sie wieder bei Anna war. Anna zuckte zusammen und ließ vor Schreck die Taschenlampe fallen; sie hatte Lila noch unten in der Höhle vermutet und nicht bemerkt, daß sie von hinten herangekommen war. Gottlob hielt die Lampe dem Aufprall stand, sonst wären sie jetzt in Schwierigkeiten, denn die zweite Lampe sollte für den Rückweg sein und die Batterien nicht schon vorher verbraucht werden. Anna folgte Lila zum Anfang der Treppe und tastete sich dann Stufe für Stufe hinab. Sie mußte sehr vorsichtig vorgehen, da die Stufen unregelmäßige Höhen aufwiesen, teilweise gebrochen oder schräg und zu allem Überfluß auch noch glitschig waren. Als sie tiefer kamen, wurde es noch schlimmer, hier führte die Treppe entsetzlich weit an einer senkrechten Wand hinunter Die Stufen waren nur etwa fünfzig Zentimeter breit, und ein Geländer, oder Griffe zum Festhalten gab es nicht. Anna schwindelte es bei dem Anblick, die ganze Höhle schien sich zu drehen, ihr wurde schlecht und schwarz vor Augen. Lila sah sie stolpern und wähnte sie bereits im Sturz, doch im letzten Augenblick fand Anna das Gleichgewicht wieder und lehnte sich an die Felswand. Wieder war die Taschenlampe zu Boden gefallen, und es gelang Lila nur unter Aufbietung ihrer gesamten Körperkraft, die Lampe am Rande der Treppe festzuhalten. Anna hatte sich niedergekauert und hockte nun mit dem Gesicht zur Wand und geschlossenen Augen da. Lila sah, daß die an den Fels geklammerten Hände heftig zitterten.

"Ich kann nicht mehr, ich falle", preßte Anna zwischen den zusammengebissenen Zähnen hervor, "mir ist so schrecklich schwindelig!"

Oh nein, Annas Höhenangst! Lila erinnerte sich, daß das gleiche schon einmal passiert war, als sie von der Ruinenstadt in das Kartal hinab mußten; damals hatte Corinna Anna fast den kompletten Abstieg getragen und das, weil sie verletzt war, beinahe mit ihrem Leben bezahlt. Aber diesmal war niemand da, der Anna tragen konnte, außerdem bot die Treppe dafür auch zu wenig Platz. Lila setzte sich neben Anna auf eine Stufe: "Geht es schon wieder besser? Ich hab' 'ne Idee, du bindest die Taschenlampe an deiner Seite fest, so daß ich sehen kann, dann machst du die Augen zu und ich lotse dich die Treppe herunter. Wenn du nichts siehst, kann dir auch nicht schwindelig werden."

"Ich weiß nicht, mir ist ja schon schwindelig, wenn ich nur daran denke, außerdem sind meine Knie jetzt so weich wie Wackelpudding, ich glaube, ich kann nicht mal stehen."

"Dann rutsch doch im Sitzen Stufe um Stufe runter!"

"Hm, ich kann es ja mal probieren."

"Aber laß ja die Augen zu!"

"Ganz bestimmt! Die mach ich erst wieder auf, wenn du es sagst!"

Die Methode war zwar recht zeitaufwendig, aber nach den ersten Stufen, wo Anna noch sehr unsicher war, ging es einigermaßen voran. Trotzdem hatte Lila das Gefühl, überhaupt nicht vorwärtszukommen, da sich die Treppe schier endlos in den bodenlosen Abgrund zu erstrecken schien. Nachdem sie bereits über eine Stunde so unterwegs waren, fing Anna auch allmählich an, nervös zu werden.

"Ist die Treppe denn nicht bald mal zu Ende?" fragte sie kläglich, "mir ist so mulmig im Bauch!"

"Doch, Anna, wir sind bald unten", beruhigte Lila, doch in Gedanken war sie selbst der Verzweiflung nahe; was, wenn es noch Stunden dauerte, wie würde Anna reagieren, und wie sollten sie den Rückweg bloß bewältigen?

Gerade schob sich Anna unter ihr um einen Felsvorsprung. Lila folgte ihr und blickte nach vorn.

"Stop, Anna, mach mal 'ne kurze Pause!" sagte sie mit mühsam beherrschter Stimme, und ihr Herz schlug bis in den Hals hinauf: Drei Stufen weiter war die Treppe zu Ende! Aber nicht etwa, weil sie den Grund erreicht hatten, sondern einfach so! Es tat sich dort eine Lücke von gewiß acht oder neun Metern auf, wo es weder eine Treppe, noch einen anderen Weg gab. Lila war stark nach Heulen zu Mute; wie sollte sie das Anna beibringen und wie sie wieder dazu bewegen, den entsetzlichen Rückweg zu schaffen?!

"Warum geh'n wir nicht weiter? Ich möchte endlich von dieser Treppe runterkommen, ich hab schon einen ganz kalten Po!"

"Äh, da ist gerade eine schwierige Stelle, ich muß überlegen, wie es am besten weitergeht."

Unwillkürlich öffnete Anna die Augen und stieß einen Entsetzensschrei aus. Voller Panik klammerte sie sich an die Stufe, auf der sie saß. "Da ist ja überhaupt kein Weg mehr", flüsterte sie benommen, "was sollen wir denn jetzt bloß machen?!" Sie hatte die Augen schnell wieder zugekniffen, doch das Bild hatte sich wie eingebrannt in ihrem Kopf festgesetzt.

"Wart mal, da ist doch was", sagte Lila aufgeregt, "dreh die Lampe mal mehr zur Wand!"

"Ich kann nicht, ich kann meine Hände nicht loslassen, sonst falle ich!"

"Na gut, dann mache ich es eben selbst", beschwichtigte Lila und schob die Lampe so zurecht, daß sie die

Felswand neben der Lücke beschien. Dort waren feine Linien zu sehen, als habe jemand die Verlängerung der Treppe an die Wand gemalt. Bei näherer Untersuchung stellte Lila fest, daß es Ritzen waren, so als sei hier die Treppe einfach in die Wand hineingeschoben worden. Dann gab es sicher auch einen Mechanismus, der sie wieder herausbrachte. Nach längerer, vergeblicher Suche bemerkte Lila unter der letzten Stufe ein kaum sichtbares Hebelwerk.

"Ich glaub', ich hab's gefunden", verkündete sie, "man muß auf die unterste Stufe treten, dann müßte das fehlende Treppenstück aus der Wand herauskommen. Das mußt du aber machen, ich habe nicht genug Kraft und bin nicht schwer genug! Du mußt noch drei Stufen herunterrutschen, Anna!"

Zitternd tat Anna wie geheißen, doch es tat sich nichts.

"So im Sitzen reicht das Gewicht deiner Füße wohl nicht", vermutete Lila, "du mußt aufstehen, aber vorsichtig!"

Mit wackeligen Beinen stand Anna langsam auf, aber bis auf ein schwaches, kratzendes Geräusch, welches auch sofort wieder verstummte, blieb auch diesmal ein weitergehender Effekt aus.

"Scheiße!" war Lilas wenig gesellschaftsfähiger Kommentar. Sie flog unter die Stufe und inspizierte die Mechanik näher. "Versuch nochmal mehr Druck auf die Stufe zu geben!"

Anna versuchte, sich schwer zu machen, und als dies nicht half, machte sie einen kleinen Hopser. Die Stufe sackte ab und Anna verlor das Gleichgewicht; mit einem lauten Kreischen machte sie einen Schritt nach vorn, ins Leere, wie sie meinte, doch im selben Moment rumpelte es, und die fehlenden Stufen schoben sich aus der Wand hervor, so daß Anna im letzten Augenblick Halt unter dem Fuß fühlte. Nahezu ohnmächtig vor Erleichterung ließ sie sich auf die neuen Stufen sinken. Auch Lila mußte sich erst einmal einen Augenblick lang sammeln, nachdem sie erneut mit Annas Absturz gerechnet hatte. "Komm, Anna, laß uns lieber von diesem beweglichen Teil der Treppe wegkommen, wer weiß, wie lange er ausgefahren bleibt."

Anna erschrak und machte sich eilig daran, diesen Abschnitt hinter sich zu bringen. Kaum hatte sie die letzte der beweglichen Stufen hinter sich und betrat die erste der festen, verschwand das Treppenteil hinter ihnen polternd in den Felsen.

"Ah, so funktioniert das, die erste der Stufen hier bringt die Treppe dazu, sich wieder zurückzuziehen. Tritt nochmal darauf, ich möchte wissen, ob wir sie auf dem Rückweg auch benutzen können!"

Anna probierte, und prompt erschienen die fehlenden Stufen, um beim nächsten Tritt erneut zu verschwinden. Befriedigt setzten sie ihren Abstieg fort. Zehn Minuten später meinte Lila den Boden zu sehen, was angesichts der immer schwächer werdenden Taschenlampe nicht so ganz einfach war. Kurz darauf jedoch hatten sie die Gewißheit und standen endlich wieder auf festem, sicherem Boden. Anna war überglücklich, wieder sehen und sich sorglos bewegen zu können und hüpfte ausgelassen umher.

"Wir müssen uns beeilen", stellte Lila mit einem Blick auf das schwache Licht der Lampe fest, "wir sind ja noch nicht am Ziel, wer weiß, was uns noch alles bevorsteht?"

Hastig folgten sie dem weiteren Verlauf der Höhle, um wenig später vor dem nächsten Hindernis zu stehen. Die Höhle senkte sich, und sie standen vor einem unterirdischen See. Die Höhlendecke verschwand im Hintergrund im Wasser! Was nun? Ging die Höhle dort weiter? Mußte man tauchen, oder hatten sie einen Weg übersehen? Vielleicht war auch wieder ein verborgener Mechanismus in Gang zu setzen, der ihnen den weiteren Weg öffnen mochte. Kurz entschlossen entledigte sich Anna ihrer Kleider und lief ins Wasser, um auf die rückwärtige Wand zuzuwaten. Doch nur allzuschnell kam das nächste Problem: der See wurde zum Gehen zu tief. Anna konnte zwar für ihr Alter gut schwimmen, aber das Wasser war sehr kalt, so etwa sieben bis acht Grad, und außerdem, was sollte sie mit der Taschenlampe machen? Anna riskierte es und tauchte sie kurz ein. Es passierte nichts, sie leuchtete weiter. Daraufhin schwamm Anna die restlichen Meter bis zum Seende und leuchtete dort wassertretend die Unterwasserfelsformationen ab. Und tatsächlich setzte sich dort die Höhle unter der Wasseroberfläche fort. Durften sie es riskieren? Wie lang würde die Strecke sein, die sie tauchen müßten? Anna war gar nicht wohl zumute, sie fühlte schon jetzt von der Kälte erste Anzeichen von Krämpfen in den Beinen. Sie schwamm erst einmal zurück und rubbelte sich mit dem Pullover so gut es ging trocken.

"Ich glaube, ich kann da nicht durchtauchen", meinte Lila, "auch wenn es nicht allzu weit ist, ich komme unter Wasser wegen meiner Flügel kaum voran, und eine Strömung, die uns helfen könnte, scheint es auch nicht zu geben."

"Wenn ich nur wüßte, wie weit es ist! Ich glaube, wir müssen es versuchen, auch wenn ich tierisch Schiß habe. Du kannst dich ja an mir festhalten, und wenn mir der Weg zu lang erscheint, kehre ich um."

Lila blickte Anna zweifelnd an: Sie bibberte jetzt schon und hatte ganz blaue Lippen, aber andererseits würde ihr hier auch nicht wieder warm werden. Sie mußten hoffen, daß es der richtige Weg war, und daß sie die Hexe - sofern sie überhaupt noch lebte - bald erreichen und sich dort aufwärmen konnten.

"Nun gut, versuchen wir es", stimmte sie zu.

"Wie krieg ich bloß meine Sachen mit?" überlegte Anna, "ich glaube, ich muß sie anziehen, auch wenn ich dann nicht so gut schwimmen kann, denn wenn ich sie in die Hand nehme, geht es gar nicht."

Mit vor Kälte steifen Fingern zog sie sich an und trat dann erneut den beängstigenden Weg an. Als Anna ein paarmal tief Luft geholt hatte, klammerte sich Lila an ihrem Kragen fest, und schon ging es hinab in die eisigen Tiefen. Einige Male kam Anna bei ihren hastigen Schwimmzügen der Decke bedenklich nahe, so daß Lila Angst bekam, jeden Augenblick zerdrückt zu werden, doch dann sah sie, daß die Felsen über ihnen nach oben zurückwichen. Im selben Moment durchbrach Anna auch schon prustend die Wasseroberfläche und schwamm mit hektischen Bewegungen ans nahe Ufer. Mittlerweile war aus dem Lichtschein der Taschenlampe eher ein schwaches Glimmen geworden, so daß von der Umgebung kaum noch etwas wahrzunehmen war. Das, was Lila als erstes bemerkte, war, daß die Luft auf dieser Seite erheblich wärmer und stickiger war und zudem leicht schwefelig-verbrannt roch.

"Hier stinkts!" stellte auch Anna soeben fest, "ob das von der Hexe kommt?"

"Wieso, sollen Hexen stinken?"

"Nee, so meine ich das nicht, aber immer wenn Mama oder Papa mir was von Hexen vorgelesen haben, kam auch Feuer, Rauch und so drin vor."

"Ach so", grinste Lila und fügte dann hinzu: "Ich schätze, wir werden ab jetzt doch schon die andere Taschenlampe nehmen müssen, man sieht ja praktisch gar nichts mehr!"

"Oh je!" rief Anna aus, "hoffentlich hat die das Wasser ebenfalls vertragen!"

Aufgeregt kramte sie die Ersatzlampe heraus und betätigte den Schalter. Erleichtert blickten die beiden Mädchen auf den grellweißen Lichtstrahl, der sich durch den Dunst der Höhle fraß. Bevor sie weitergingen, wrang Anna nochmals ihre Bekleidung aus, damit sie nicht gar so doll auf der Haut scheuerte. In der Folge war es geradezu angenehm weiterzulaufen, da der Boden hier eben und frei von Hindernissen war.

"Puh", stöhnte Anna später, "irgendwie wird mir unheimlich warm!"

"Nicht nur dir", erwiderte Lila und wischte sich den Schweiß von der Stirn, "das ist ja wie im Backofen hier!"

Die Hitze wurde immer unerträglicher, je weiter sie kamen. Annas feuchte Kleider dampften in dicken Schwaden, und die Luft brannte in ihren Augen.

"Mach mal kurz die Lampe aus!" forderte Lila.

Anna betätigte den Schalter, und Lila sah sich in ihrem Eindruck bestätigt: Ein matter rötlicher Schein ließ die

Höhle auch ohne ihr Licht erkennbar werden. Die Tatsache, daß das Licht unstet mal heller, mal dunkler erschien und daß es so heiß war, legte die Vermutung nahe, daß dort ein Feuer brannte. Vorläufig bewegten sie sich nun fort, ohne die Taschenlampe zu benutzen. Der Feuerschein wurde immer stärker, die Hitze immer unerträglicher, und Annas Kleidung war bereits wieder nahezu trocken. Als sie um die nächste Höhlenbiegung kamen, hatten sie den Ursprung der Wärme und des Lichtes vor sich. Es war eine breite Felsspalte, aus der der Feuerschein hervortrat. Der einzige Weg hinüber war eine geländerlose, schmale Steinbrücke, um die kreisförmig herum eine gräßliche Fratze aus züngelnden Flammen waberte und sie anzustarren schien. Anna wich stolpernd zurück, um dem bedrohlichen Anblick und dem heißen Feueratem zu entgehen; auch Lila war nicht weniger entsetzt und hatte sich unwillkürlich mit beiden Händen in Annas Ärmel festgekrallt. Beide Mädchen hatten den Eindruck, daß sich das Gesicht bei ihrem Rückzug zu einem höhnischen Grinsen verzog.

"Oh je, wie sollen wir da rüberkommen", sagte Lila niedergeschlagen, "ich kann ja nicht einmal hinüber-fliegen, mir würden sofort die Flügel abfackeln, und du würdest es auch wohl nur unbeschadet schaffen, wenn du hinüber rennst, und das dürfte bei der schmalen Brücke und der tiefen Spalte wegen deiner Höhenangst ein ganz schönes Problem sein!"

"Aber wir müssen es schaffen", rief Anna, obwohl sich ihr bei dem Gedanken an den feurigen Abgrund und den unsicheren Pfad hinüber der Magen vor Furcht zusammenkrampfte, "es muß der richtige Weg sein, das Feuergesicht hat bestimmt die Hexe gemacht, damit keiner so leicht zu ihr durchkommen kann!"

"Stimmt, darauf bin ich gar nicht gekommen", pflichtete Lila bei, "aber traust du dich echt da rüber? Zumindest mußt du dich zwingen, nicht nach unten zu sehen und auch nicht auf das Gesicht zu achten, sondern einfach nur geradeaus zu sehen!"

"Ich weiß, aber das ist so schwer, ich hab ganz dollen Bammel!" sagte Anna kleinlaut, "ich versuch's aber trotzdem."

"Könnte ich dann bei dir unter den Pullover?" wollte Lila wissen, "weil ich sonst bestimmt verkokele! Und du mußt irgendwas von deinen Sachen über deine Haare ziehen, damit sie kein Feuer fangen! Vielleicht dein T-Shirt?"

Da Anna nichts Besseres einfiel, zog sie das besagte Kleidungsstück unter dem Pullover aus und streifte es dann so über den Kopf, daß nur das Gesicht freiblieb. Dann kroch auch Lila unter Annas Pullover, um ihre Flügel und Haare zu schützen.

"Von mir aus kann's losgehen, "ließ sie wissen. Beinahe hätte Anna gelacht, weil sie sich gerade wie ein echter Bauchredner gefühlt hatte, doch auf der anderen Seite schnürte ihr die Angst derart die Kehle zu, daß das Lachen sofort im Keim erstickt wurde. Zaghaft lugte sie nun erneut um die Ecke; das Feuergesicht kam ihr noch grausiger, die Spalte noch tiefer und die Brücke noch schmaler vor als vorhin.

"Was ist los?" hörte sie Lilas gedämpfte Stimme.

"Manno, du hast gut reden, Lil! Ich tret' bestimmt daneben und dann sind wir beide tot!"

"Quatsch Anna, so was darfst du gar nicht erst denken!"

"Tu ich aber, dagegen kann ich nichts machen, das kommt einfach so!"

"Nun mach schon, je länger du überlegst, desto schwieriger wird es!"

"Ja, gleich, nur noch eine Sekunde, meine Knie zittern gerade so!"

Anna biß die Zähne zusammen und lief los. Je näher sie der Spalte kam, desto tiefer und breiter wirkte sie; dann hatte sie den Anfang der Brücke erreicht. Nach den ersten Schritten kam es ihr vor, als wanke das schlanke Bauwerk und versuchte sie abzuwerfen. Obwohl sie sich bemühte, nur geradeaus zu sehen, registrierte sie doch, daß entsetzlich weit unter ihr die Spalte mit einer blubbernden, glutflüssigen Masse

gefüllt war. Jetzt hatte sie das Feuergesicht erreicht und sah zu ihrem Entsetzen, wie der Rachen über ihr zuschnappte. Voller Angst warf sie schützend die Arme über den Kopf, als die Flammen sie einhüllten. Diese Bewegung in vollem Lauf brachte sie aus dem Gleichgewicht und vom geraden Kurs ab. Lila fühlte ihr Herz aussetzten, als sie merkte, daß Anna anfing zu taumeln. Die kleine Elfe preßte die Hände auf die Augen, obwohl sie unter dem Pullover doch sowieso nichts sehen konnte. Anna indes schrie vor Furcht, als sie spürte, daß sie es nicht schaffen würde; sie sah das jenseitige Brückenende auftauchen, noch drei, noch zwei Meter, da kippte sie über den Rand des Pfades. Mit letzter verbliebener Kraft sprang sie in Richtung der rettenden Kante, welche sie so gerade eben noch mit beiden Füßen erreichte. Einen bangen Moment lang stand sie um Gleichgewicht ringend mit rudernden Armen da, dann konnte sie endlich den entscheidenden Schritt weg von dem gefährlichen Abgrund machen. Aber ausruhen durfte sie sich noch nicht, schon fühlte sie, wie sich die tödliche Hitze durch ihre Kleidung brannte! Sie rang nach Atem, das Feuer schien den ganzen Sauerstoff verbraucht zu haben; halb besinnungslos torkelte sie der kühleren Dunkelheit entgegen. Endlich ließ das brennende Gefühl im Rücken nach, und die Atemluft bekam wieder eine erträgliche Temperatur. Völlig ausgepumpt ließ sich Anna auf den Boden sinken. "Vorsicht, du quetschst mich ein!" japste Lila.
Ach ja, Lila war ja auch noch da, beinahe hätte sie sie vergessen. Schnell lupfte sie ihren Pullover, um Lila hinauszulassen. Diese war durch die blinde Tour beinahe genauso außer Atem wie Anna, weil sie vor lauter Spannung die ganze Zeit die Luft angehalten hatte. Gott sei Dank waren Annas T-Shirt, Pullover, so wie auch die übrige Kleidung aus Baumwolle, andernfalls wäre sie nun wohl in flüssigem Kunststoff eingeschmolzen gewesen!
"Das hast du toll gemacht, Anna! Zwischendurch dachte ich schon, du würdest fallen", sagte Lila noch etwas atemlos.

"Beinahe wäre ich es auch, noch einen Meter mehr, und wir wären unten gewesen! Mist, daß wir nichts zu trinken mithaben, ich hab einen tierischen Durst!"

"Ich auch", schloß sich Lila an und bemühte sich, ihren trocknen Mund mit Spucke zu befeuchten. Vielleicht finden wir ja Wasser, wenn wir weitergehen."

"Das wär' gut", meinte Anna, rappelte sich auf und griff nach der Taschenlampe. Ein eisiger Schreck durchfuhr sie, der Gürtel ihrer Hose, in den sie die Lampe gesteckt hatte, war leer! Hastig suchte sie alles ab, aber die Lampe blieb verschwunden, sie mußte sie wohl im Sprung verloren haben.

"Die Taschenlampe ist weg", sagte sie tonlos und fing anschließend an zu weinen. Auch Lila erschrak; wie sollten sie ohne Licht den weiteren Weg finden?

"Probier doch nochmal die andere, vielleicht geht die ja doch noch eine Zeit lang."

Neue Hoffnung keimte in Anna auf, erlosch jedoch ebenso schnell wie die Lampe, die nach dem Einschalten nur kurz aufleuchtete, dann aber rasch dunkler wurde, um noch einen Augenblick zu glimmen und dann endgültig den Dienst zu versagen. Anna schluchzte, wieso ging denn bloß immer alles schief? Jetzt könnten sie nicht einmal mehr den Rückweg finden!

"Mami, ich will nach Hause!" flüsterte sie.

Lila gingen fast identische Gedanken durch den Kopf, aber sie hatte sich zusammenzureißen, auch wenn sie erst elf war, war sie doch hier die bei weitem Ältere und mußte es schaffen, Anna zu trösten und ihr wieder Mut zu machen. "Komm, Anna, wir packen das schon, ich glaube, daß es nicht mehr weit sein kann. Den Rest schaffen wir auch ohne Licht; wir tasten uns einfach vorsichtig voran!"

Ihre Stimme mußte wohl recht überzeugend geklungen haben, denn Anna beruhigte sich und stand auf.

"Dann laß uns am besten gleich weitergehen, wir müssen es ja noch in dieser Nacht schaffen, und wir sind schon ganz schön lange unterwegs."

Da war was dran! Auch wenn sie hier unten jedes Zeitgefühl verloren hatten, war doch gewiß, daß schon einige Stunden vergangen waren.

Schritt für Schritt bewegte sich Anna durch die Finsternis. Lila hatte sich auf ihre Schulter gesetzt, denn das Schlimmste, was ihnen passieren konnte, war, jetzt noch einander zu verlieren.

"Ich glaube, hier ist schon wieder eine Spalte", sagte Anna niedergeschlagen, "ich fühle mit meinem Fuß eine Kante."

"Bleib mal stehen und beweg dich nicht!" befahl Lila, "sonst find' ich dich nicht wieder. Ich flieg runter und fühl mal nach!"

Sie tastete sich an Annas Bein hinab und fühlte mit ihren Händen vor; dort war wirklich eine Kante. Sie flog ein Stück tiefer, spürte dort aber schnell wieder Boden unter den Füßen. Ein paar weitere rasche Tests brachten ein eindeutiges Ergebnis: "Es ist eine Treppe", berichtete Lila und nahm ihren Platz auf Annas Schulter wieder ein, "du kannst vorsichtig weitergehen."

Sich mit einer Hand an der Wand haltend, stieg Anna langsam die Stufen hinunter. Plötzlich knackte etwas, die Stufe auf der Anna stand, kippte in Schräglage und brachte das Mädchen zu Fall. Anschließend ging es in rasender Fahrt über glattgeschliffenen Untergrund nach unten. Anna und Lila schrien um die Wette, während es mit atemberaubender Geschwindigkeit in sanften Kurven abwärts ging. Zuerst fast unbemerkt, dann deutlicher, wurde ihre Umgebung sichtbar; sie sausten eine polierte steinerne Rinne, einer Rutschbahn gleich, in weiten Kehren einer unbekannten Lichtquelle entgegen. Als sie den ersten Schrecken überwunden hatten, war die Rutschpartie eigentlich gar nicht so schlecht und hätte sogar Freude machen können, wenn sie nur wüßten, wo sie denn endete. Schließlich flachte sich die Rinne ab, so daß ihre Geschwindigkeit immer mehr abnahm, und endete endlich in einem runden Raum, der von zwei leuchtenden, an der Decke angebrachten Kugeln erhellt wurde. Der Raum, dessen Wände glatt behauen waren, wies zwei Türen auf, eine

schmale, schmucklose Brettertür neben dem Auslauf der Rinne und eine schwere, eichene, über welcher ein mit Gold ausgelegtes Pentagramm eingemeißelt war. In der Mitte dieser Tür befand sich eine milchige, Halbkugel aus dunklem Glas. Es schien klar, welche der Türen sie nehmen mußten, dennoch öffneten sie zuerst die unscheinbare, um zu sehen, was sich dahinter befand. Wie Lila schon beinahe erwartet hatte, führte dort eine steile, schmale Wendeltreppe empor, schließlich konnte man bergwärts ja nicht die Rinne hochklettern. Nun wandten sie sich der anderen Tür zu; diese besaß jedoch keine Klinke, sondern nur einen Türklopfer, nicht unähnlich dem, den Anna an Lisbeths Haustür gesehen hatte. Klopfenden Herzens betätigte Anna den Signalgeber und trat dann einen Schritt zurück. Nur wenige Augenblicke später erhellte sich die Halbkugel in der Türmitte und wurde klar. Ein gelbliches Auge mit einer geschlitzten schwarzen Pupille erschien darin und drehte sich erst zu Anna, dann zu Lila. Lila hatte das Gefühl, durch die Pupille in einen unendlichen Raum zu sehen. Ein kalter Schauer lief ihr über den Rücken, und sie überlegte ernsthaft, ob sie nicht lieber schnellstens den Rückzug antreten sollten; auch Anna fühlte sich angesichts dieser unheimlichen Erscheinung äußerst unwohl und wünschte nichts sehnlicher, als daheim bei ihrer Mutter zu sein. Das Auge erlosch, als es die Inspektion beendet hatte, und die Tür schwang überraschend leicht und leise auf, während eine angenehme Frauenstimme erklang: "Tretet ein und seid mir willkommen!"
Die Kinder leisteten der Aufforderung Folge und betraten einen kurzen Flur, der, mit dunklem Holz getäfelt und tiefem, weichem Teppich ausgelegt, sie in einen etwas düsteren, nur von wenigen Kerzen erleuchteten Raum führte. Auch hier waren die Wände aus dunklem Holz, mit vielen undefinierbaren Symbolen reich verziert und mit etlichen eingebauten Regalen versehen, in denen allerlei für sie undeutbare Geräte und Utensilien standen und lagen. Des Weiteren gab es einen schweren Holztisch mit silbernen Intarsien, der

von einem altmodischem Sofa und zwei ebensolchen Sesseln umstanden wurde. Unschlüssig verharrten die Mädchen im Eingang, bis sich eine Seitentür öffnete und eine Frau den Raum betrat.

"Hallo ihr beiden, nehmt Platz und erzählt mir, wie ihr heißt und was euch zu mir führt!"

Anna - und Lila nicht minder - war überrascht: Konnte das eine Hexe sein? Die Frau, die vor ihnen stand, sah nicht gerade alt und alles andere als häßlich aus. Sie hatte ein schmales, von dunklen Haaren gerahmtes Gesicht, eine schlanke Figur, eine jugendliche Stimme, und war in ein langes rotes Gewand gekleidet. Etliche silberne Ringe zierten ihre Finger und gleich mehrere Ketten ihren Hals.

"Guten Tag," faßte sich Anna als erste, "ich heiße Anna Hesius, und das ist meine Freundin Lila, eine Elfe", setzte sie überflüssigerweise hinzu, "bist du Meliolantha, die Hexe?"

Die Frau lächelte freundlich, "das ist insoweit richtig, als mein Name tatsächlich Meliolantha lautet, andererseits mag ich die Bezeichnung Hexe weniger, da man damit meist die Vorstellung von bösen, übelwollenden alten Frauen verbindet und ich mich eigentlich nicht als solche betrachte. Ich sehe mich lieber als Zauberin oder Magierin, wenn denn schon überhaupt ein Titel vonnöten sein sollte. Aber nun zu euch, ich muß schon sagen, ich bin äußerst erstaunt, daß zwei Kinder wie ihr in der Lage wart, all die schwierigen Hürden zu meistern, die selbst für sportliche Erwachsene fast unüberwindliche Hindernisse darstellen! Ihr müßt wahrlich dringend Hilfe suchen, wenn ihr euch dadurch nicht habt schrecken lassen! Hätte ich geahnt, daß ein kleines Mädchen mit winziger elfischer Begleitung mich braucht, hätte ich euch einen leichteren Weg gezeigt, den ihr nun zumindest auf dem Rückweg nehmen könnt."

Lila und Anna sahen sich bei diesen Worten unendlich erleichtert an, dann nahmen sie auf dem Sofa Platz und berichteten abwechselnd über die zurückliegenden Ereignisse. Meliolantha folgte ihren Worten mit ernster, später bestürzter Miene. "Ihr braucht wirklich dringend Hilfe!" sagte sie schließlich, "ich will sehen, was ich tun kann, muß euch aber gleich sagen, daß meine Macht an die Urkalans vermutlich bei weitem nicht heranreicht. Zuerst wollen wir sehen, wie es euren Freunden geht. Kommt mit, ihr zwei!"

Sie trat zu einem der Regale und nahm dort eine kristallene Kugel von der Größe einer Honigmelone aus einem Ständer und ging damit zu einem kleinen, einbeinigen Tisch, wo sie diese auf einen gläsernen Ständer legte und beide Hände um die Kugel schloß. Lila landete auf dem Tisch, während Anna sich davorstellte und so gerade mit ihrem Kopf darüberschauen konnte. Gebannt starrten sie auf die Kugel, in der sich Lichter und Wolken bildeten, die dann in Bewegung gerieten, bis sie mit schwindelerregender Geschwindigkeit darin herumwirbelten. Meliolantha sprach einige Worte mit befehlendem Ton in einer fremden Sprache, woraufhin sich das Chaos in dem Kristall legte und allmählich erkennbare Bilder hervortreten ließ. Meliolantha standen Schweißperlen auf der Stirn, "er ist sehr stark", stellte sie mit angestrengt klingender Stimme fest, "ich muß alle Kraft aufbieten, um seine magischen Barrieren zu durchdringen!"

"Das ist die Ruinenstadt!" rief Lila aus, "die erkenn ich sofort wieder!"

"Ja, und da war der Eingang", erklärte Anna und deutete mit dem Finger aufeine bestimmte Stelle.

"Du darfst die Kugel nicht berühren!" sagte Meliolantha mit eindringlicher Stimme, "sonst unterbrichst du die Verbindung, und ich weiß nicht, ob ich so schnell noch einmal die Kraft aufbringe, um sie wieder aufzubauen."

Anna zog erschrocken die Hand zurück und beschränkte sich fortan darauf, zuzusehen. Jetzt war eine schnelle Abfolge von Bildern zu sehen, die unterirdische Gänge zeigte, als die Zauberin sich weiter vorarbeitete. Dann erschien ein Mann, der sich über einen Tisch beugte, auf dem ein Elfenmädchen lag, das er mehrfach mit dem Finger anstieß und, als es nicht reagierte mit zwei

Fingern an den Flügeln faßte und in einen Glaskasten warf, den er mit einem Deckel verschloß; nun drehte er sich um.

"Iiehh, das ist er!" rief Anna angewidert aus, "aber was ist mit seinem Gesicht passiert?"

"Das hat er sich bestimmmt bei dem Feuer und der Explosion verbrannt," mutmaßte Lila. "Was hat er wohl mit dem Mädchen gemacht? Die kenne ich, das war Renata, die hat manchmal mit uns gespielt."

Wieder wechselte die Szene.

"Killy, das sind Killy, Aliana und Deliana, den Elfenmann kenne ich nicht!" erklärte Lila erregt.

Meliolantha schaute besorgt drein: "Es scheint eine Reihe Verletzter zu geben, wenn ich richtig sehe. Es muß rasch etwas geschehen!"

Das Bild fing an, unscharf zu werden und zu wanken. "Ich kann es nicht länger halten," die Zauberin sah erschöpft aus, und ihre Hände zitterten unruhig, dann erlosch die Kugel.

"Was ist mit den anderen?" fragte Lila, "Camilla, Corinna, meine Mama und so?"

"Ja und meine Mama und mein Papa!" setzte Anna hinzu, "können wir die auch sehen?"

"Vielleicht nachher, wenn ich wieder bei Kräften bin", erklärte Meliolantha, "aber erst muß ich etwas essen und mich ein wenig ausruhen. Dabei kann ich ja schon mal überlegen, wie ich eventuell helfen könnte. Ich glaube, ihr beiden könntet auch etwas in den Magen gebrauchen!"

Erst bei ihren Worten wurde Lila und Anna wieder bewußt, welch einen Hunger sie mittlerweile hatten. Dankbar machten sie sich über die kräftige Suppe und die Käsebrote her, die Meliolantha wenig später auftischte. Dazu bekamen sie noch einen würzigen, mit Honig gesüßten Tee.

Nach dem Essen wollte Meliolantha noch mehr Einzelheiten über Urkalan und ihre Abenteuer wissen, und Anna und Lila erzählten bereitwillig alles, was ihnen noch einfiel.

Die Magierin erhob sich: "Ich denke, ich bin nun bereit, es noch einmal zu versuchen."

Sie nahmen wieder ihre Plätze an dem kleinen Tisch ein, wo die Zauberin die Prozedur von vorhin wiederholte.

"Ich denke, es ist das Beste, wenn ich mich diesmal von den Ruinen zurück in Richtung eures Dorfes arbeite, denn sie werden vermutlich auf dem Weg vom See zu Urkalan sein."

Zuerst erschienen wieder die Gebäudereste, dann schwenkte der imaginäre Blick über die karge Hochebene und wanderte Richtung Kartal. Die Felsabstürze mit den Kaskaden, die durch die enge Schlucht zum Kartal hinabströmten, füllten die Kugel, dann kam das liebliche Tal in Sicht.

"Halt mal", sagte Lila, die meinte, eine Bewegung in der Schlucht gesehen zu haben, "könntest du noch mal ein Stück zurück?" bat sie.

Der Blickwinkel änderte sich, und der Anfang der Schlucht wurde erneut sichtbar.

"Kannst du das Gestrüpp und weiter oben die Krüppelkiefern auch von Näherem zeigen?"

Sofort wurde der Bildausschnitt kleiner und die Einzelheiten größer; nun sahen auch die anderen, was Lila bemerkt hatte: Bei aufmerksamem Hinsehen erkannte man eine Unzahl von verborgenem Getier, von Heuschrecken über Riesenameisen zu Luchsen und in den Baumwipfeln etliche Greifvögel.

"Oh nein! Urkalan ahnt also, daß er nicht alle ausgeschaltet hat und rechnet mit einem Befreiungsversuch. Deshalb hat er dort, wo man unvermeidlicherweise hindurchkommt, einen Hinterhalt gelegt!" erkannte Meliolantha, danach ließ sie das Bild weiter in das Kartal wandern, wo schon nach kurzer Zeit zwei Menschen inmitten einer Gruppe von Elfen sichtbar wurden.

"Mama, Papa, paßt auf, da ist eine Falle! " schrie Anna.

Meliolantha blickte sie traurig und mitfühlend an: "Sie können dich nicht hören, mein Kind, wir können nur hoffen, daß sie die Falle rechtzeitig bemerken!"

Gespannt und voll banger Erwartung starrten die Mädchen und die Zauberin auf die kleine Gruppe die sich dem Einschnitt langsam näherte.

12

"Camilla", wandte sich Martha an die vorausfliegende Elfe, "ist das nicht der Teich, wo wir euch damals mit der verletzten Corinna fanden?"

"Ja, das ist er", bestätigte diese, "wir haben gleich den Einschnitt erreicht, der zur Hochebene mit der Ruinenstadt führt."

"Wollt ihr euch vorher noch ein bißchen ausruhen?" fragte Histran Martha und Bernhard, "die Kletterei dort hinauf dürfte für euch recht anstrengend werden."

"Also ich brauche noch keine Pause", stellte Bernhard fest, "wie sieht es mit dir aus, mein Schatz?"

"Ich kann auch noch", erklärte Martha, "wir können ja eine Pause einlegen, wenn wir oben sind."

Dem stimmten alle zu, woraufhin Camilla wieder mit Bregard im Schlepptau die Führung übernahm. Nun kam auch die düstere Seitenschlucht mit den vielen Wasserfällen in Sicht, und Camilla wartete mit Bregard, bis die übrigen aufgeschlossen hatten.

"Hier bestimmt ihr am besten das Tempo," meinte Camilla, "weil ihr klettern müßt und nicht so schnell vorankommen werdet."

So übernahm nun Bernhard die Führung und suchte für sich und Martha den geeignetsten Aufstieg. Das ging erwartungsgemäß ziemlich langsam, so daß sie nach geraumer Zeit erst die Hälfte hinter sich gebracht hatten. Hier schwenkte Camilla zur Seite ab, und Bregard folgte. "Ähem, Bregard, ich muß mal, da würde ich lieber allein ... !"

"Oh natürlich, Entschuldigung Milla!" stammelte Bregard mit rotem Kopf und flog peinlich berührt an seinen alten Platz zurück. Camilla hielt nach einer geeigneten Stelle Ausschau und wählte schließlich eine abseits gelegene Buschgruppe aus. Kaum war sie gelandet, schnellten plötzlich zwei Heuschrecken aus dem Blattwerk und warfen sie zu Boden.

"Hilfe, Hilfe!" kreischte sie und versuchte sich loszureißen, wurde nun aber zusätzlich noch von zwei von Urkalans Ameisen gepackt. Noch ehe die anderen zu Hilfe eilen konnten, wurden auch sie von einer Welle der Angreifer überflutet. Bernhard und Martha waren die einzigen, die sich eine Zeitlang der Attacken erwehren konnten, bis drei Pumas in den Kampf eingriffen.

"Hör lieber auf, dich zu wehren!" rief Bernhard seiner Frau zu, "es ist zwecklos und bringt uns nur unnötige Verletzungen ein!" Auch die Elfen hatten sich nicht allzu sehr gewehrt, sie hatten aus Camillas und Corinnas Bericht über den Angriff am See gelernt, und so gerieten sie allesamt relativ unverletzt in die Gefangenschaft. Wie schon bei dem letzten Angriff wurden die Elfen von den Greifvögeln abtransportiert, während Martha und Bernhard den Weg zu Fuß, unter den lauernden Augen der Luchse und aus der Luft von mehreren Adlern bewacht, fortsetzen mußten.

"Eine tolle Hilfe sind wir", brummte Bernhard ärgerlich, "unvorsichtig wie Kleinkinder in die Falle getappt! Wie konnten wir nur so leichtsinnig sein, nicht damit zu rechnen!"

Martha war den Tränen nahe: "Was wird dies rachsüchtige Monster jetzt mit uns anstellen, und was soll aus Anna werden, wenn wir nicht zurückkommen?!"

Bernhard schwieg. Was sollte er auch sagen, es gab kaum noch Hoffnung. Er dachte an Corinna, Sara und Lila, aber was sollten die schon groß ausrichten können? Darum sagte er nichts davon, um in Martha nicht falsche Hoffnungen zu wecken. Müde und mit hängenden Köpfen trotteten sie derweil über das unwirtliche Hochplateau. Sandkörner, vom scharfen Wind getrieben, bissen in ihre Gesichter, und immer wieder wurden sie von den Luchsen durch Knurren, Fauchen und gar leichte Bisse in die Waden zur Eile angetrieben. Als sie nach Einbruch der Dunkelheit die verfallene Stadt erreichten, konnte Martha sich kaum noch auf den Beinen halten. Gemeinerweise ließen ihre Bewacher es nicht zu, daß Bernhard Martha stützte oder ihr auf andere Art und Weise half.

"Vielleicht kann ich ja noch etwas tun", raunte Bernhard Martha zu, "immerhin sind wir nicht gefesselt, und man hat mir alle Waffen gelassen."

"Sei bloß vorsichtig!" warnte Martha, "sonst bringen sie uns noch um!"

'Das wird Kalan vermutlich ohnehin vorhaben!' dachte Bernhard, sagte es aber lieber nicht laut. Sie wurden die Treppen in den Untergrund hinuntergescheucht und dann in einen kleinen Raum gedrängt, in dem es außer der Tür, durch die sie gekommen waren, keinen zweiten Zugang und auch keinerlei Einrichtungsgegenstände gab. Die Tür hinter ihnen schloß sich.

"Einen wunderschönen guten Abend!" ertönte die verhaßte Stimme Professor Kalans, "so sieht man sich wieder. Ich hätte euch ja gerne sofort persönlich begrüßt, aber leider habe ich wenig Vertrauen zu dir, Bernhard, und muß darauf bestehen, daß ihr euch beide komplett entkleidet!"

So viel zum Thema Waffen behalten! Sich zu weigern war sinnlos, zumal sie auch per Kamera und Mikrophon überwacht wurden, wie Bernhard sofort bemerkt hatte. So ergaben sie sich in das Unvermeidliche und legten die Kleidung ab. Kaum waren sie damit fertig, öffnete sich die Tür, und vier schäferhundgroße Ratten schlüpften herein. Martha schrie entsetzt auf, und auch Bernhard wich, seine Frau hinter sich schiebend, zurück, was mit einem höhnischen Gelächter von Seiten Kalans quittiert wurde. Die Ratten kümmerten sich jedoch überhaupt nicht um die Menschen, sondern schnappten sich nur die Kleidungsstücke und verschwanden wieder.

"Ihr braucht euch nicht vor mir zu genieren", hörten sie wieder die ölige Stimme ihres Widersachers, "ich werde eure Körper so oder so noch viel näher kennenlernen. Genießt die Zeit, die euch noch bleibt, viel ist es nicht mehr!"

Bernhard nahm Martha in den Arm, die nun hemmungslos schluchzte.

"Wie rührend," kam auch sogleich der Kommentar aus dem Lautsprecher, "weiter so, das ist ja schöner als ein Film!"
Wütend blitze Martha mit den Augen zur Kamera hinüber. "Kalan, du bist einfach widerlich!" rief Bernhard, "laß uns in Ruhe!"
"Das möchtet ihr wohl gerne, nee, nichts da, hier wird nach meiner Pfeife getanzt! Ihr könnt euch wieder anziehen, damit ihr nicht so unpassend zu unserem Rendevouz kommt."
Die Tür schwang auf, und die Ratten brachten ihre Kleider zurück, aus denen aber, wie Bernhard registrierte, alles entfernt worden war, was als Waffe hätte Verwendung finden können. Nachdem sie sich angekleidet hatten, wurden sie von den vier Nagern aus dem Zimmer eskortiert und den Gang entlang getrieben. Nach einem längeren Marsch blieben die Tiere vor einer Stahltür stehen.
"Herein, herein, liebe Freunde!" wurden sie spöttisch begrüßt.
Niedergeschlagen betraten sie den palastartigen Saal, in dem Professor Kalan, alias Magier Urkalan, sein Domizil aufgeschlagen hatte. Zwischen all den Säulen, Wandmosaiken, reich verzierten Möbeln und unschätzbaren Kunstgegenständen wirkte Urkalan in seinem abgetragenen, kaftanähnlichen Gewand und seinem entstellten Gesicht eher unpassend und schäbig. Seine Haltung und sein Benehmen waren dieser hochherrschaftlichen Atmosphäre ebenfalls absolut nicht angemessen.
"Ihr dürft euch setzen", sagte er gönnerhaft und wies auf eine einfache, nicht zum übrigen Mobiliar passende, lehnenlose Holzbank, während er sich in einen tiefen, weichen Sessel fallen ließ und sich genüßlich darin räkelte. Schweigend nahmen Martha und Bernhard auf der spartanischen Sitzgelegenheit Platz, unruhig auf das wartend, was der Despot mit ihnen anzufangen gedachte.
"Ihr könnt euch vorstellen, daß dies mein größter und schönster Tag seit langem ist", Urkalan rieb sich

schadenfroh die Hände, "da kommt mein Intimfeind einfach so in meine Falle gelaufen und bringt zu meiner großen Freude und Überraschung auch gleich noch seine Frau mit. Ich weiß diese noble Geste deinerseits durchaus zu schätzen, denn deine Angetraute ist ja schon ein recht leckeres Häppchen für einen wie mich, der Monate der Enthaltsamkeit hinter sich hat."

Haßerfüllt sprang Bernhard auf, um sich auf Urkalan zu stürzen, doch eine kurze Handbewegung und ein paar gemurmelte Worte seitens Urkalan lähmten seinen Körper mitten in der Bewegung und ließen ihn zu Boden stürzen. Auch Martha war nun aufgesprungen und schlug entsetzt die Hände vor den Mund: "Was hast du mit ihm gemacht, du Ungeheuer?!"

Bernhard wand sich in hilflosen Zuckungen, während er vergeblich gegen den Zauber ankämpfte.

"Was heißt hier, 'was hast du gemacht'? Frag dich lieber, was dein Mann versucht hat, bevor du mir Vorwürfe machst! Das war reine Notwehr von mir", setzte er noch grinsend hinzu. Martha kniete sich neben Bernhard, um ihm irgendwie zu helfen, doch Urkalan gebot ihr mit einer Handbewegung Einhalt.

"Laß es, du kannst nichts dagegen tun, ich allein kann den Bann wieder aufheben!"

"Dann tu es, jetzt sofort!" forderte Martha wütend.

"Warum sollte ich?" fragte Urkalan, "außerdem ist die Situation gerade recht pikant, dein Geliebter liegt am Boden und darf hilflos mit ansehen, was ich mit dir anstellen könnte. Zudem siehst du so zornig, wie du gerade bist, besonders reizvoll aus. Ich hätte nicht übel Lust, jetzt sofort, vor seinen Augen, mit dir einige angenehme Dinge anzustellen!"

Martha wurde blaß und wich ein paar Schritte zurück, Bernhard traten derweil vor Anstrengung fast die Augen aus dem Kopf, und er stieß unartikulierte Zorneslaute aus. "Gib endlich Ruhe, du widerst mich an!" brüllte Urkalan unvermittelt und trat dem Wehrlosen heftig in die Seite, "wenn du dich jetzt nicht beherrschst, habe ich auch noch ganz andere Möglichkeiten!"

"Bitte Bernhard, ich möchte nicht, daß er dich noch mehr quält", flehte Martha unter Tränen und zu Urkalan gewandt: "Bitte löse den Zauber, ich verspreche, daß er nicht wieder versuchen wird, dich anzugreifen!"

"Nun gut", brummte der Zauberer, "aber du mußt dein Versprechen jetzt und hier mit einem Kuß besiegeln!"

Er trat auf Martha zu, die angeekelt das Gesicht verzog, aber nicht weiter zurückwich. Bernhard schloß die Augen und drehte den Kopf zur Seite, als Urkalan seine zerstörten Lippen auf die Marthas preßte und sie ausgiebigst küßte. Es kostete Martha alle Selbstbeherrschung, sich nicht zu wehren, ihr war schon allein von dem Gedanken übel geworden, so daß sie sich, als er endlich von ihr abließ, fast übergeben hätte. Rasch wischte sie sich unauffällig den Mund mit dem Ärmel ihrer Bluse ab, als Urkalan sich wieder zu seinem Sessel begab.

"Das war ja schon ein recht guter Vorgeschmack auf das, was du mir alles zu bieten hast", befand Urkalan und fuhr sich mehrfach mit der Zunge über die Lippen, dann löste er den Zauber über Bernhard mit einer beiläufigen Handbewegung.

"Ihr könnt euch vorläufig zurückziehen, ich muß mich zwischenzeitlich um die anderen Neuankömmlinge kümmern, und du, Martha, kannst ein Bad nehmen, damit du nachher bereit für mich bist. Ich werde dir auch noch entsprechende Kleider bringen lassen!"

Martha biß die Zähne zusammen, um nicht zu schreien, und half Bernhard, der noch etwas wackelig auf den Beinen war, aus dem Prunksaal. Ab der Tür wurden sie wieder von den Ratten eskortiert, die sie nun aber in einen anderen, besser ausgestatteten Raum brachten. Die Tür fiel zu und konnte mangels eines Griffes auch von innen nicht geöffnet werden. Nun war es auch mit Marthas Selbstbeherrschung zu Ende. Sie ließ sich auf das an der Wand stehende Bett sinken und weinte bitterlich. Bernhard setzte sich zu ihr, fand aber keinerlei tröstende Worte. Schweigend streichelte er Marthas Kopf und Rücken, bis sie sich einigermaßen gefaßt hatte. Erschöpft und mit rotgeweinten Augen lag sie in seinen Armen und starrte blicklos zur Decke.

Entsetztes Schweigen breitete sich in dem Gefängnisraum der Elfen aus, als die neuen Gefangenen hereingebracht wurden. Vielfach gab es Tränen der Verzweiflung. Da die Käfige alle schon besetzt waren, mußten die 'Neuen' dazugepfercht werden, so daß es teilweise unangenehm eng wurde. Wie der Zufall es wollte, kam Camilla in den Käfig von Killy, die ihre Tochter traurig in die Arme nahm. Bregard wurde zu seiner Enttäuschung zwei Käfige weiter eingesperrt. Sehnsüchtig starrte er zu ihrem Käfig hinüber, doch sie blickte keinmal in seine Richtung.

"Wie und wo haben sie euch denn erwischt?" wollte Eotan wissen und sah Camilla fragend an. Obwohl diese nach dem Flug recht zerzaust wirkte, stellte Eotan bei sich fest, daß sie ausnehmend schön anzusehen war. Wieso war sie ihm nur sonst noch nie aufgefallen? Camilla berichtete, wie die übrigen Neuankömmlinge in den anderen Käfigen, was sich alles ereignet hatte und wie sie in Urkalans Falle geraten waren.

"Das heißt", faßte Killy zusammen, "unsere letzten Hoffnungen ruhen einzig auf Corinna, Sara und Lila. Das ist wahrlich nicht allzu vielversprechend, aber wir sollten den Mut nicht sinken lassen, so lange noch auch nur ein Fünkchen Hoffnung übrig ist!"

"Ganz recht", bekräftigte Eotan, "doch sollten wir alles versuchen, selbst eine Fluchtmöglichkeit zu finden und uns nicht zu sehr darauf verlassen, daß Corinna, Sara und Lila einen Weg finden, uns zu befreien! Diese Tiere alle, sind die eigentlich ständig aktiv, oder kann er sie nur steuern, wenn er wach ist?"

"Keine Ahnung", erwiderte Camilla, "auf die Idee bin ich überhaupt noch nicht gekommen, daß sie vom Wachsein Urkalans abhängig sein könnten. Ich meine, Lila hätte mal gesagt, daß die Ameisen in der Pyramide in großen Räumen wie gelähmt herumgestanden haben, aber ich weiß nicht, ob das gewesen sein kann, weil Urkalan schlief, oder nur, weil sie gerade nicht gebraucht wurden."

"Wir sollten seine Helfer auf jeden Fall daraufhin genau beobachten, vielleicht bietet das uns ja doch eine Chance!" Unternehmungslustig, mit blitzenden Augen und geballten Fäusten stand Eotan da, bereit, jederzeit zu handeln. Camilla sah ihn bewundernd an, wie stark und entscheidungsfreudig er doch war! Dies wiederum blieb Bregard, der nur Augen für Camilla hatte, nicht verborgen und bescherte ihm Stiche der Eifersucht im Herzen. Dieser gruftige Angeber, was wollte der denn, der war doch viel zu alt für Milla! Sie konnte doch nicht ernsthaft solch einen altklugen Muskeltypen gut finden! Jetzt legte sie auch noch eine Hand auf seinen Arm! Zutiefst verletzt wandte sich Bregard ab und hockte sich in die entfernteste Käfigecke.

"Hast du denn schon eine Idee?" fragte Camilla und sah Eotan direkt in die Augen.

"Noch nichts Konkretes", gab der zurück, aber ich arbeite daran."

Zufrieden registrierte er die Anerkennung in ihrem Blick und ihre Hand auf seinem Arm; das lief ja gar nicht so schlecht, nur mußte ihm möglichst bald etwas Sinnvolles einfallen, um ihre Erwartungen in ihn nicht zu enttäuschen.

Killy, der das alles nicht entgangen war, betrachtete es mit gemischten Gefühlen, wußte sie doch von Bregards Interesse an ihrer Tochter; doch es machte wenig Sinn, da gerade jetzt einzugreifen, zudem war es schließlich auch Camillas Entscheidung, und es stand ihr nicht zu, sich einzumischen. Was aber war mit ihrer Schwester, Nichte und Corinna?

13

Zum Zuschauen verdammt, hatten die beiden Mädchen und Meliolantha die Gefangennahme und den Abtransport des Befreiungstrupps in der Kristallkugel verfolgt. Entsetzt hatte Anna mit ansehen müssen, was Urkalan ihren Eltern angetan hatte; sie war völlig fertig, obwohl sie nicht hatte hören können, was dort gesprochen worden war.

"Kannst du denn gar nichts dagegen tun?" fragte sie die Zauberin.

"Nein, mein Kind, auf diese Entfernung habe ich keinerlei Macht gegen ihn. Aber ich werde euch, wenn ihr dort hingehen wollt, gerne begleiten, um euch so weit zu helfen, wie ich kann. Zumindest glaube ich, daß ich etwas habe, das die Kräfte des Rubins neutralisieren kann. Ganz vielleicht haben wir dann ja eine Chance gegen Urkalan!" Sie trat zu einem kleinen Schrank, öffnete ihn und entnahm ihm einen klaren, in vielen Facetten geschliffenen Stein, der, wie Lila sich zu erinnern meinte, nahezu die identische Form und Größe des Rubins von Urkalan aufwies.

"Dieser Diamant kann, nahe genug an den Rubin gebracht, dessen Wirkung aufheben", erklärte Meliolantha, "er ist etwa zur gleichen Zeit wie dieser in seine jetzige Form gebracht worden, und zwar von dem selben Meister, der auch dem Rubin seine Kräfte gab. Dies geschah vor nunmehr fast fünfhundert Jahren, dennoch ist den Steinen ihre volle Kraft geblieben. Allerdings hat Urkalan offenbar die des Rubins durch technische Hilfsmittel noch wesentlich verstärkt, und ich kann nur hoffen, daß die Kraft des Diamanten als Gegenpol trotzdem reichen wird! Laßt uns sofort aufbrechen, je eher wir dort sind, desto größer ist die Chance, möglichst viele oder gar alle zu retten!"

Sie packte außer dem Diamanten noch einige andere Dinge in einen Stoffbeutel, den sie sich umhängte, und forderte dann Lila und Anna auf, ihr zu folgen. In einem angrenzenden Raum öffnete sie eine Falltür, unter welcher stark strömendes und wirbelndes Wasser zu sehen war, auf dem ein zerbrechlich wirkendes, schlankes Boot tanzte. Die Hexe half Anna hinein und nahm dann hinter ihr Platz. Lila setzte sich auf Annas Schoß und hielt sich an ihr fest. Meliolantha schloß die Klappe und löste das Seil, mit dem das Boot vertäut war. Die Umgebung, eine flache Höhle, war in einem blassen Schimmer erkennbar, der von der Zauberin auszugehen schien. Kaum war das Boot frei, da schoß es auch schon, über die Wellen hüpfend, davon. Anna klammerte sich furchtsam an den Bootsrändern fest; wenn es nun gegen die Felsen stieß? In den Strudeln würde sie sich nicht lange über Wasser halten können! Plötzlich befiel sie ein heftiger Schwindel, und ihr wurde schwarz vor Augen. Als sie wieder klar sehen konnte, schwamm das kleine Boot in herrlichstem Sonnenschein einen kleinen, ruhigen Fluß entlang. Von der Höhle war weit und breit nichts zu sehen. Fasziniert stellte Anna fest, daß ihr Boot wesentlich schneller unterwegs war als die Strömung des Flusses, obwohl Meliolantha keinen Finger rührte! Später bogen sie in einen größeren Wasserlauf ein, in dem sich der Nachen gar gegen die Strömung fortbewegte. Lila kam die Gegend irgendwie bekannt vor.

"Das ist doch der Fluß zum Elfendorf, nur befahren wir ihn in umgekehrter Richtung", erkannte sie schließlich, "aber wir sind doch von einem anderen Fluß hierher eingebogen, und ich kenne gar keinen, der von diesem abzweigt!"

"Versuche nicht, Magie zu verstehen, Lila!" wies die Magierin sie an, "an sich hast du recht. Wenn du den Fluß jetzt zurückverfolgst, wirst du den anderen auch nicht wiederfinden, das mußt du einfach so hinnehmen, ich kann es dir nicht näher erklären, weil du keine Zauberin bist."

Die Fahrt ging derart flott vonstatten, daß sie schon kurz darauf die Einmündung des Karbaches erreicht hatten.

"Ab hier müssen wir zu Fuß weiter", eröffnete ihnen Meliolantha, "der Bach ist für das Boot einfach zu seicht, als daß ich es hindurchleiten könnte."

Nach den ersten Schritten berührte sie die Schulter Annas, die sich urplötzlich ganz leicht vorkam und so das Tempo ohne Anstrengung deutlich erhöhen konnte.

"He, das ist ja super, ich glaube, ich könnte jetzt zehn Meter weit springen!"

"Das laß mal lieber bleiben, du kannst dich noch nicht so richtig einschätzen in deiner derzeitigen Verfassung und könntest versehentlich gegen einen Felsen oder einen Baum springen", mahnte die Zauberin, "ich würde es auch dir gern leichter machen, Lila, aber ich fürchte, du könntest dann von dem leisesten Windhauch weggepustet werden! Zudem können wir dich ja auch problemlos tragen, wenn du möchtest."

"Ach, das ist nicht nötig", meinte Lila, "ich bin noch fit genug, außerdem kann ich, wenn ich etwas über euch fliege, die Umgebung besser im Auge behalten."

"Das ist wahr", stimmte Meliolantha zu, "nicht, daß auch wir noch in einen Hinterhalt geraten!"

Sie kamen nun erheblich schneller voran, als es Fußgängern normalerweise möglich war und hatten so in ziemlich kurzer Zeit die Strecke bis in die Nähe des Einschnittes, der zur Hochebene führte, zurückgelegt. Hier zögerte Meliolantha, blickte sich unruhig um und nahm dann den Diamanten zur Hand.

"Ja, mein Gefühl hat mich nicht getrogen", erklärte sie, "auch der Stein reagiert, ich spüre seine verstärkte Energieausstrahlung. Das bedeutet, wir sind hier nicht allein; irgendwelche über den Rubin kontrollierte Kreaturen halten sich in der Nähe auf, vermutlich in dem Einschnitt, wo sie schon die anderen überfallen haben. Das ist ein Problem, ich hatte angenommen, er habe seine gesamten Truppen hier abgezogen."

"Warum ist das so schlimm?" fragte Lila, "ich denke, du kannst die Wirkung des Rubins mit dem Diamanten aufheben, dann werden sie uns doch nichts tun, oder?"

"So einfach ist das nicht, Lila, wenn ich den Diamanten jetzt einsetze, kommen wir hier wohl durch, aber es könnte gut sein, daß Urkalan es merkt, wenn plötzlich einige seiner Diener seiner Kontrolle entzogen werden; dann ist er vorgewarnt, und genau das möchte ich eigentlich vermeiden. Ich kann nur vorsichtig über den Diamanten vorfühlen, wie viele sich noch in der Schlucht befinden." Sie hielt den Edelstein, der jetzt schwach zu glühen schien, vor sich und konzentrierte sich auf sein Inneres. Die Mädchen konnten nichts weiter besonderes bemerken, die Zauberin jedoch ließ den Stein sinken und verkündete: "Es sind zwei, sie befinden sich auf etwa halbem Weg nach oben, aber ich kann nicht erkennen, um welche Wesen es sich handelt, den Kraftlinien nach müssen es aber größere sein, Hunde, Wölfe oder irgend eine Art von Großkatzen."

"Soll ich mich mal an sie heranschleichen, damit wir genauer Bescheid wissen?" erbot sich Lila.

"Wenn du dich vorsiehst und kein Risiko eingehst, könnte es uns zum Vorteil gereichen, zu wissen, was für Tiere es sind, denn dann können wir uns vielleicht etwas ausdenken, um sie fortzulocken."

Lila zögerte nicht lange und flog los, nicht direkt in die Schlucht, sondern daneben die Felswand empor und dann parallel dazu, bis sie ungefähr die Hälfte hinter sich hatte. Dann landete sie und pirschte sich zu Fuß weiter an die Schlucht heran, um sich nicht durch das Summen ihrer Flügel zu verraten. Kurz bevor sie die Abbruchkante erreichte, legte sie sich auf den Bauch und schob sich langsam vor, bis sie hinunterblicken konnte. Zuerst sah sie außer den Felsen, dem Bach und dem Gestrüpp nichts weiter, aber dafür verriet ihr ein scharfer Geruch, den der schwache Wind heraufwehte, daß sie nicht allein war. Sie schnüffelte und kam zu dem Schluß, daß es sich um eine Katzenart handeln mußte, vielleicht um die Pumas, die sie schon in Meliolanthas Kristallkugel gesehen hatten. Merkwürdig, fiel ihr bei diesem Gedanken ein, warum setzte Meliolantha diese Kugel nicht ein, um nachzusehen, was sich in der Schlucht befand? Doch dann erinnerte sie sich wieder, wie erschöpft die Hexe jedesmal danach gewesen war; wenn sie hier ähnlich kaputt wäre, könnte sie den Aufstieg nicht mehr bewältigen. Jetzt wurde sie durch eine Bewegung in einer

Buschgruppe aus ihren Gedanken gerissen; da waren sie, zwei großgewachsene, geschmeidige Pumas, die dort wachsam das Tal hinunter spähten! Lila prägte sich die Stelle genau ein und zog sich dann sachte zurück. Vermutlich mußte sie gar nicht so vorsichtig sein, da der Wind vom Tal heraufwehte und die Tiere sie so weder wittern noch hören konnten, aber sie wollte kein unnötiges Risiko eingehen. Erst als sie sich absolut sicher fühlte, daß die Raubkatzen sie nicht mehr wahrnehmen konnten, erhob sie sich in die Luft und flog eilig zu Meliolantha und Anna zurück.

"Es sind zwei Pumas, sie lauern auf halber Höhe über dem höchsten Wasserfall in einem Gebüsch", berichtete sie, noch ehe Meliolantha Zeit fand, eine Frage zu stellen, "ihr beiden könnt dort so auf keinen Fall unbemerkt vorbeikommen!"

"Hm", machte Meliolantha, "ich hätte da eine Idee! Von wo kommt der Wind? Ah ja, er weht das Tal hinauf. Zum Glück haben sie uns noch nicht gewittert, aber ich werde ihnen etwas zu riechen geben, dem sie schwerlich widerstehen dürften."

Sie kramte in ihrem Beutel und holte ein Fläschchen hervor, welches eine farblose Flüssigkeit enthielt. Die Zauberin öffnete es und sprach ein paar Worte in der für die Mädchen unverständlichen Sprache, die sie auch schon bei dem Zauber mit der Kristallkugel angewandt hatte. Prompt begann die Flüssigkeit in der Flasche zu schäumen und wurde rot. Meliolantha hielt sie von sich weg, als die ersten Tropfen hinausspritzten. Ein überwältigend starker Blutgeruch machte sich um sie breit, um dann vom Wind erfaßt und in die Schlucht getrieben zu werden.

"Lila, kannst du dies Fläschchen im Flug tragen?"

Lila versuchte es, und es ging so gerade. "Gut, jetzt fliege bitte in die Richtung und lege dabei eine Geruchsspur von der Schlucht fort, bis die Flasche leer ist, dann kommst du so schnell du kannst zurück, alles klar?"

"Alles klar!" bestätigte Lila und machte sich sofort auf den Weg. Nach knapp zehn Minuten war sie wieder da.

"So, erledigt, ich habe alles verteilt, bis an das Ufer eines Baches, damit sie sich nicht wundern, daß die Spur einfach so aufhört!"

"Das war eine gute Idee von dir, Lila. Mittlerweile müßte der Geruch die Pumas auch erreicht haben, versteckt ihr euch schon mal dort auf der windabgewandten Seite in den Büschen und verhaltet euch mucksmäuschenstill!"

Die Mädchen folgten der Aufforderung sofort und waren bald darauf nicht mehr zu sehen. Als die Zauberin die Kinder in Sicherheit wußte, stieß sie mehrere laute Schreie wie die eines verwundeten Tieres aus und ließ sie allmählich leiser werden und verklingen, um sich dann zu Anna und Lila zu gesellen.

"Du, Meliolantha, was ist, wenn die Pumas nun unsere Fährte riechen und hierher kommen?" wollte Lila wissen.

"Das wird nicht passieren", versicherte die Zauberin, "der künstliche Blutgeruch ist so stark, daß er alle anderen Gerüche zudeckt. Ich hoffe nur, daß die Tiere nicht so stark von Urkalan konditioniert sind, daß sie der Verlockung widerstehen und auf ihrem Posten bleiben!"

Doch wie sich schnell herausstellte, war ihre Sorge unbegründet, nur wenige Minuten, nachdem sie sich in den Büschen verborgen hatten, kamen die zwei Raubkatzen mit eleganten Sprüngen die Felsen der Schlucht hinab. An der Stelle, wo die Hexe zuerst den Duftstoff verschüttet hatte, verharrten sie und beschnüffelten den Boden; dann hoben sie gleichzeitig die Köpfe und hetzten der falschen Fährte nach.

"So, nun aber schnell los, bevor sie zurück sind, ich werde das Schlußlicht bilden und unsere Spur, auch vom Geruch her, unkenntlich machen!"

Hastig lief Anna voran und kletterte die Felsabstürze so schnell hoch, wie ihre kindlichen Gliedmaßen es zuließen. An einigen Stellen war sie auf die Hilfe Meliolanthas angewiesen, wo zu wenig Griffmöglichkeiten waren oder die Felsen so hoch waren, daß ihr wegen ihrer Höhenangst schwindelig wurde.

"Wie weit ist es noch, bis wir die Stelle erreichen, wo die Katzen gelauert haben?" keuchte Meliolantha später, "sie können schon bald wieder zurück sein. Ich glaube, ich habe sogar schon etwas gehört!"

"Es ist nicht mehr weit, sie haben sich genau über der Steilwand, die ihr gerade heraufklettert, in den Sträuchern aufgehalten."

"Komm Anna", trieb Meliolantha das Kind an, "noch einmal mit voller Kraft, damit sie uns nicht von unten hier an den kahlen Felsen erspähen!"

Anna gab ihr bestes und just, als Lila, die nach hinten Wache hielt, die beiden Jäger kommen sah, hatten Anna und Meliolantha die Kante überwunden und waren damit vorläufig den Blicken der Tiere entzogen. Sie rannten so schnell sie ihre Beine trugen an dem verlassenen Versteck ihrer Feinde vorbei und erklommen die nächsten, wesentlich flacheren Gesteinsformationen. Meliolantha hielt an und atmete tief durch: "So, ich denke, hier sind wir einigermaßen in Sicherheit, so daß wir uns einen Moment verschnaufen können. Kannst du die Pumas bitte so lange im Auge behalten, Lila, bis wir sicher sein können, daß sie auch wirklich dort bleiben und nicht etwa ausgerechnet jetzt zu Urkalan zurückkehren?!"

Genau das hatte Lila ohnehin vorgehabt, also nickte sie nur schnell und verbarg sich dann etwas talabwärts zwischen den Blättern eines Busches, von wo aus sie einen ungehinderten Blick auf das Versteck der Tiere hatte. Diese schienen nicht daran zu denken, weiter in ihre Richtung vorzudringen, sie lagen heftig atmend genau an der Stelle, wo Lila sie auch beim ersten Mal entdeckt hatte und machten den Eindruck, als müßten sie sich nach der langen, vergeblichen Hatz nun ausgiebig erholen. Lila kehrte zu ihren Gefährtinnen zurück.

"Es besteht keine Gefahr", berichtete sie, "die sind völlig ausgepumpt und werden ihr Versteck bestimmt nicht so bald verlassen."

"Das ist ja sehr erfreulich, dann können wir in aller Ruhe unseren Weg fortsetzen!"

"Ich hab Hunger und Durst", warf Anna ein, "hast du 'was zu essen mit, Meli?"

"Meli? Das klingt niedlich Anna, wenn du magst, darfst du mich ruhig immer so nennen, und du natürlich auch Lila! Ja, ich habe einiges mitgenommen, aber wir sollten uns nicht zu sehr die Bäuche vollschlagen, bevor wir oben sind. Ihr könntet einen Apfel essen, wenn ihr mögt."

"Ou ja, das wär' genau das Richtige!" freute sich Anna, "ich geb' Lila was ab, die ißt ja eh nur winzige Stückchen."

Meliolantha lächelte und drückte Anna einen wunderbaren, großen, roten Apfel in die Hände, der ihr Gesicht zum Strahlen brachte.

"Soll ich dir 'n Stück rausbeißen, Lila, oder ekelst du dich dann?"

"Ich kann dir sonst auch etwas abschneiden, ich habe ein Messer dabei", schaltete sich Meliolantha ein.

"Ach Quatsch, ich ekel mich doch nicht vor Anna", wehrte Lila ab, "aber beiß nicht so'n großes Stück raus, sonst schaffe ich es nicht!"

"Von mir aus können wir auch beim Essen weitergehen", meinte Anna, "dann kommen wir schneller von den Raubtieren weg."

Der Vorschlag wurde angenommen, und sie setzten ihren Weg mit verminderter Geschwindigkeit fort, bis sie aufgegessen hatten, danach legten sie wieder ein höheres Tempo vor, um den in der Gefangenschaft Schmachtenden möglichst bald Hilfe zu bringen.

"Wir werden die Stadt nicht mehr vor Einbruch der Dunkelheit erreichen", sagte die Zauberin mit einem besorgten Blick zum Himmel, "einerseits ist das zwar gut, weil man uns dann nicht so leicht kommen sieht, aber andererseits haben wir drei längst nicht so gute Augen wie einige von Urkalans Dienern, die in der Nacht perfekt sehen können."

"Das schon," stimmte Lila etwas zögernd zu, "aber bei Tage würden wir es ganz sicher nicht schaffen, die kahle Hochebene zu überqueren, wenn auch nur ein einziger Adler am Himmel ist!"

"Da hast du natürlich auch wieder recht, wie konnte ich nur auf einen derart aberwitzigen Gedanken kommen, über so eine freie Fläche bei hellichtem Tage gehen zu wollen?! Wir werden also, wenn wir gleich oben sind, dort warten, bis es Nacht ist, und uns dann zu der Ruinenstadt schleichen."

Auf der Hochfläche angekommen, verbargen sie sich in einer der letzten Felsgruppierungen, um, abwechselnd schlafend, die Dunkelheit zu erwarten.

14

Martha und Bernhard saßen, einander an den Händen haltend, niedergeschlagen auf dem Bett ihres Gefängnisraumes.

"Ich glaube, ich nehme tatsächlich jetzt ein Bad", murmelte Martha, "aber ganz bestimmt nicht wegen dieses Widerlinges, sondern weil ich von dieser Hetze durch die Raubkatzen so fertig und verschwitzt war. Willst du nicht auch mit hineinkommen?"

Sie hatten festgestellt, daß an den Wohn- und Schlafraum ein großes Badezimmer angegliedert war, in dem eine große Wanne, ja, man mußte wohl schon eher Schwimmbecken sagen, eingelassen war.

"Nun, schaden kann es ja nicht", schloß sich Bernhard an," das wird uns entspannen, vielleicht kommen uns dann leichter irgendwelche rettenden Einfälle."

Sie ließen das Becken vollaufen und sich dann in das heiße Wasser gleiten.

"Aah, das tut gut, ich hatte ganz verspannte Muskeln", seufzte Martha, "eigentlich erstaunlich, was für eine Ausstattung Urkalan hier hat. Auch fließend warmes und kaltes Wasser hier in den Ruinen zu haben, hätte ich nicht erwartet."

"Mir ist hier auch vieles ein Rätsel", stimmte Bernhard zu, "nicht zuletzt, wie er die Maschinen und Ausrüstungen aus der Pyramide hat verschwinden lassen und wie er sie hierher geschafft hat!"

"Da fällt mir gerade etwas ein, wo du von der Pyramide sprachst, nämlich, ob es hier nicht auch Belüftungsschächte gibt, ähnlich denen, durch die die Elfen in die Pyramide gelangten. Gäbe es solche, wären sie ja vielleicht auch für uns groß genug."

Bernhard ließ seine Blicke über die Decke und die Wände schweifen.

"Also hier im Bad gibt es keine Lüftungsöffnungen, die groß genug für uns sind, und in dem anderen Zimmer sind mir auch keine aufgefallen, aber wir können nachher ja nochmal genauer gucken."

Sie genossen noch eine Weile das warme Wasser, bis Martha sich schließlich erhob.

"Mir reicht es", erklärte sie mit einem Blick auf ihre Hände, "ich bin schon ganz schrumpelig, und so kann ich ja nicht vor dem Meister erscheinen!" fügte sie sarkastisch hinzu. Sofort verdüsterte sich Bernhards Miene wieder, der vorher durch andere Gedanken abgelenkt gewesen war. Auch er verließ das Becken, den Kopf voller quälender Bilder, trocknete sich ab und kleidete sich an.

"Oh, Bernhard, was soll ich nur tun? Ich kann einfach nicht mit diesem Untier ins Bett steigen!" brachte Martha mit stockender Stimme hervor, "ich glaube, lieber würde ich sterben!"

"Ach Martha, warum mußte uns das Schicksal in seine Fänge führen? Ich wünschte, mir würde etwas einfallen, dich vor ihm zu bewahren!"

Doch sein Kopf fühlte sich taub und leer an, es wollte sich einfach keine Idee einstellen!

"Nun meine Süße, hast du dich für mich schön gemacht?" ertönte jetzt die Stimme des Magiers aus einem verborgenen Lautsprecher, "ich warte auf dich, meine Diener werden dich geleiten!"

Bei diesen Worten hörten sie das Klacken des Schlosses, die Tür schwang auf, und die Ratten waren wieder da; diesmal allerdings sechs an der Zahl. Drei von ihnen drängten sich sofort zwischen Annas Eltern, die übrigen drei schoben die sich heftig sträubende Martha zum Ausgang.

"Bernhard, ich will nicht!" schrie sie und streckte ihre Arme nach ihm aus. Verzweifelt wollte er hinter ihr her, doch sofort schnappten die Riesennager zu und hielten ihn mit kräftigem Biß an den Beinen fest. Dann schloß sich die Tür, und Bernhard blieb allein mit seinen drei Bewachern zurück.

"Ich lasse sie dir erst einmal da, um dich vor unüberlegten Handlungen zu bewahren", informierte die verhaßte Stimme," reize sie nicht, sie neigen manchmal zur Aggressivität. Wenn du dich langweilst, stelle dir einfach vor, was ich gerade mit Martha tue, dann vergeht die Zeit schneller!"

Ein unterdrücktes Lachen noch, dann herrschte Stille. Bernhard warf sich auf das Bett und wollte nichts mehr hören und nichts mehr sehen.

Derweil wurde Martha durch etliche Gänge und Treppenfluchten geführt und zuletzt durch eine verzierte, schmale Tür gestoßen, die hinter ihr ins Schloß fiel. Vor ihr breitete sich ein Gemach aus, welches an Geschmacklosigkeit nur schwer zu übertreffen war: Ein riesiges Bett dominierte, umgeben von tiefen Plüschteppichen, überall waren schwere samtene Stoffbahnen drapiert, deren Säume mit Rüschen versehen waren. Alles war in Rot- oder Rosatönen gehalten und machte den Eindruck eines abgeschmacken Freudenhauses. Vor dem Bett wartete Urkalan, in einen grünseidenen Umhang mit goldenen Streifen gekleidet.

"Tritt näher, damit wir beginnen können, diese schönsten Stunden angemessen zu genießen", sagte er mit schmeichelnder Stimme. "Küsse mich, wie es sich für Liebende zur Begrüßung gehört!"

Er öffnete die Arme, schloß die Augen und legte den Kopf leicht in den Nacken, die Lippen erwartungsvoll geöffnet. Martha stierte auf die maskenhafte Fratze, es wirbelte vor ihren Augen. Nein, niemals! Sie konnte es nicht tun. Irgendetwas in ihr rastete aus, sie tat die fehlenden Schritte auf den erregt atmenden Magier zu, zögerte einen winzigen Moment und trat ihm dann mit aller Kraft zwischen die Beine.

"Die einzig angemessene Begrüßung einer 'Liebenden'!" rief sie, drehte sich um und floh durch die nicht abgeschlossene Tür auf den Gang. Sie hörte, wie Urkalan sich bemühte, einen Zauberspruch loszulassen, doch die Worte kamen ihm wegen des heftigen Schmerzes nur unvollständig über die Lippen und zeitigten keinerlei Wirkung. Martha hastete den Gang hinunter, keines von Urkalans Geschöpfen war zu sehen. Wo mußte sie nun entlang? Rechts, links, oben, unten, sie konnte sich einfach nicht erinnern! Auf gut

Glück rannte sie weiter, endlose Flure entlang, steile Treppen hinauf. Nur nicht stehenbleiben. Nein, von hier war sie nicht gekommen, hier sah alles anders aus; sie würde Bernhard nicht finden, es war nur eine Frage der Zeit, wann sie wieder eingefangen würde, doch es fiel ihr nichts Besseres ein, also lief sie weiter, mühte sich die nächste Treppe empor, durchquerte einen verfallenen Raum und - fand sich im Freien wieder! Überrascht blieb sie stehen, wie war das denn zugegangen? Doch es blieb ihr keine Zeit, lange nachzudenken, schon hörte sie Geräusche aus dem Aufgang. Eilig lief sie über verschüttete Straßen, überkletterte geborstene Mauern und zwängte sich durch enge Lücken. Martha lief und lief. Sie spürte ihre Beine schon nicht mehr, aber ihr Körper arbeitete weiter, wie ein Automat, der sich nicht abschalten läßt. Jegliches Zeitgefühl war ihr verlorengegangen; war sie Minuten unterwegs oder schon viele Stunden? Sie hätte es nicht sagen können. Erst als sie Sterne vor Augen sah und die Muskeln ihrer Beine übersäuert den Dienst versagten, hielt sie inne und sank zu Boden. Langsam klärte sich ihr Blick, und sie sah sich um; von der Stadt war, ebenso wie von eventuellen Verfolgern, weit und breit nichts zu sehen. Nicht weit von ihr lagen einige größere Geröllbrocken, zwischen denen sich dürftige Sträucher in dem kargen Boden festklammerten. Martha schleppte sich bis dort hin, da es hier sonst nirgends ein Versteck zu geben schien. Völlig entkräftet lehnte sie sich an einen der kalten Steine. Was hatte sie getan?! Würde Urkalan sich dafür an Bernhard oder den Elfen rächen? Hätte sie nicht doch lieber das Unerträgliche über sich ergehen lassen sollen? Diese Gedanken waren müßig, sie hatte es nun einmal getan, und es ließ sich nicht wieder rückgängig machen. Es mußte jetzt ihr Ziel sein, den Verfolgern, die Urkalan mit Gewißheit ausgesandt hatte, dauerhaft zu entkommen und irgendwie Hilfe zu finden. Dazu mußte sie jedoch erst den Tag abwarten, denn in der Nacht wollte es ihr nicht gelingen, sich zu orientieren. Ihr waren zwar einige der Sternbilder bekannt, die jetzt zu sehen waren, doch wußte sie nicht, welches Sternbild in welcher Himmelsrichtung zu sehen war. Sie verbarg sich, so gut es ging, in dem armseligen Gestrüpp und beschloß zu versuchen, etwas Schlaf zu finden, damit sie bei Tagesanbruch einigermaßen fit wäre.

Bernhard schreckte auf; was war los? Auf dem Gang hörte man die hastigen Schritte vieler Wesen, von überall her drangen aufgeregte Laute an sein Ohr. Er setzte sich auf und lauschte, ob er irgendetwas aufschnappen konnte, das ihm verriet, was sich ereignet hatte. Auch die Ratten in seinem Zimmer waren äußerst nervös und liefen unruhig hin und her. Jetzt zuckten sie alle gleichzeitig wie unter einem Stromschlag zusammen, dann öffnete sich die Tür von außen, und die Nager rannten hinaus. Bernhard sprang auf und lief zur Tür um hinauszusehen, doch gerade, als er sie erreicht hatte, wurde sie ihm vor der Nase zugeschlagen und verschlossen. Hoffentlich hatte diese Aufregung nichts mit Martha zu tun! Wenn sie sich nun in ihrem Haß mit Urkalan angelegt hatte! Diese schreckliche Ungewißheit! Er setzte sich wieder und preßte die vor Angst und Aufregung zitternden Hände gegeneinander. Abrupt wurde die Tür aufgerissen, und ein wutschäumender Urkalan erschien im Rahmen.
"Dafür wirst du büßen!" schrie er mit sich überschlagender Stimme, "steh sofort auf und komm mit!"
Mit ungutem Gefühl im Bauch befolgte Bernhard den Befehl und trat auf den Gang hinaus.
"Was ist denn los," wollte er wissen, "ist etwas mit Martha?!" Er fieberte der Antwort entgegen; zugleich fürchtete er, was Urkalan ihm wohl offenbaren würde.
"Halt deine Fresse!" schnauzte Urkalan ihn an, "mit euch bin ich fertig, ab jetzt lasse ich euch leiden, wie ihr es euch in euren schlimmsten Alpträumen nicht vorstellen könnt!"
Oh Gott, was war denn nur mit Martha passiert? Ihm fiel auf, daß Urkalan einen merkwürdigen Gang hatte, etwa so wie kleine Kinder laufen, wenn sie die Hose voll

haben. Dann kam ihm blitzartig die Erkenntnis, was sich vermutlich abgespielt hatte. Martha! Wie konnte sie nur so etwas wagen, womit hatte sie diese Tat bezahlen müssen?! Er wurde nun von den begleitenden Pumas in eine Halle gedrängt.

"Bernhard, es ist Bernhard!" hörte er verschiedene Stimmen rufen. Es standen hier etliche Käfige, in denen sich seine Elfenfreunde befanden, doch es blieb ihm keine Zeit, sich jetzt mit ihnen zu unterhalten. Urkalan trat ihm von hinten in die Kniekehlen, daß er stürzte, dann schnürte ihn der Magier derart zusammen, daß sein Körper einen nach hinten gebogenen Kreis mit den Beinen bildete, dabei zog sich eine der Fesseln so eng um seinen Hals, daß er kaum atmen konnte. Anschließend befestigte Urkalan noch ein weiteres Seil an seinen Knöcheln, an dem er ihn dann über einen Flaschenzug nach oben hievte, bis er, leicht pendelnd, in etwa drei Metern Höhe hilflos über dem Boden hing.

"Ach, ich vergaß!" rief sein Peiniger, ließ ihn wieder herab und beorderte etliche Insekten herbei, die sich auf Bernhards Kopf und Körper verteilten und auch unter seine Kleidung krochen. Es kitzelte, juckte und kniff überall unerträglich. Bernhard schnaubte, als die ersten Viecher versuchten, in Mund und Nase zu krabbeln. Wenn er doch nur eine Hand zum Kratzen frei hätte, das war ja nicht zum Aushalten! Urkalan schnappte sich nun noch ein schmutziges Tuch vom Fußboden und verband Bernhard die Augen; "damit es nicht zu interessant wird!" zischte er. Dann stopfte er Bernhard zu allem Überfluß auch noch eine weiche Masse in die Ohren, so daß er nun auch so gut wie nichts mehr hören konnte, und zerrte ihn wieder hoch. Da hing er nun, die Seile schnitten in seine Haut, und er konnte sich nicht einmal mit den Elfen unterhalten oder sie sehen. Auch bewegen konnte er sich in den strammen Fesseln so gut wie gar nicht. Schon jetzt, nach so kurzer Zeit, schmerzte sein Rücken, und er bekam nur schwer Luft.

"Der arme Bernhard", sagte Camilla mitleidig, als Urkalan den Raum verlassen hatte, "was ist wohl passiert, daß Urkalan derart wütend ist?"

"Leider können wir ihn ja nicht einmal fragen", stellte Killy fest, "was wohl mit Martha ist?"

"Ich glaube, Bernhard muß ziemlich schnell aus dieser Lage befreit werden", sagte Eotan mit einem Blick auf die Halsfessel, "in der Lage wird er nicht allzulange überleben können. Außerdem schnürt das Seil, an dem er hängt, auch noch seine Beine ab; wenn das Blut dort nicht in absehbarer Zeit wieder zirkuliert, wird er zumindest seine Füße verlieren!"

Der junge Elf untersuchte das Schloß, welches ihren Käfig versperrte, dann sah er sich suchend in ihrem Gefängnis um, bis sein Blick an Delianas Armreif hängenblieb. Es war ein silbernes, spiralförmig geschmiedetes Schmuckstück, das sich in etlichen Windungen um ihren Arm zog.

"Deliana, kann ich deinen Armreif bekommen?" bat er die geschwächte Lehrerin, "ich muß ihn für meine Zwecke allerdings verbiegen, aber ich werde ihn dir später ersetzen."

"Laß nur, mein Junge, du kannst ihn auch so bekommen, sonst wird es vermutlich sowieso kein Später mehr geben!"

Behutsam nahm ihr Eotan den Armreif ab und bog ihn auf. Dazu war schon einiges an Kraft vonnöten, da das Silber sehr dick war. Schließlich hatte er unter Camillas neugierigen Augen daraus einen Stab mit einem Haken am Ende geformt. Damit werkelte er nun in dem Schloß herum, bis ein kaum wahrnehmbares Klicken ihnen verriet, daß die Verriegelung nachgegeben hatte. Eotan probierte, und die Käfigtür ließ sich problemlos öffnen.

"Oh, Eotan, das hast du wunderbar hingekriegt!" rief Camilla, fiel ihm um den Hals und küßte ihn übermütig.

"Nun mal sachte, Camilla", dämpfte er ihre Euphorie, "dies ist nur ein erster, winzigkleiner Schritt, damit sind wir noch lange nicht frei! Zuerst sollten wir alle noch in den Käfigen bleiben, bis wir uns über die nächsten Schritte im Klaren sind. Denn sollte Urkalan oder eine seiner intelligenten Kreaturen hereinkommen und sieht uns außerhalb der Käfige, ist alles verloren. Ich werde jetzt den Käfig hinter mir wieder zuschließen, damit, wenn jemand hereinkommt, er nicht sofort Verdacht schöpft."

"Wo willst du denn hin?" wollte Aliana wissen.

"Ich fliege zu Bernhard hinauf", erklärte Eotan, "und sehe, ob ich es ihm irgendwie leichter machen kann. Zumindest werde ich ihn von dem Ungeziefer befreien."

"Paß auf, daß du nicht erwischt wirst, Eotan", bat Camilla und drückte seine Hände, "es darf dir nichts geschehen!"

Eotan nickte. "Ich werde schon achtgeben", versprach er und drückte sie kurz an sich, dann schlüpfte er aus dem Käfig, verschloß ihn, reichte Camilla den 'Schlüssel' hinein und flog zu dem Gefolterten hoch. Erstaunte Ausrufe aus den anderen Käfigen wurden laut, wo man von Eotans Erfolg vorher noch gar nichts mitbekommen hatte. Killy blickte zu Bregard hinüber; wie hatte er die Szenen zwischen Eotan und Camilla aufgenommen? Der bedauernswerte Junge hockte in der Ecke seines Käfigs und starrte mit großen, enttäuschten Augen in seinem kreideweißen Gesicht zu ihrer Tochter hinüber; seine Fäuste waren geballt, die Lippen zusammengekniffen, er schien wirklich zu leiden! Wenn sie ihm doch nur Mut machen könnte! Camilla erwies sich aber auch nicht gerade als sensibel, sie wußte doch auch um Bregards Gefühle und hätte ihre Bewunderung für Eotan etwas weniger auffällig gestalten können. Nun, im Augenblick gab es Wichtigeres! Eotan hatte Bernhard erreicht und lockerte als erstes die Ohrenstopfen, so daß Bernhard wieder hören konnte. Allerdings beließ er sie lose im Ohr, damit man es von unten nicht bemerkte. Wahrscheinlich waren die Stopfen sogar ein Glück für Bernhard gewesen, da so die kleinen Krabbeltiere nicht dort hineinkriechen konnten.

"Hallo, Bernhard, ich bin's, Eotan, ich werde versuchen, dir die Lage etwas zu erleichtern, aber ganz befreien kann ich dich leider derzeit nicht, weil wir noch keine

Möglichkeit sehen, herauszukommen. Es ist uns nur gelungen, mit den Käfigschlössern bei Bedarf fertigzuwerden." Er suchte Bernhard akribisch ab, tötete jede Schabe, Spinne, oder sonstiges Ungeziefer und versteckte die Reste. Danach mühte er sich mit den Knoten ab, doch dies war für einen Elf alles andere als aussichtsreich, hatten doch die Stricke die Dicke eines Elfenbeines.

"Ich bekomme die Knoten nicht auf!" keuchte er und zerrte nochmals mit aller Kraft an einer der Schlaufen, leider ohne Erfolg!

"Eotan, hol mich heraus, ich helfe dir", rief Histran, "beeil dich!"

"Ich bin gleich zurück", versicherte Eotan Bernhard, flog geschwind zu Camilla, ließ sich von ihr den Behelfsschlüssel geben und holte dann Histran aus dem Käfig.

"Wartet, ich komme auch mit!" erbot sich Bregard kurzentschlossen, vielleicht konnte er ja bei Camilla wieder Boden gutmachen, wenn auch er vor ihren Augen etwas leistete.

"Laß mal", meinte Eotan, "das ist mehr was für Erwachsene!"

Bregard lief rot an und wollte protestieren, aber Histran kam ihm zuvor: "Ich denke, er sollte ruhig mitkommen", entschied er, dem Bregards Seelennöte nicht verborgen geblieben waren, "Bregard hat schon des öfteren bewiesen, daß er zu mutigem Handeln in der Lage ist und kräftig ist er auch."

Da Histran ihr Oberhaupt war, konnte Eotan nicht widersprechen. Leicht verärgert fügte er sich und flog mit den beiden zurück zu Bernhard, wo sie sich jetzt mit vereinten Kräften dem widerspenstigen Knoten widmeten. Den gemeinsamen Anstrengungen der drei kräftigen Elfen war der Knoten nicht lange gewachsen, und schon bald war die Fessel um Bernhards Hals soweit gelöst, daß er wieder frei atmen konnte.

"Danke, jetzt geht es schon viel besser", brachte Bernhard krächzend hervor, "wenn mich jetzt vielleicht jemand von euch oben links am Hals kratzen könnte; ich werd' noch wahnsinnig durch dies Jucken!"

Diese kleine Hilfeleistung übernahm Bregard bereitwillig. "Und könntet ihr es schaffen, das Seil um die Beine zu lockern? Ich habe schon kein Gefühl mehr in den Füßen." Doch so sehr sie sich auch mühten, der Druck auf die Knoten dieses Seils war durch das Gewicht Bernhards einfach zu hoch.

"Wir schaffen es nicht", erklärte Histran bedauernd, "es ginge nur, wenn wir dich herunterließen, und das ist uns leider unmöglich, weil wir viel zu klein und zu leicht sind."

"Und wenn alle Elfen an dem Strick ziehen?" schlug Bregard vor, "dann könnte es vom Gewicht doch reichen, oder?"

Histran machte eine zweifelnde Miene und kratzte sich überlegend am Kinn. "Ganz vielleicht könnte es klappen", sinnierte er, "wir haben ja auch nicht gerade die größten Alternativen."

"He, Eotan!" unterbrach jetzt Camillas Stimme die Unterredung, "Aliana hat etwas gehört, vielleicht kommt jemand!"

Kaum hatte sie zu Ende gesprochen, als auch sie die Schritte vernahmen, die nun an der Tür anhielten. "Schnell, dort oben auf das Kapitell der Säule, in die Käfige zurück können wir nicht mehr!"

Sie schafften es im letzten Moment, sich hinter den steinernen Verzierungen zu verbergen, als auch schon Urkalan mit finsterem Gesicht den Saal betrat. Seinen Schritten nach zu urteilen, wirkte der Tritt Marthas immer noch nach.

"Bernhard!" brüllte er nach oben, da er wohl annahm, daß dieser weiterhin kaum etwas hören konnte, "ich habe eine gute Nachricht für dich!"

"Was hast du?" fragte Bernhard zurück, als sei er tatsächlich noch schwerhörig. Zudem zappelte er auch herum, als piesackte ihn das Ungeziefer.

"Du bist jetzt wieder ledig!" schrie Urkalan deshalb noch lauter hinauf, "ledig und frei, dir eine neue Frau zu nehmen! Bedauerlicherweise litten meine Ratten großen Hunger und ließen kein gutes Haar und auch sonst nichts an deiner Bisherigen!" Er grölte vor Lachen über seine erbärmliche Wortspielerei. Bernhard war bei seinen Worten zusammengefahren, nun bäumte er sich in seinen Fesseln auf und schrie seine Verzweiflung hinaus, dann sackte er kraft- und mutlos in sich zusammen. Das Tuch um seine Augen wurde dunkel vom Naß der Tränen; auch viele der Elfen weinten mit. "Was heult ihr denn herum?" fragte Urkalan scheinheilig, "für euch ist das doch nur gut, da ich jetzt endlich Zeit finde, mich mit euch zu befassen."

Daß diese Ankündigung nicht gerade geeignet war, die Stimmung zu heben, verstand sich von selbst! Trotz des offensichtlichen Erfolges seiner Quälereien wirkte Urkalan äußerst unzufrieden und griesgrämig. Er hielt sich denn auch gar nicht mehr lange auf, genoß nur noch einen Augenblick das Leid Bernhards, machte dann kehrt und überließ die Gefangenen wieder sich selbst.

"Kommt", befahl Histran, "es ist an der Zeit, wir müssen Bernhard herunterkriegen. Eotan, hol du alle un- oder nur leichtverletzten Elfen her, ich sehe mir derweil schon mal mit Bregard die Knoten näher an, damit wir sie gleich schnell aufbekommen!"

Innerhalb weniger Minuten waren alle einsatzbereiten Elfen an dem Zugseil versammelt.

"Ihr müßt euch an dem Seil verteilen und daranhängen. Alle, die dabei dicht genug an die Säule kommen, stützen sich dort ab, um zusätzlich noch ziehen zu können!"

Bald hingen alle an dem Seil, doch noch entspannte es sich nicht.

"Und jetzt: Ziehen!!" rief Histran. Die Elfen, die die Säule erreichen konnten, stemmten sich mit ihren Füßen dagegen und zerrten mit aller Kraft. Und, oh Wunder, Bernhard bewegte sich ein kleines Stück nach oben.

"Jetzt halten!" Bregard, Eotan und Histran arbeiteten fieberhaft, den Halteknoten zu lösen. Endlich war es geschafft!

"Langsam runterlassen!"

Zentimeter um Zentimeter schwebte Bernhard dem Boden entgegen. Da plötzlich verlor Toldar, einer derjenigen, die sich an der Säule abstützten, den Halt und rutschte ab; damit löste er eine ganze Kettenrektion aus, einer nach dem anderen konnte sich nicht mehr halten, und so ging Bernhards Talfahrt immer schneller vonstatten, besonders, als die ersten Elfen das Seil fahren lassen mußten, um nicht in die Rollen des Flaschenzuges zu geraten. Demzufolge war sein Aufkommen auch nicht gerade das Sanfteste, allerdings blieb es bei einigen Schrammen und Prellungen. Sofort waren auch die Elfen zur Stelle und befreiten Bernhard von seinen Fesseln und der Augenbinde. Nun saß er gramgebeugt auf dem kalten Boden und schluchzte leise vor sich hin.

"Bernhard, wir fühlen alle mit dir!" sagte Killy leise, "aber wir müssen jetzt hier herauskommen, und dazu brauchen wir dich!"

"Mir ist alles völlig egal", murmelte Bernhard mit tonloser Stimme, "ich will überhaupt nichts mehr machen!"

"Willst du Urkalan etwa straflos weitermachen lassen, ihm jeden Triumph gönnen? Und was ist mit Anna, ist sie dir auch egal?!"

Bernhard richtete sich auf: "Nein, natürlich nicht, du hast recht, Killy, ich darf mich jetzt nicht so gehenlassen, aber es fällt mir unendlich schwer!"

"Wir haben Glück, daß Urkalan keine seiner Diener hiergelassen hat," sagte Eotan, "so können wir uns einigermaßen ungestört vorbereiten."

"Hoffentlich hast du recht," entgegnete Bernhard, "in den Räumen, in denen er Martha ...," er mußte schlucken und sich sammeln, bevor er weitersprechen konnte," und mich gefangenhielt, hat er uns mit Kameras überwacht."

"Was ist eine Kamera, und wie sieht sie aus?" fragte Camilla.

Bernhard beschrieb kurz, wozu eine solche Kamera gut war und wie man sie erkennen konnte. Daraufhin untersuchten einige Elfen den Saal, konnten aber zu ihrer Beruhigung bald Entwarnung geben.

"Hier ist kein solches Gerät", stellte Histran klar, "doch nun sollten wir schleunigst einen Weg hinaus finden, ehe Urkalan womöglich mit einer ganzen Schar seiner Sklaven zurückkommt!"

"Ob wir es wagen können, die Tür zu öffnen und hinauszusehen?"

"Ich denke schon, daß wir das riskieren können, Eotan", entschied Histran, "Urkalan wähnt uns schließlich sicher in den Käfigen und Bernhard in Fesseln am Seil."

"Könntest du uns die Tür öffnen, Bernhard?" bat Eotan.

"Ich will es versuchen, obwohl sich meine Füße immer noch taub anfühlen."

An der Säule festhaltend, zog er sich langsam hoch und tat ein paar unsichere, torkelnde Schritte, bis er erneut zusammensank. "Tut mir leid", bedauerte er, "es geht noch nicht!" Er zog sich Schuhe und Strümpfe aus und begann seine gefühllosen Gliedmaßen zu massieren, bis ein unangenehm heftiges Kribbeln ihm verriet, daß das Blut wieder durch die Adern strömte. Sein neuerlicher Gehversuch war von Erfolg gekrönt.

"O.k., ich bin soweit", verkündete er.

Histran bestimmte einige der stärksten Elfen, die Schwerverletzten zu tragen, dann versammelten sie sich hinter Bernhard an der Tür. Bernhard schaute sich um. "Ich glaube, so wird das nichts!" stellte er fest, "wenn ihr die Verletzten tragen müßt, kommen wir nicht schnell genug voran. Hm, das müßte gehen!" Er nahm einen Korb vom Boden auf, in dem Urkalan den ersten Gefangenen Essen gebracht hatte. "Darin kann ich alle, die nicht fliegen können, tragen!"

Das war die eindeutig bessere Lösung, also wurden die Verwundeten so bequem es irgend ging in dem Korb gebettet, den Bernhard dann in seine Linke nahm. Mit der Rechten öffnete er nun behutsam die Tür.

15

Als es dunkel genug war, brachen sie auf. Meliolantha hatte Annas Wache mit übernommen, da ihr klar war, daß ein fünfjähriges Mädchen doch noch erheblich mehr Schlaf benötigte als sie selbst. Am liebsten hätte sie das gleiche auch für Lila getan, doch ganz ohne Schlaf konnte auch sie nicht auskommen; zudem hatte ihr Lila versichert, daß es ihr nichts ausmache. Jetzt waren sie wieder unterwegs. Zu ihrer Erleichterung erschien kein Schatten am Nachthimmel, und kein Geräusch deutete darauf hin, daß ein Späher Urkalans die Gegend überwachte. Sie umrundeten eben die ersten Gebäudereste, als hektisches Treiben weiter vorn in den Ruinen von ungewöhnlichen Ereignissen kündete. Hatte man ihr Kommen bemerkt?

"Schnell, dort hinein!" wies die Zauberin sie an und deutete auf ein Mauerloch zu ihrer Rechten. Innerhalb weniger Sekunden waren sie in dem düsteren, staubigen Versteck verschwunden, und Meliolantha machte entlang der Öffnung hastig einige komplizierte Bewegungen mit Fingern und Händen.

"Könnt ihr mich mal losmachen?" wisperte Lila, "ich hänge in einem Spinnennetz fest und hab Angst, daß die Spinne rauskommt und mich beißt!"

"Iiih!" machte Anna, "ich hab' auch Schiß vor Spinnen!"

"Na, na, Anna, was sind das für Ausdrücke!" tadelte die Hexe, während sie die Elfe von dem klebrigen Geflecht befreite, dann stopfte sie noch einen Mörtelbrocken in das Loch bei dem Netz, so daß die Spinne ihren Bau vorerst nicht verlassen konnte. "Da kommen welche", flüsterte Anna, "ich glaub', die kommen direkt hierher!" Sie krallte sich mit beiden Händen an Meliolantha fest.

"Pscht, keinen Ton mehr jetzt", mahnte die Hexe, "sie werden uns nicht sehen können, ich habe einen Zauber gewirkt, der die Öffnung wie ein unversehrtes Mauerstück aussehen läßt, aber hören könnten sie uns!"

Einige Augenblicke später huschten mehrere Schatten an ihrem Versteck vorbei. Viele von ihnen waren, soweit man das im Dunkeln erkennen konnte, riesige

Ratten, welche in jeden größeren Riß, in jede Höhlung und unter alle größeren Steintrümmer spähten. Ihren Zufluchtsort jedoch beachteten sie überhaupt nicht. Auch der Nachthimmel war nun von etlichen Geschöpfen bevölkert, hauptsächlich Eulen und Fledermäusen. Die Suchkreise der Kreaturen wurden immer größer, so daß sie sich allmählich immer weiter von dem Versteck der drei entfernten.

"Puh", stöhnte Meliolantha, "das war knapp! Was die wohl suchen. Eine Elfe zumindest wird es nicht sein, denn sie schauen nur in die größeren Versteckmöglichkeiten. Ob vielleicht Bernhard und Martha, oder einer von ihnen fliehen konnte?"

"Wenn ja, stehen ihre Aussichten zu entkommen jedenfalls nicht besonders gut, wenn man bedenkt, wie viele Tiere hinter ihnen her sind!" stellte Lila fest.

Prompt fing Anna an zu weinen, und Lila hielt sich erschrocken die Hand vor den Mund.

"Nicht weinen, Anna", versuchte Meliolantha zu trösten, "du siehst doch, daß sie gar nicht wissen, wo sie suchen sollen. Ich schätze, sie sind schon so weit weg, daß sie nicht mehr eingeholt werden können." Das entsprach zwar überhaupt nicht dem, was sie wirklich dachte, aber es wäre ihrer Mission wenig zuträglich, wenn Anna weiter weinen oder gar schreien sollte.

"Wir können doch mal sehen, ob wir Mama und Papa finden können, dann können wir zusammen die Elfen rausholen", schlug Anna vor und wischte sich die Tränen aus dem Gesicht.

"Das wäre zwar schön, Anna, aber wie sollen wir sie finden, wenn selbst die Nachtwesen von Urkalan es bisher nicht vermocht haben. Nein, wir müssen es erst einmal allein weiter versuchen."

"Das ist jetzt aber doof für uns", meinte Lila, "wir wissen ja gar nicht, wann wir wieder herauskönnen. Wir müssen ja nun immer damit rechnen, daß welche von den Viechern zurückkommen und uns über den Weg laufen. Und die sehen uns bestimmt eher als wir sie!"

"Das ist wirklich sehr ärgerlich", stimmte die Zauberin zu, "wie weit ist es denn noch bis zu dem Eingang?"

"Nicht mehr allzu weit", erklärte Lila, "hast du den kaputten Turm vorhin gesehen, bevor wir hier herein sind?"

"Ja, habe ich!"

"Fast genau bei dem Turm sind wir damals hinein und auch wieder hinaus. Allerdings weiß ich nicht, ob dieser Eingang überhaupt noch benutzbar ist, weil doch bei der Explosion, von der ich dir erzählt hab', so viel eingestürzt ist."

"Du, Meli, mir ist unheimlich", bekannte Anna jetzt, "da hinter mir kommen so komische Geräusche aus dem Loch!"

"Ein Loch, was für ein Loch?" fragte die Zauberin aufgeschreckt.

"Hier hinter mir, ich hab vorhin mal gefühlt, es ist ungefähr so groß wie meine Hand."

"Laß mal sehen, das muß ich untersuchen!"

Anna rückte so weit zur Seite, wie es ging, und Meliolantha schob sich zu dem Loch vor. Neben kalter Luft kamen tatsächlich Geräusche aus der Öffnung, wie ein Gemisch aus Wasserrauschen und fernen Stimmen.

"Lila?"

"Ja, Meli?"

"Kannst du mal hinausschauen, ob ich es riskieren kann, Licht zu machen?"

"Du kannst!" versicherte Lila, nachdem sie Umschau gehalten hatte. Die Hexe leuchtete mit einer Taschenlampe in das Loch, doch auf diese Weise ließ sich nichts erkennen.

"Sag, Lila, traust du dich dort hinein, daß du mal gucken kannst, während ich hindurchleuchte?"

"Klar, mach ich!" sagte Lila mutig und kroch in den engen Durchgang. Dort wurde ihr angesichts der Finsternis und der merkwürdigen Laute dann aber doch ziemlich mulmig, aber nun zu kneifen, wäre feige. Sie schob sich vorwärts, bis es plötzlich wieder weit um sie wurde. Sie breitete vorsichtig die Flügel aus, startete und hielt sich auf der Stelle schwebend in der Luft.

"So, du kannst jetzt leuchten!" rief sie über die Schulter zurück und ärgerte sich, daß dabei ihre Stimme zitterte. Unmittelbar im Anschluß an ihre Worte leuchtete der Strahl der Taschenlampe auf, dann wurde diese von der Zauberin so weit vorgeschoben, daß sie nun in den freien Raum hinter der engen Passage leuchtete.

"Hier ist ein Gang", rief Lila aufgeregt, "völlig heil und ganz lang!"

"Psst, nicht so laut, du weißt nicht, wo er hinführt, und wer sich am anderen Ende aufhalten mag! Geh mal etwas zur Seite, Lila, Anna und ich werden versuchen, den Schutt wegzuräumen, damit wir auch hindurch können!" Mit bloßen Händen machten sie sich daran, einen Durchgang zu schaffen, der ihrer Körpergröße gerecht wurde. Nach einer halben Stunde angestrengter Arbeit hatten sie es geschafft und standen abgekämpft neben Lila, den Gang betrachtend, der vor ihnen lag.

"Vielleicht führt er ja auch bis zu Urkalans Räumen", hoffte Lila.

"Das werden wir bald wissen, und Anna, paß gut auf, wohin du trittst, wir müssen alle unnötigen Geräusche vermeiden!"

Anna nickte nur und kaute nervös auf ihrer Unterlippe herum. Die Zauberin führte sie nun den Gang entlang, der vorerst eben war und keinerlei Abzweigungen aufwies. Mittlerweile war nur noch das Rauschen zu vernehmen; die Stimmen, die sie zu hören geglaubt hatten, waren verstummt. Jetzt beschien das Licht der Lampe weiter hinten einen neuerlichen Geröllhaufen.

"So'n Mist!" rief Lila leise, "was nun?"

"Wir gehen erst mal hin und untersuchen, ob wir da nicht auch hindurch können", bestimmte Meliolantha. Doch das Problem löste sich noch bevor sie die Einsturzstelle erreicht hatten; denn kurz davor gab eine schmale, dunkle Türöffnung einen Blick auf eine steile Treppe frei, die sich dort in engen Spiralen in die Tiefe wand.

"Na bitte", kommentierte Meliolantha, "es geht doch!"

Lila zählte hundertzwanzig Stufen, bis die Treppe in einem langen Gewölbe mit niedriger Decke endete. Hier standen lange Tische und Bänke, die jedoch allesamt so dick eingestaubt waren, daß klar war, daß hier schon lange niemand mehr gewesen war. Weiter ging es durch einen Torbogen, der in den angrenzenden Raum führte, welcher ehedem offensichtlich eine Küche gewesen war. Es gab riesige Feuerstellen, über denen zum Teil noch die gewaltigen Töpfe und Schwenkpfannen hingen.

"Poh!" staunte Anna, "die müssen hier aber mal für wahnsinnig viele Leute gekocht haben!"

Auch Lila war beeindruckt; wer hier wohl einst gelebt hatte? Zu gerne hätte sie gewußt, wie die Räume ausgesehen hatten, als hier noch volles Leben herrschte.

"Der einzige Weg, außer dem, den wir gekommen sind, führt dort hinaus", sagte die Magierin und deutete auf eine kupferbeschlagene, doppelflügelige Tür am anderen Ende der Küche. Ohne weitere Zeit zu verlieren, setzten sie sich in Bewegung, und die Zauberin betätigte den Türgriff; doch zu ihrer Enttäuschung war die Tür verschlossen. Meliolantha kam dadurch jedoch nicht groß in Verlegenheit; sie kramte aus ihrer Tasche ein neues Fläschchen, öffnete es und sprach eine kurze Zauberformel, dann goß sie den Inhalt in und über das Schloß. Sofort begann die Flüssigkeit zu schäumen, und das Metall begann sich rasch aufzulösen. Die Beschläge fielen als formlose Klumpen zu Boden, und das Schloß gab einem energischen Tritt Meliolanthas nach.

"So, wir können weiter, aber faßt die Tür nicht dort an, wo sie mit der Säure in Berührung kam, sonst verätzt ihr eure Finger!"

"Das stinkt ekelig!" stellte Lila fest und hielt sich die Nase zu, doch der stechende Geruch hatte sich bereits darin festgesetzt.

"Kommt schnell weiter", drängte die Zauberin, "man sollte die Dämpfe nicht zu lange einatmen. Hoffentlich hat es deinem zarten Elfenorganismus noch nicht geschadet! Ich war zu unvorsichtig, ich hätte euch vorher warnen müssen, ich bin irgendwie zerstreut, dauernd lasse ich derart wichtige Dinge außer Acht!"

Sie hatten den Küchenbereich hinter sich gelassen und folgten einem recht ansehnlichen Korridor, dessen Wände Bilder längst verstorbener Adeliger zierten.

Dicht am Boden tauchten, unbemerkt von den dreien, zwei glänzende, wachsame Augen auf, beobachteten sie einen Moment und verschwanden dann. Nur ein kaum wahrnehmbares Rascheln hätte ihnen verraten können, daß sie nicht allein gewesen waren, doch ihre Schritte, beziehungsweise das Summen von Lilas Flügeln, ließen die Maus unentdeckt entkommen.

Mittlerweile näherten sie sich zum dritten Mal einer eingestürzten Passage, aber diesmal waren sie von Anfang an optimistisch, denn durch einige Lücken schimmerte Licht, sie näherten sich also dem von Urkalan genutzten Teil der gewaltigen unterirdischen Bauten.

"Wir dürfen nur soviel beiseite schaffen, wie unbedingt nötig, damit nicht zu leicht bemerkt werden kann, daß sich hier jemand zu schaffen gemacht hat."

Stück um Stück entfernten Meliolantha und Anna die Trümmer in der Nähe der Decke, bis ein Loch entstanden war, durch das sie kriechen konnten. Nun hatten sie nur noch eine provisorische Bretterwand zwischen sich und dem erleuchteten Raum. Sie drängten sich nebeneinander an die Ritzen, um hindurchzusehen. Ein wenig wurde der Blick noch von einem halbtransparenten Vorhang behindert, der offensichtlich von der anderen Seite die Bretter verdeckte, doch ließ sich die Halle, in die dieser Gang einst führte, so einigermaßen erkennen; es war ein relativ großer Raum, in dem eine Anzahl Käfige stand, deren Türen geöffnet waren. Dicht vor ihnen, neben einer Säule, hing ein Seil, an dessen Ende, am Boden, noch weitere lagen.

Meliolantha erschrak, es schien sich um den Gefängnisraum zu handeln, in dem sie die Elfen gesehen hatten, doch nun war er leer. Hatte Urkalan sie schon für seine Versuche geholt? Sie durfte die Mädchen

nichts merken lassen, damit sie nicht in Panik gerieten!
"Geht ein Stück zurück!" wies sie die Kinder an, dann
benutzte sie erneut das Fläschchen von vorhin, um bei
einem der Bretter die Nägel aufzulösen.
"Nun schnell hindurch, und dabei die Luft anhalten!"
Als sie auf der anderen Seite waren, befestigte sie das
Brett lose zwischen den übrigen und streifte den
Vorhang wieder darüber. Eine kurze Inspektion
bestätigte ihre Vermutung: Etliche Spuren zeugten von
dem unfreiwilligen Aufenthalt der Elfen in den Käfigen.
Doch dann drängte sich ihr ein anderer Gedanke auf;
konnte es sein, daß sich die Elfen hatten befreien
können? Es war schließlich kaum anzunehmen, daß
Urkalan alle gleichzeitig für seine Versuche holen
würde. Vielleicht deshalb auch die Suche oben in den
Ruinen. Ach nein, sie hatten ja beobachtet, daß nur die
großen Verstecke untersucht worden waren. Es gab hier
so einige Rätsel zu lösen!
"Psst", flüsterte Lila, "ich hab' was gehört, da redet
jemand!" Nun hörten auch die anderen die verärgert
klingende Stimme.
"Das ist Urkalan," wisperte Anna, "ich glaube er kommt
hierher!"
"Wir müssen zurück in den Gang, hier gibt es sonst
keine sicheren Verstecke!" ordnete Meliolantha an und
zog Anna mit sich. Eben, als der Vorhang hinter ihnen
wieder ruhig hing, hörten sie Urkalans Stimme
deutlicher.
"Warnung, Menschen frei und Elfe! Was soll das
bedeuten? Wahrscheinlich hat das Gerät falsch über-
setzt, und die Maus hat nur Martha irgendwo gesehen.
Aber wo genau, das möcht' ich wissen, die Ortsangabe
kann nicht stimmen, da gibt es doch gar keine Gänge,
oder etwa doch? Ich ..., verdammt und zugenäht, was
ist, ..., das gibt's doch nicht, alle weg!!!"
Das Gesicht Urkalans, der in diesem Augenblick in den
Raum eingebogen war, verzerrte sich zu einer noch
furchterregenderen Fratze, sofern das überhaupt noch
möglich war.

"Ihr seid tot, ihr seid alle tot!" schrie er; sein Gesicht lief rot an, und die Narben darin hoben sich in dunklem Violett ab, "ich kriege euch, ich hasse euch ... ! Was ist?" Er blickte nach unten, wo eine Maus in sein Bein gezwickt hatte.

"Du willst mir etwas zeigen?"

"Mist", flüsterte Meliolantha, "ich glaube, die hat uns vorhin schon gesehen, ohne daß wir sie bemerkt haben, sie wird unser Versteck verraten, ich muß etwas unternehmen!" Unter den furchtsamen Augen Annas und Lilas, griff sie in ihre Tasche nahm den Diamanten in die Hände und murmelte leise Beschwörungen. Obwohl sie den Stein dabei nicht herausnahm, bemerkten die Mädchen das weißliche Glühen.

"Was ist nun, du wolltest mich doch eben noch irgendwohin führen!" schnauzte Urkalan und sah böse auf den kleinen Nager herab, der nun ziellos umherhuschte und scheinbar völlig die Orientierung verloren hatte. Der Magier ließ wutentbrannt seinen Fuß auf das Tier herniedersausen. "Was geht hier vor?!" zischte der Unhold, "Wachen zu mir!" Doch keine Reaktion erfolgte. "Da stimmt doch was nicht, ich habe keine Kontrolle mehr, aber die Apparate mit dem Rubin arbeiten noch, das spüre ich. Irgendetwas kämpft dagegen an!" Unsicher richtete er sich auf und drehte sich mit geschlossenen Augen und vorgestreckten Händen langsam im Kreis. Gerade noch rechtzeitig gelang es Meliolantha, den Diamanten zu deaktivieren.

"Da ist doch, ... , nein es ist weg! Wache!" brüllte er wieder. Diesmal kam die Reaktion sofort, und zwei Pumas, sowie vier der monströsen Ratten stürmten in den Raum. Der Magier wies mit der Hand auf die leeren Käfige, "sucht sie, sucht sie!" befahl er, woraufhin die Tiere kurz schnüffelten und dann aus dem Saal rannten. Urkalan beugte sich vor, um die Fesseln zu untersuchen, die Bernhard gehalten hatten. Er nahm sie in die Hände, drehte und wendete sie, um sie schließlich verärgert auf die Erde zu schleudern. Kopfschüttelnd verließ er den Raum, und wenig später waren seine Schritte verklungen.

16

Martha erwachte, etwas Spitzes hatte sich in ihre Rippen gebohrt. Sie richtete sich auf; ja, sie hatte dummerweise auf einem scharfkantigen Stein gelegen; andererseits war es vielleicht auch ganz gut so, denn sie war total ausgekühlt, so daß längeres Schlafen ihr durchaus hätte gefährlich werden können. Auch so konnte sie ihre vor Kälte steifen Glieder, die zudem nach den gestrigen Anstrengungen auch noch einen deftigen Muskelkater offenbarten, nur mit großer Willensanstrengung bewegen. Ein schwacher Streifen Helligkeit zu ihrer Rechten verriet ihr endlich auch die Himmelsrichtungen, so daß sie sich jetzt etwas besser orientieren und den Weg zu dem zerstörten Elfendorf würde finden können. Sich dorthin zu wenden nämlich hatte sie beschlossen, um Sara, Lila und Corinna zu Hilfe zu holen. Nun ja, ganz so einfach war es mit der Orientierung doch nicht: Sie wußte jetzt zwar, wo Osten war, aber die Ruinenstadt war nicht mehr zu sehen, und auf die Bergformationen hatte sie auf dem Hinweg nicht so geachtet. Wie also sollte sie den Einschnitt finden, der in das Kartal hinabführte? Auf jeden Fall mußte sie erst einmal nach Süden gehen, soviel war sicher und dabei der Stadt möglichst nicht zu nahe kommen, um nicht wieder eingefangen zu werden. Sie mußte sich beeilen, damit sie die Hochebene noch größtenteils überquert hatte, bevor es richtig hell wurde. Martha kontrollierte ihre Umgebung, konnte aber keine verdächtigen Bewegungen ausmachen So verließ sie das dürftige Versteck und setzte sich, trotz der mit Schmerzen protestierenden Beine, in einen müden Trab. Als ihr nach einer Weile durch die Bewegung wärmer wurde, ging es etwas leichter. Zweimal warf sie sich in diesen ersten beiden Stunden ihres Marsches zu Boden und blieb bewegungslos liegen, weil sie Vögel am Himmel gesehen hatte. Mittlerweile hatte sich das Tageslicht durchgesetzt, doch Martha mußte trotzdem weiter, denn es gab hier nirgends Möglichkeiten, sich feindlichen Blicken zu entziehen.

Das Wetter des noch jungen Tages paßte gut zu ihrer Stimmung: Der wolkenverhangene Himmel lag bedrükkend tief über der öden Weite, und es begann leicht zu nieseln. Im Laufe der nächsten halben Stunde wurde daraus ein satter Sprühregen, der sie binnen kurzem durchnäßte. Das behinderte bald ihr Vorankommen, denn die Kleidung, besonders ihre Hose, scheuerten die Haut wund, und später, als die Schuhe durchgeweicht waren, entstanden an ihren Hacken dicke Blasen, die, als sie aufplatzten, jeden Schritt zur Hölle machten.

Endlich hatte sie das Ende der Hochebene erreicht, aber die Ruinenstadt hatte sie auf ihrem Weg nicht entdeckt, deshalb stellte sich nun die Frage: Nach Westen oder nach Osten? Annas Mutter zermarterte sich ihr Hirn, auf welcher Seite hatte sie des Nachts bloß die Stadt verlassen? Doch alles Grübeln half nichts, sie war so überstürzt geflohen, hatte so viele Mauern überklettert, sich durch Lücken gezwängt und war zu Zickzackkursen gezwungen gewesen, daß es ihr nicht gelang, in der Frage der Himmelsrichtung ein Ergebnis zu erzielen. Sie entschied sich daher rein gefühlsmäßig für links, also Osten. Diese Entscheidung sollte sich als richtig erweisen. Eineinhalb Stunden später hatte sie den Anfang der Schlucht erreicht, in der sie auf dem Hinweg überfallen worden waren. Martha versuchte mit ihren Blicken die graue Wand aus Regentropfen zu durchdringen; konnte sie gefahrlos hinunterklettern, oder lauerten Urkalans Schergen hier immer noch? Es war ihr einfach unmöglich, weiter als etwa fünfzig Meter zu sehen, andererseits machte dies es auch für Urkalans Späher, besonders die fliegenden, schwer, sie auszumachen. Die leidgeprüfte junge Frau machte sich an den Abstieg; sie war noch nicht weit gekommen, als sie zum ersten Mal von den glitschigen Felsen abrutschte, sich auch mit den klammen Fingern nicht mehr halten konnte und etwa drei Meter den Steilhang hinabglitt. Dabei gesellten sich zu den Scheuerstellen und Blasen auch noch einige blaue Flecke. Hoffentlich passierte ihr dergleichen nicht bei dem gewaltigen Felsabsturz in der Mitte der Schlucht, dann wäre es mit ihr vorbei! Sie ertappte sich dabei, daß sie selbst bei jedem noch so kleinen Lebewesen, das ihr über den Weg lief oder flog, zusammenschreckte: War es ein Späher Urkalans oder nicht? Was war das für ein Leben, wo es so etwas gab?! Als sie endlich die Schlucht verließ und das liebliche Kartal vor sich sah, das allerdings durch das miese Wetter deutlich an Reiz eingebüßt hatte, war ihr regelrecht übel vor Anstrengung, schließlich hatte sie auch schon länger keinen Bissen mehr zu sich genommen; das einzige, was sie sich bislang gegönnt hatte, waren einige Schlucke Wasser aus dem Bach in der Schlucht. Ihre Beine fühlten sich an wie Gummi, und sie bekam ein ums andere Mal heftige Magenkrämpfe, so würde sie noch Tage brauchen, bis sie am Ziel war. Danach mußten sie den Weg in umgekehrter Richtung ja auch noch bewältigen und noch genügend Kraft für die Befreiung übrig haben. Martha ließ in tiefer Hoffnungslosigkeit den Kopf hängen, mühte sich aber trotz allem unerbittlich weiter. Es war nur gut, wenigstens Anna in Sicherheit bei den Großeltern zu wissen! Aber Achtung, sie durfte ihre Gedanken nicht unkontrolliert schweifen lassen, sonst war sie zu abgelenkt, um die Umgebung mit der nötigen Sorgfalt im Auge zu behalten! Folgte ihr da nicht ein Schatten? Nein, sie atmete auf, es war nur ein welkes Blatt, das vom Wind über den Boden getrieben wurde. Ihr Herz schlug heftig, und ihr Mund war trotz der sie umgebenden Nässe ausgetrocknet. Dann setzte ihr Herz vorübergehend aus: Ein dunkles Etwas sprang vor ihr auf und huschte dann zur Seite. Wieder Fehlalarm! Sie hatte nur ein Kaninchen beim Fressen aufgestört. "Martha, reiß dich zusammen", ermahnte sie sich selbst, "du wirst ja allmählich hysterisch!"

Sie preßte die Fingernägel in die Handballen, um sich - leider erfolglos - vom Schmerz in ihren Füßen abzulenken. Die Stunden zogen dahin, immer langsamer stolperte die Entkräftete vor sich hin; sie hatte inzwischen alle Vorsicht fahren lassen, sie war einfach zu übermüdet. Ihre gesamte noch verbliebene Kraft und Konzentration war darauf gerichtet, einfach nur noch die Füße voreinander zu setzen. Längst hatte sie

das Kartal hinter sich gelassen und näherte sich dem
See, an dem die Elfen gewohnt hatten. Den ganzen
Rest des Tages und die erste Hälfte der Nacht war sie
stumpfsinnig vor sich hin getrottet; sie hätte nicht
einmal sagen können, wie sie den Weg gefunden hatte!
Das war alles wie ein automatischer Prozeß abgelaufen,
bei dem jegliches Denken ausgeschaltet war.
"Martha!"
Die Stimme riß sie aus dem Schlaf, sie fuhr hoch und
blickte wild um sich; wo war sie, was war geschehen?
Martha schüttelte benommen ihren Kopf, um wenig-
stens wieder klar sehen zu können. Kräftige Arme
hielten sie und bewahrten sie davor, zu fallen.
"Martha, wach auf, ich bin's, Corinna! Was ist geschehen, was ist mit dir passiert, und wo sind die anderen?"
Martha mühte sich, die Augen offen zu halten, sie war
wohl kurz vor dem zerstörten Dorf im Gehen eingeschlafen und in sich zusammengesunken. So mußten
Sara, deren besorgtes Gesicht sie ebenfalls in der
Dunkelheit vor sich ausmachen konnte, und Corinna sie
gefunden haben.
"Komm erst mal hoch, ich stütze dich und bringe dich
zur Hütte, damit du ins Trockne kommst, sonst holst du
dir noch den Tod!"
Mit viel Mühe bekam sie Martha, die dabei gequält
stöhnte, auf die Füße und brachte sie halb stützend,
halb tragend zu ihrer Behelfsunterkunft. Als Corinna sie
nun auf ihr Bett gleiten ließ, fiel für einen Augenblick
die Anspannung der vergangenen Tage von ihr ab, sie
begann zu schluchzen, und obwohl sie anschließend
von Weinkrämpfen geschüttelt wurde, traten keine
Tränen aus ihren geröteten Augen, zu sehr war ihr
Körper ausgetrocknet. Corinna hielt ihr einen Becher
mit Wasser an die aufgesprungenen Lippen; nach
anfänglich vergeblichen Versuchen, zu schlucken,
brachte Martha schließlich doch ein wenig hinunter,
dann fing sie an, erst stockend, nach einigen weiteren
Schlucken etwas flüssiger, zu erzählen. Schließlich
sprudelten die Worte so schnell, daß Sara und Corinna
Mühe hatten zu folgen.

Furcht und Verzweiflung breiteten sich auf Corinnas und Saras Gesicht aus, während Martha mit nachlassender Stimme ihren Bericht schloß.

"Ich muß sofort zu Bernhard zurück, wir müssen gleich aufbrechen, um ihnen zu helfen!" stieß sie zuletzt mit heiserer Stimme hervor.

"Ich befürchte, daß du so schnell nirgendwo mehr hingehen wirst", erwiderte Corinna, die gerade Martha Schuhe und Strümpfe ausgezogen hatte, mit Blick auf die blutigen Klumpen, die einst Marthas Füße gewesen waren, "bis du darauf wieder den ersten Schritt wagen kannst, werden einige Tage ins Land gehen!"

"Dazu kommt noch ein weiteres Problem", gab Sara mit zitternder Stimme zu bedenken, "Lila ist noch immer nicht wieder aufgetaucht, und ich muß sie spätestens nach Anbruch des Tages suchen!"

Martha ließ sich mit einem verzweifelten Aufstöhnen, das all ihre Hoffnungslosigkeit in sich barg, in das Farnkissen zurücksinken, welches Corinna ihr unter den Kopf geschoben hatte.

"Lila suchen kann Sara allein, sie ist dann auch schneller, dann kann ich zur Ruinenstadt gehen", sagte Corinna zögernd, "aber was machen wir mit dir? Du kannst hier nicht alleine bleiben, und nochmal bis zur Stadt schaffst du es mit den Füßen ganz bestimmt nicht!"

"Ich schaffe es, ich muß es schaffen!" rief Martha aus, "wir sind die letzte Hoffnung für sie! Du kannst mich nicht davon abhalten, also versuche es gar nicht erst!"

"Nun gut, da du es dir schon fest in den Kopf gesetzt hast ... ; aber vorher muß ich deine Füße verarzten, und du mußt Schlaf nachholen, sonst gehe ich keinen Schritt mit dir!" versetzte Corinna mit derart strenger Stimme, daß Martha ohne Widerrede zustimmte. Sara hatte schon bestimmte Heilpflanzen aus den Resten von Lomos' Laden geholt, und nun machten sie sich gemeinsam ans Werk, bis Marthas Füße gereinigt, desinfiziert, mit Heilsalbe behandelt und verbunden waren. Auch ihre nasse Kleidung hatte Corinna Martha ausgezogen und die Durchgefrorene in ihren warmen

Schlafsack gesteckt. Zuletzt bekam sie noch eine kräftige Suppe, Brot und Tee, dann fiel sie fast übergangslos innerhalb weniger Sekunden in einen tiefen Schlaf.

Als sie wieder erwachte, war es schon hellichter Tag. Corinna hatte bereits ihre Kleidung gewaschen und sie draußen in der Sonne, die heute kräftig schien, aufgehängt.

"Na, wie geht's dir?" fragte die Achtzehnjährige, als sie sah, daß Martha die Augen geöffnet hatte.

"Frag mich lieber nicht", gab Martha zurück und verzog das Gesicht, "ich fühle mich wie gerädert!"

"Und, bist du immer noch der Meinung, daß du es zur Ruinenstadt schaffst?"

Martha verdrehte gequält die Augen.

"Es wird schon gehen, die Not wird mir die nötige Kraft geben. Wo ist Sara, Conny, ist sie schon weg?"

"Ja, sie ist bereits in aller Herrgottsfrühe geflogen. Sie tut mir auch sehr leid! Hoffentlich ist Lila nichts zugestoßen, sie ist so ein nettes Mädchen!"

"Das finde ich auch und wünsche Sara Erfolg bei der Suche und, wir sollten uns auch auf den Weg machen!"

"Meinetwegen, aber vorher sehe ich mir noch einmal deine Füße an."

Behutsam wickelte sie die Verbände ab, was nicht so ganz ohne Schmerz möglich war, da sie teilweise in dem getrockneten Blut kleben blieben. Corinna zeigte ein entsetztes Gesicht: "Guck dir das mal selbst an! Damit willst du wirklich den ganzen Weg dort hinauf bewältigen?!"

"Ich guck lieber nicht, sonst bekomme ich noch Zweifel", antwortete Martha, "aber ich hab dir doch gesagt, daß ich in jedem Fall dorthin zurückkehre! Oder glaubst du, ich lasse meinen Mann und die Elfen einfach so dort sterben?"

"Nein, Martha, natürlich nicht, und das weißt du auch, aber ich darf ja wohl Bedenken äußern, wenn jemand mit rohen Fleischklumpen anstelle von Füßen einen Weg von mehr als siebzig Kilometern zurücklegen will!"

Martha verzog widerwillig das Gesicht: "Mußt du das denn unbedingt so drastisch ausdrücken? Da wird mir ja übel!"

"So wie mir beim Anblick deiner Füße, ich denke, ich packe sie am besten schnell wieder ein."

Bevor sie die neuen Verbände anlegte, behandelte sie die offenen Wunden nochmals mit den Heilkräutern.

"Ein bißchen scheinen die Mittel schon geholfen zu haben", stellte sie dabei fest, "die Elfen haben hervorragende medizinische Kenntnisse! Ich habe auch für unsere Tour noch einiges an Arzneimitteln von Sara bekommen. Das finde ich sehr gut, auch wenn ich hoffe, sie nicht brauchen zu müssen."

"Gibst du mir meine Schuhe, Conny?"

Corinna reichte Martha die Schuhe mit skeptischem Blick: "Wenn du da mit den Verbänden überhaupt reinpaßt!"

"Ich glaub schon, die sind ziemlich groß, damit ich auch dicke Strümpfe darin anziehen kann."

Aber ganz so groß waren sie dann doch nicht; Corinna mußte sie vorn in der Mitte, wo die Lasche war, etwas aufschneiden und die Verschnürung stark weiten, dann kam Martha soeben hinein. Obwohl sie dabei versuchte, keine Miene zu verziehen, blieb es Corinna nicht verborgen, daß sie große Schmerzen litt. Sie verzichtete aber darauf, dies noch groß zu kommentieren, schüttelte nur den Kopf und packte ihre Sachen für den Marsch zusammen.

Der Augenblick der Wahrheit war gekommen; konnte Martha auf ihren Füßen stehen und gar laufen, oder hatte sie sich gnadenlos überschätzt?

Zuerst dachte Corinna, Martha gäbe auf, aber nach den ersten humpelnden Schritten mit verzerrtem Gesicht überwand sie offenbar den Anfangsschmerz und legte bald sogar ein recht ansehnliches Tempo vor. Corinna konnte sie nur bewundern, sie selbst glaubte sich nicht imstande, mit derartigen Wunden laufen zu können. Sie hoffte nur, daß ihnen während des Marsches auch noch rechtzeitig ein durchführbarer Plan einfiele, wie sie in der Ruinenstadt vorgehen wollten, denn damit, nur einfach wieder dort hinzugehen, war es schließlich nicht getan!

Martha blieb immer einen oder zwei Schritte vor Corinna, angeblich, weil sie den Weg besser kannte, doch der eigentliche Grund war, daß ihr die Schmerzen die Tränen in die Augen trieben und sie nicht wollte, daß Corinna es bemerkte, ansonsten würde sie eventuell die Tour unter- oder gar abbrechen. Diese Frage mußte sie sich aber auch selbst stellen: Hatte es Sinn, sich weiterzuschinden und dann womöglich mitten in der Wildnis nicht weiter zu können?

Oder war sie sich immer noch sicher genug, dies Risiko einzugehen?

Unterdessen waren sie am Eingang des Kartals angekommen, aber der größte und beschwerlichste Abschnitt lag noch vor ihnen.

17

"Wenn wir auf direktem Weg hinaus wollen, müssen wir den Gang links entlang!" erklärte Toldar, " aber ... ."
"Und was wird aus unserer Tochter?" fragte Renatas Vater, "wir können sie doch nicht einfach hierlassen, dann gehe ich nicht mit, sondern suche sie allein, wenn es sein muß!"
"Ich bleibe dann auch hier", entschied Bregard, "weil ich auch nicht gerne allein gelassen würde!"
Camilla fand diese Entscheidung Bregards bewunderungswürdig und blickte nun Eotan neben sich an: Wie entschiede er sich? Doch noch ehe dieser etwas sagen konnte, unterbrach Histran die Diskussionen: "Selbstverständlich überlassen wir Renata nicht ihrem Schicksal, aber es macht keinen Sinn, mit einer derart großen Gruppe, von denen auch noch viele verletzt sind, jetzt hier durch das unterirdische Labyrinth zu irren. Renata zu finden und zu befreien - sofern sie überhaupt von Urkalan noch am Leben gelassen worden war, setzte er für sich still hinzu - ist Aufgabe für eine kleine Truppe, deren Mitglieder noch absolut fit sind. Da mache auch ich dann mit, doch zuvor sollten die übrigen in Sicherheit sein, das heißt, wir gehen erst nach links!"
"Und zwar am besten sofort", meinte Eotan, "Wenn wir hier noch lange herumstehen, haben sie uns gleich wieder! Es wäre ratsam, wenn einer oder zwei von uns vorausflögen, um rechtzeitig zu merken, wenn jemand kommt."
"Sehr gute Idee", lobte Histran, "diese Aufgabe kannst du auch gleich selbst übernehmen!"
"Ich komme mit dir, wenn es dir recht ist", sagte Camilla eifrig.
"Na klar, komm nur mit, ich denke, wir sind ein gutes Gespann!" erwiderte Eotan mit einem triumphierenden Seitenblick auf Bregard, denn auch ihm war mittlerweile klar geworden, wie es um den Jüngeren in bezug auf Camilla stand.

Demonstrativ nahm er Camilla an die Hand und flog dann mit ihr voran.

"Eingebildetes Arschloch!" murmelte der unglückliche Bregard, doch so leise, daß es außer Killy, die zufällig dicht bei ihm stand, niemand hörte.

"Ach herrjeh", dachte sie bei sich, „das kann ja noch ‛was geben!" Sie beschloß, Wache nach hinten zu halten. Dabei fiel ihr ein, daß es vielleicht ganz gut wäre, wenn Bregard Eotan und Camilla nicht ständig vor Augen hätte.

"Bregard, könntest du mit mir zusammen die Nachhut übernehmen? Ich brauche noch jemanden dafür, der stark, schnell und mutig ist!"

"Das mache ich gern", stimmte er zu, froh, daß wenigstens Killy ihm etwas zutraute. Killy indes folgte dem Troß mit ziemlich ungutem Gefühl: Was, wenn wirklich welche von Urkalans Kreaturen oder gar er selbst auftauchte? Wo und wie wollten sie sich dann wohl verbergen? So viele Türen, hinter denen sie verschwinden könnten, gab es in den Gängen nicht. Außerdem konnten ja auch hinter diesen Türen alles mögliche Unangenehme auf sie lauern. Vorläufig jedoch kamen sie erstaunlich ungestört voran. Der ganze unterirdische Komplex, zumindest der Bereich, in dem sie sich gerade befanden, wirkte wie ausgestorben. Dann aber kamen Eotan und Camilla in hohem Tempo zurück.

"Vorsicht, hinter der nächsten Ecke sind vier von den Riesenameisen!" warnte Camilla", sie halten dort anscheinend an einer Kreuzung Wache."

"Und nun, was machen wir nun?" fragte Aliana und sah Histran erwartungsvoll aber auch ängstlich ins Gesicht.

"Ich werde das übernehmen!" erbot sich Bernhard, stellte, ohne weiter abzuwarten, den Korb mit den Verwundeten auf den Boden und machte sich auf den Weg zu der besagten Stelle. Eotan, Camilla und Histran begleiteten ihn. Dort angekommen, spähten sie erst einmal um die Ecke, um sich zu orientieren. Da standen die vier gepanzerten Tiere, jedes vor einem Gang, und machten einen sehr aufmerksamen Eindruck. Doch gerade als Bernhard losstürmen wollte, gerieten die Ameisen urplötzlich in Bewegung; so wie bei einem Modell, das aus dem Bereich der Fernsteuerung geraten ist, wirkten sie nun ziellos und unentschlossen.

"Das ist die Gelegenheit!" flüsterte Eotan. "Schnell, Bernhard, hol den Korb, jetzt können wir durch, ohne daß sie uns belästigen!"

Das ließ sich Bernhard nicht zweimal sagen, er hastete die Schritte zu den Wartenden zurück und griff sich den Korb. "Kommt schnell, die Ameisen scheinen vorübergehend Urkalans Kontrolle entzogen, das müssen wir nutzen und sofort hindurch!"

Die Elfen ließen sich nicht lange bitten und flogen hinter Bernhard her. Jetzt hatten sie die Ameisen erreicht; die Mutationen kümmerten sich tatsächlich überhaupt nicht um sie, und Bernhard drängte sich unbehelligt vorbei, während die Elfen naturgemäß den Luftweg wählten. Sie erreichten den nächsten Treppenaufgang und entzogen sich den Blicken der verwirrten Wächter. Nur Killy und Bregard, die wieder das Schlußlicht machten, sahen noch, wie die vier Sechsbeiner zusammenzuckten und wie auf Kommando wieder ihre alten Positionen einnahmen.

"Das war ja wie damals, als wir den Rubin geraubt hatten. Ob Urkalan die Apparate zwischendurch abgeschaltet hatte?" mutmaßte Bregard.

"Aber warum sollte er das tun?" fragte Killy.

"Keine Ahnung, vielleicht mußte er 'was reparieren, ich weiß es nicht. Ich flieg mal grad vor und sag den anderen Bescheid, damit sie nicht unvorsichtig werden!"

Bald darauf stockte der Marsch erneut.

"Da hinten ist das letzte Treppenhaus, wir müssen jetzt noch zwei der unterirdischen Etagen rauf, dann sind wir hier raus. Aber in den Ruinen könnten sich auch noch eine Reihe seiner Untertanen befinden, also seid aufmerksam und auf alles gefaßt", mahnte Histran, "am Ausgang hat Urkalan mit Sicherheit eine oder mehrere Wachen postiert!"

"Worauf du wetten kannst, Fliegenhirn!" schallte die verfluchte Stimme aus einem verborgenen Deckenlautsprecher, "sehr weit seid ihr ja nicht gerade gekommen! Bemüht euch nicht", tönte die Stimme erneut, als die Gruppe Anstalten machte, die Flucht zu ergreifen, "leider, leider zu spät!"

An allen möglichen Durchgängen erschienen Wassernebel, die sich schnell verdichteten, um dann in unglaublicher Geschwindigkeit zu Eis zu gefrieren. Binnen Sekunden waren sie eingeschlossen.

"Tja liebe Freunde, den König der Magier mal wieder unterschätzt, wie?"

Frustriert und frierend hockten die erneut der Freiheit Beraubten in dem kurzen, blockierten Teil des Ganges. Die Erwachsenen hatten alle Mühe, die Kinder einigermaßen zu Ruhe zu bringen. Als endlich wieder Stille einkehrte, wurde ihnen ein zusätzliches Problem offenbar: Die Temperatur sank immer weiter, und es schien auch keinerlei Öffnungen in diesem Gangstück zu geben, denn die Luft wurde rapide verbrauchter, so daß ihr Atem immer schneller ging, ohne ihnen den nötigen Sauerstoff zu verschaffen.

"Das ist wohl das Ende!" sagte Camilla leise und gab Eotan, der sie in die Arme genommen hatte einen langen Kuß. Bregard, diesen schmerzlichen Anblick vor Augen, entschied, daß es tatsächlich das Beste war, nun zu sterben; besser, als dies noch länger miterleben zu müssen! Killy setzte sich zu Eotan und Camilla, ergriff die Hand ihrer Tochter und drückte sie in schwachem Trost. Nur Bernhard wollte sich noch nicht in sein Schicksal ergeben und trat und schlug auf die Eisbarrieren ein. Doch diese waren viel zu dick, als daß er, selbst in körperlicher Hochform, eine Chance gehabt hätte. Zudem verließen ihn mangels Sauerstoff schnell die Kräfte, und er gab das hoffnungslose Unterfangen auf, ohne mehr als ein paar Kratzer im Eis hinterlassen zu haben.

"Ein befriedigender Anblick, das kannst du mir glauben, Bernhard", stichelte Urkalan, "schone dich ein bißchen, sonst ist dein Todeskampf viel zu kurz!"

Voller Wut raffte sich Bernhard noch einmal auf, nahm einen herabgefallenen Stein und zerschmetterte mit letzter Kraft die sie beobachtende Kamera und das Mikrophon. Wenigstens sollte sich Urkalan nicht an der Qual ihrer letzten Minuten weiden!

Allmählich verließ die ersten das Bewußtsein, lange würde es nicht mehr dauern, dann war es vorbei. Im Sterben suchte Camilla nun die Nähe ihrer Mutter und legte sich betäubt und nach Luft ringend in ihre Arme.

18

Meliolantha blickte unentschlossen drein: "Ich kann mich nicht entscheiden, wie ich weiter vorgehen soll, entweder wir durchsuchen nun Raum für Raum, um die anderen und den Rubin zu finden, oder ich setze meine Kristallkugel ein, um unsere Ziele ausfindig zu machen. Das erste hätte den Vorteil, daß ich meine Kräfte nicht vorzeitig einsetzen muß und dabei Gefahr laufe, Urkalan auf uns aufmerksam zu machen. Nachteil wäre allerdings, daß dies sehr zeitaufwendig werden kann, weil diese Anlage so riesengroß ist und wir nicht wissen, wie dringend unsere Hilfe gebraucht wird. Sind sie unmittelbar in Gefahr, oder haben wir noch Zeit? Wenn ich die Kugel einsetze, finden wir die anderen schnell, aber mir fehlt dann eventuell die nötige Kraft, wenn es zum Duell mit Urkalan kommt; wie soll ich bloß wählen? Wir können uns keine Fehlentscheidung erlauben!"

Anna und Lila verhielten sich still, diese Entscheidung konnte nur die Zauberin alleine treffen. Meliolantha spielte nervös mit den Fingern, rieb sich die Schläfen und klopfte mit dem Fuß auf den Boden. Dann hob sie die Schulten, und ihre Miene spiegelte Entschlossenheit wieder: "Ich habe so ein Gefühl, daß unsere Hilfe sofort gebraucht wird, ich spüre, daß Urkalan gerade jetzt mächtige Magie einsetzt; das bedeutet, es wird vermutlich genau in diesem Moment gefährlich!"

Mit raschem Griff holte sie die Kristallkugel aus ihrer Tasche und hielt sie vor sich. In wenigen Augenblicken erschien ein Bild; neugierig beugten sich die Mädchen vor, um auch mitzubekommen, was passierte. In schneller Folge flimmerten die Gänge und Räume vorbei.

"Kannst du dir bei dem Tempo überhaupt merken, wo wir dann entlang müssen?" wunderte sich Lila.

"Oh ja", entgegnete Meliolantha, "alles, was in dem Kristall erscheint, prägt sich mir unauslöschlich ein!"

Jetzt hielt sie das Bild kurz an: Ein Elfenmädchen war zu sehen, welches mit Klebeband auf einer Tischpatte festgeklebt und mit etlichen dünnen Drähten gespickt war, die teils in die Arme, teils in den Kopf führten. Neben ihr waren mehrere Geräte zu sehen, die offensichtlich ihre Körper- und Gehirnfunktionen überwachen und auswerten sollten. Ihre Augen waren geöffnet und drückten Schmerz und Entsetzen aus; ihr Atem ging heftig, das sah man an dem raschen Heben und Senken ihrer Brust. Sie konnte nur durch die Nase Luft holen, da ihr Mund ebenfalls mit Klebeband verschlossen war. Auf ihrem Bauch waren Linien aufgemalt, vermutlich Schnittlinien für eine bevorstehende Operation oder Sektion.

"Das ist Renata", flüsterte Lila betroffen, "wir müssen ihr schnell helfen, Meli!"

"Warte, wir müssen erst noch über die anderen und Urkalan Bescheid wissen!"

Kurz darauf zeigte die Kugel den Magier, der vor mehreren Bildschirmen saß und in ein Mikrophon sprach. Die Zauberin nickte vor sich hin: Die Wege hatte sie sich schon mal gemerkt!

Zuletzt offenbarte die Kugel die Erstickenden zwischen den Eisbarrieren. Anna und Lila schrien gleichzeitig entsetzt auf, sahen doch viele schon aus wie tot. Auch Meliolantha war geschockt; war überhaupt noch jemand von ihnen zu retten? Hastig verstaute sie die Kugel wieder und griff sich den Diamanten.

"Kommt mit, Kinder, wir müssen laufen!" rief sie und schob Brett und Vorhang beiseite. Mit Unbehagen registrierte sie die unweigerlich auf den Einsatz des Ortungskristalls folgende körperliche Schwäche; keine guten Voraussetzungen für einen Schlagabtausch mit einem mächtigen Zauberer! Auf ihrem Weg zu den Eingeschlossenen mußte sie zudem auch noch mehrfach den Diamanten aktivieren, um Urkalans Handlangern zu entgehen, was zusätzlich an ihren Kräften zehrte. Umso mehr freute sie sich, wie gut Anna trotz ihrer kurzen Kinderbeine auch auf den langen Treppen mithielt. Die Luft um sie herum wurde spürbar kühler: Sie näherten sich den eisigen Hindernissen. Jetzt standen sie unmittelbar davor; der den

Gang verschließende Eiskoloß war vermutlich mehr als einen Meter dick!

"Wie willst du da denn durchkommen, Meli?" fragte Anna, "das ist ja soo dick!"

Statt einer Antwort richtete die Zauberin den Diamanten auf das Eis; von ihren Fingerspitzen gingen bläuliche Lichtbögen aus, die sich in der Spitze des Edelsteins bündelten und als dicker Strahl in das Eis fraßen.

"Drückt die Daumen, daß nicht ausgerechnet jetzt seine Viecher kommen, denn ich kann den Diamanten nur für eine Sache zur Zeit einsetzen!" keuchte die Zauberin, die vor den Augen der Kinder rapide zu altern schien. Offensichtlich war sie mit ihren Kräften bald am Ende. Unterdessen umspülte bereits ein kleiner Bach, der immer neuen Nachschub aus der schmelzenden Barriere erhielt, ihre Füße.

"Spätestens jetzt wird er wissen, daß Magie gegen die Seine eingesetzt wird", brummte Meliolantha unzufrieden, "aber es läßt sich halt nicht ändern."

Das Licht aus ihren Fingern erlosch, die Mauer aus Eis war durchbrochen! Die Kinder ließen sich nicht mehr halten und flogen, beziehungsweise stiegen hindurch und die Zauberin folgte. Lila und Anna japsten nach Luft. "Das ist ja furchtbar!" stöhnte Lila, während sie sich zu Camilla und Killy vorarbeitete.

"Papa, Papa!" rief Anna verzweifelt und schüttelte ihn, "bitte Papa, sag doch was!"

Meliolantha kniete sich neben sie und tastete nach Bernhards Puls.

"Keine Sorge, Anna, er lebt. Sieh hin, er atmet doch. Er braucht nur eine Weile, bis er wieder bei sich ist."

Eine rasche Untersuchung ergab, daß sie gerade noch rechtzeitig gekommen waren; auch von den Elfen war niemand ums Leben gekommen. So allmählich ertönte von allen Seiten Seufzen und Stöhnen, als einer nach dem anderen das Bewußtsein wiedererlangte. Meliolantha bewachte solange den von ihr geschaffenen Durchgang und stopfte sich dabei Traubenzucker und Schokolade in den Mund, um wenigstens einen Teil ihrer Kräfte zurückzubekommen. Noch schien niemand im Anmarsch zu sein. War Urkalan zu abgelenkt gewesen, um den Einsatz ihrer Magie zu bemerken? Unwahrscheinlich, eher war anzunehmen, daß er irgendeine neue Teufelei aushaeckte!

"Lila, wie um aller Welt kommst du denn hierher!" entfuhr es Killy, als sie die Augen öffnete, "oder bin ich tot, und es ist gar nicht wirklich?"

"Doch Tante Killy, es ist alles wirklich", versicherte Lila, "Anna und ich sind mit einer Zauberin hier, um euch zu retten!"

"Eine Zauberin?" Killy richtete sich auf, dabei rutschte Camilla von ihrem Schoß, wodurch sie ebenfalls erwachte. "Mama?" sie hob den Kopf, "Lil!" fuhr Camilla auf und drückte ihre Cousine an sich. So langsam hob ein immer lauter werdendes Gemurmel und Reden um sie an. Jeder wollte wissen, was los war. Auch Bernhard hatte wieder zu sich gefunden und hielt in stiller Freude Anna in seinen Armen. Die meisten der Blicke richteten sich fragend auf Meliolantha, die ja niemand von ihnen kannte, und die ersten Fragen an sie wurden laut.

"Bitte", wehrte sie ab, "laßt es euch von Lila erklären, ich darf mich nicht zu sehr ablenken lassen, ich muß meine Konzentration auf Urkalan und seine Diener gerichtet halten!"

"So, Ruhe erst einmal!" übertönte Histrans Stimme den Lärm, "erstens nicht so laut, und zweitens nicht alle durcheinander! Lila wird uns jetzt allen erzählen, was sich zugetragen hat, dann muß sie auch nicht hundert Mal die gleichen Fragen beantworten!"

Dem kam Lila sofort nach und berichtete, wie sie mit Anna die Zauberin gesucht, gefunden, mit ihr hierher gekommen war und was sich hier drinnen ereignet hatte, bis sie sie gefunden hatten.

"Seid ihr wieder fit genug, daß wir von hier weg können?" unterbrach die Hexe, "es ist noch ein langer Weg hinaus, wir sollten uns beeilen. Außerdem müssen wir noch das eine Elfenmädchen - wie hieß sie noch gleich? Ach ja, Renata - holen."

"Dazu werden wir aber wieder hinunter, also zurück müssen", gab Eotan zu bedenken, was ihm nicht nur von Renatas Eltern, sondern auch von Camilla giftige Blicke einbrachte.

"Das müssen wir so oder so," erklärte Meliolantha, "ich habe nicht mehr genügend Kraft, noch eine weitere Eisbarriere zu durchbrechen. Es wird schon schwer genug werden, die Kräfte des Rubins niederzuhalten, wenn es darauf ankommt, und wenn uns dann womöglich noch Urkalan selbst gegenübertritt, der vermutlich annähernd voll bei Kräften ist ... "

"Meinst du nicht, Meli, daß Urkalan auch viel Kraft verbraucht hat, um diese Eissperren zu errichten?" überlegte Lila.

"Das wäre möglich, aber ich möchte mich lieber nicht darauf verlassen."

"Du sagtest eben, wir müßten so oder so wieder nach unten, heißt das, du weißt noch einen anderen Weg hinaus?" hakte Histran nach.

"Das ist richtig, wir sind auf einem Weg hineingekommen, der in den Raum mündet, in dem ihr gefangengehalten wurdet."

"Wenn wir das gewußt hätten!" rief Killy aus, "wir hätten uns diesen ganzen Weg und die Gefahren" - dabei blickte sie schaudernd auf das Eis - "sparen können!"

"Ich schlage vor, ihr geht schon mal in den nach draußen führenden Tunnel", fuhr Meliolantha fort, "Lila kann euch führen, während ich mit einem oder zwei Freiwilligen Renata hole. Denn wenn wir weniger sind, fallen wir nicht so auf und können uns im Bedarfsfall schneller verstecken."

"Ich käme gern mit", sagte Bernhard, "aber ich sollte vielleicht besser bleiben, weil ja jemand die Verletzten tragen muß und ... "

"Das ist richtig, außerdem sollte man euch nicht schon wieder trennen", unterbrach die Zauberin mit Blick auf Anna.

"Ich komme mit", bot sich nun Bregard an.

"Aber mein Junge!" rief seine Mutter, "mußt du denn immer bei den gefährlichsten Unternehmungen mitmachen?!" Auch Toldar, sein Vater, blickte eher skeptisch drein, sagte aber nichts. Bregard sah unauffällig zur Seite und bekam gerade noch mit, daß Camilla beifällig nickte und anschließend auffordernd zu Eotan aufsah. Bevor er sich jedoch äußern konnte, empfahlen sich schon Renatas Vater und Meanmar als Begleiter.

"O.k., das reicht auch", entschied Meliolantha", wir gehen los! Bis zu dem Gefängnisraum können wir beisammen bleiben, wir werden danach versuchen, euch so schnell wie möglich einzuholen."

Sie legten den Weg in hohem Tempo zurück. Merkwürdigerweise waren nur wenige Tiere, die Meliolantha mit Hilfe des Diamanten unschädlich machte, unterwegs. Was war mit Urkalan, warum reagierte er nicht? Er mußte doch etwas gemerkt haben. Ein Zauberer spürt immer den Einsatz von Magie in seiner Nähe! Sie konnte sich nur vorstellen, daß er derart mit etwas anderem beschäftigt war, auf daß er seine volle Konzentration legte, daß er für nichts um ihn herum empfänglich war. Hoffentlich war das nicht ausgerechnet das Elfenmädchen! Am liebsten hätte sie sich über ihre Kristallkugel vergewissert, aber sie fürchtete, danach nicht mehr einsatzfähig zu sein. An der Tür zum Gefängnissaal trennten sich ihre Wege, während die Hauptgruppe hinter Lila her in dem von ihnen entdeckten Zugang entschwand, setzten die drei Elfen mit der Zauberin ihren Weg in dem Hauptgang fort.

"Hier müßte es sein", sagte Meliolantha, und öffnete eine mit Stahlblech verkleidete Tür. Dahinter erblickten sie einen Raum, der eine Art Mischung aus Labor und Operationssaal war. Vor ihnen lag, in unveränderter Haltung, das verletzte Elfenmädchen und drehte die Augen zu ihnen; es schien eine unausgesprochene Warnung darin zu liegen.

"Mein Kind, Renata, es wird alles wieder gut!" flüsterte ihr Vater, während er behutsam Draht für Draht samt den Sonden aus dem Kopf und Körper seiner Tochter zog. Unterdessen befreite die Magierin Renata von den

Klebebändern. Als sie vorsichtig jenes vom Mund entfernte, flüsterte Renata mit schwacher, kaum hörbarer Stimme: "Urkalan, da hinten ... aufpassen ... !"
Die Worte kamen stockend und angestrengt.
Meliolantha erschrak, wo war Urkalan? Hatte sich das Mädchen getäuscht? Sie tat ein paar Schritte in den Raum hinein, dann sah sie ihn: Der Magier hatte in einem Spezialstuhl Platz genommen und offensichtlich an seinem Gesicht operiert, das er nun von einem Gerät mit grünlichem Licht bestrahlen ließ. Deshalb also hatte er nicht reagiert. Ob sie ihn jetzt vielleicht endgültig vernichten konnte? Die Lage schien günstig, seinen Kopf hatte er mit mehreren Riemen fixiert, so daß er nicht so schnell würde aufstehen können. Es widerstrebte ihr zwar zutiefst, jemanden zu töten, doch war dies in Urkalans Fall die einzig mögliche Lösung. Durch den leicht nach hinten geneigten Kopf war sein Hals das ideale Angriffsziel. Sie schnappte sich eines der Skalpelle vom Operationstisch und schlich sich von hinten heran. Langsam hob sie den Arm um ihm die Halsschlagader zu durchtrennen, als sie merkte, daß sie auf Widerstand stieß. Er hatte sich mit einem magischen Feld umgeben! Und er hatte etwas gemerkt, denn er hob die Arme, um die Riemen zu öffnen, damit er sich umsehen konnte. Blitzschnell huschte sie zurück, nahm hastig das Kind auf und rannte, so leise es ging, gefolgt von den Elfen, aus dem Raum. Jetzt ging es um Sekunden! Beinahe wäre sie beim Abbiegen in den Gefangenenraum ausgerutscht und gestürzt; sie mochte sich gar nicht ausmalen, was das für das Mädchen in ihren Händen bedeutet hätte, das auch so schon vor Schmerzen stöhnte. Hinter ihnen war Urkalans Toben zu hören, der das Fehlen seines Opfers bemerkt hatte und nun seine Häscher hinter ihnen her schickte. Meliolantha hängte schnell noch das Brett hinter ihnen ein und kroch dann über die Trümmer der Einsturzstelle. Die Verfolger waren bereis jenseits der dünnen Bretterwand zu hören; konnten sie es noch schaffen? Hektisch stopfte sie noch einige Gesteinsbrocken in den von Anna und ihr freigeräumten

Durchschlupf, aber ob das die Verfolger auch nur nennenswert bremsen würde, war zu bezweifeln. Die Zauberin kämpfte sich die lange steile Treppe hinauf. Oben angekommen, meinte sie bereits das Hecheln und Schnaufen ihrer Jäger zu hören. Bei der Küche holten sie die anderen wieder ein, doch schon als sie diesen Raum wieder verließen, erschienen die ersten Verfolger, ein Rudel der riesenhaften Ratten, in der anderen Tür.

"Es hat keinen Zweck, wir können nicht vor ihnen davonlaufen! Sag, bist du stark genug, mich eine Weile zu tragen?" fragte sie Bernhard, während sie mit ihm zusammen die Tür zuhielt, um Zeit für die übrigen zu gewinnen.

"Ich glaub schon", meinte dieser, "was hast du denn vor?"

"Ich werde versuchen, mittels des Diamanten den Rubin zu zerstören, danach aber werde ich zumindest einige Zeit nicht mehr gehen können."

"O.k., probier es!"

"Versuche, solange die Tür allein zu halten!" bat Meliolantha und holte den schimmernden Stein hervor.

"Welch ein Anblick", keuchte Bernhard, während er sich gegen die Tür stemmte, als er den unschätzbar wertvollen Stein zum ersten Mal erblickte. Die Magierin hörte es nicht, sie hatte den Stein in beide Hände genommen und bündelte all ihre noch verbliebenen Kräfte darin. Der Diamant schimmerte, begann zu glühen, zu vibrieren, dann gar zu leuchten, fast heller als die Sonne, bis er schließlich mit einem hellem Glockenklang zerbarst und Meliolantha bewußtlos in sich zusammensank. Bernhard registrierte den Unterschied sofort: Das Scharren und Kratzen auf der anderen Seite der Tür hatte, ebenso wie der Druck, sofort nachgelassen, und die nun führungslosen Tiere stoben davon. Bernhard hob die Zauberin, die durch die Splitter des Diamanten unzählige kleine Verletzungen, hauptsächlich im Gesicht und an den Händen, davongetragen hatte, auf und legte sie sich auf die Schultern, wo er sie mit einer Hand festhielt.

Mit der anderen hob er den Korb mit den Verwundeten auf, in dem sich nun auch Renata befand, und folgte den Elfen. Die Chancen, nun zu entkommen, sah er deutlich steigen, denn er rechnete damit, daß Urkalan sich nun mit den von ihm geschaffenen Kreaturen, die ihm nun nicht mehr gehorchten, auseinandersetzen mußte und sich nicht so intensiv mit ihnen befassen konnte. Gleichzeitig aber schmerzte ihn der Verlust Marthas umso mehr; warum hatte die Hilfe nicht ein paar Stunden früher kommen können?!

Lila war froh, daß Anna diesen Gang bemerkt hatte, denn, da er nicht zu dem von Urkalan erschlossenen Bereich gehörte, war die Gefahr gering, auf seine ehemaligen Helfer zu stoßen. Endlich gelangten sie an das letzte Hindernis, die Stelle, an der Meliolantha und Anna diesen Gang zuerst freigelegt hatten.

"Ab hier müssen wir wieder mehr aufpassen", informierte sie die ihr folgenden, "hier geht es hinaus!"

"Dann laß mich erst einmal vor!" bestimmte Histran, "ich werde Umschau halten, ob wir den Gang gefahrlos verlassen können." Er schlüpfte durch die Lücke, die ihre Retter auf dem Hinweg hinterlassen hatten und ließ seine Blicke über die tote Stadt wandern. Im Augenblick sah alles leer und friedlich aus, die Sonne schien ungehindert vom blauen Himmel hernieder, und die Luft war warm und windstill; nichts trübte den schönen Schein außer ein paar Cumuluswolken über den Bergen im Hintergrund.

"Ich denke, wir können hinaus", urteilte Histran, "aber achtet auf jede Bewegung. Die Tiere können auch ohne Urkalans Kontrolle eine große Gefahr darstellen!"

Erleichtert verließen Elfen und Menschen den bedrückenden unterirdischen Teil der Stadt und genossen die wärmenden Strahlen der Mittagssonne. Bernhard legte Meliolantha auf einen umgestürzten, glatten Mauerrest, um ihre Verletzungen im Tageslicht genauer zu untersuchen. Auch Killy und Lila beteiligten sich daran und stellen fest, daß die Zauberin insofern Glück im Unglück gehabt hatte, als keiner der vielen Diamantensplitter, die ihr unter die Haut gedrungen waren, ihre Augen getroffen hatte.

"Bernhard, ruh dich aus!" sagte Killy, "du hast genug geschuftet, außerdem ist die Beseitigung der Splitter eine Aufgabe, für die unsere Hände und Finger wesentlich besser geeignet sind!"

Dankbar lehnte sich Bernhard zurück und atmete tief durch. Anna hatte sich an ihn gekuschelt und war eingeschlafen. Mit Grauen fiel ihm ein, daß Anna ja auch noch nicht wußte, daß sie keine Mutter mehr hatte; wie sollte er ihr das nur beibringen?! Gedanken-verloren streichelte er ihr zerzaustes Haar.

Die Elfen ruhten sich zum Teil ebenfalls aus, andere streiften in der näheren Umgebung umher und hielten Wache. Zu diesen gehörten auch Camilla, Eotan und Bregard, der aber etwas Abstand zu den beiden ließ. Camilla hielt sich dagegen eng an Eotan, der seinen Arm um ihre Hüfte gelegt hatte. "Ich finde es toll, wie du uns da unten aus den Käfigen befreit hast, allein die Idee mit dem Armreif!"

"Na ja, irgend jemand mußte ja etwas tun", erklärte er mit stolzgeschwellter Brust, "und da niemand anderem etwas einfiel ... auf mich kannst du dich jedenfalls immer verlassen!"

Langsam umrundeten sie zu Fuß das provisorische Lager, als unerwartet, ein paar Meter entfernt, eines der Frettchen aus einem Mauerloch schlüpfte und sie sprungbereit anstarrte.

"Los, weg hier!" rief Eotan und erhob sich mit kräftigem Flügelschlag in die Luft. Camilla breitete ebenfalls die Flügel aus und wollte abspringen, rutschte aber auf einem glatten Stein aus und geriet mit einem Bein in eine Ritze, wo sie hilflos eingeklemmt blieb.

"Eotan, hilf mir!" schrie sie in Todesangst, denn das Frettchen visierte sie bereits an. Eotan zögerte. Flöge er zurück, geriete er genau vor die Fänge des Räubers und verlöre womöglich sein Leben!

"Eotaaaan!"

Aber die Hilfe kam von ganz anderer Seite: Genau als das Frettchen sich auf sie stürzen wollte, schoß Bregard von der Seite herbei, direkt vor die gierigen Augen des hungrigen Tieres, das innehielt und dann dem neuen Opfer folgte. Durch Camillas Schreie aufmerksam geworden, war auch Bernhard herbeigesprungen und befreite Camilla aus ihrer mißlichen Lage. Das Frettchen war angesichts dieses übermächtigen Gegners flugs wieder verschwunden und ließ sich nicht mehr blicken. Camilla saß schluchzend auf Bernhards Hand und hielt sich ihr zerkratztes Bein. Eotan flog schnell zu ihr hin: "Camilla, mein Schatz, wie gut, daß dir nichts geschehen ist!" rief er aus und schickte sich an, ihr den Arm um die Schultern zu legen.

"Es hat sich 'ausgeschatzt', du Feigling!" schrie sie ihn an und stieß seinen Arm fort, "such dir 'ne andere Dumme für dein Rumgeschleime, bei mir brauchst du dich nicht mehr sehen zu lassen!"

"Aber Camilla! Ich hab doch nur ... !"

"Hau ab! Wenn ich nur daran denke: 'Du kannst dich immer auf mich verlassen!' Große Worte, nichts dahinter!"

Betreten, mit hochrotem Kopf schlich Eotan davon.

"Danke, Bernhard!" rief Camilla noch schnell, als sie nun von seiner Hand hinab und zu Bregard flog, der ein Stück entfernt wartete und dem der Schreck noch ins Gesicht geschrieben stand. Sie landete neben ihm und schloß ihn in die Arme. "Du bist super, Bregard", sagte sie leise und gab ihm einen zärtlichen Kuß auf den Mund, "es tut mir leid, daß ich dich in der letzten Zeit so wenig beachtet habe! Verziehen?"

"Mmngh!" Bregards Antwort war nur schwer zu verstehen, weil Camilla bereits wieder seinen Mund mit ihren Lippen verschloß, aber seine glücklichen Augen sagten mehr als alle Worte. Killy, die bei den Schreien ebenfalls hinzugeeilt war, betrachtete die Szene wohlwollend; Bregard paßte eindeutig besser zu ihrer Tochter als Eotan, schon allein wegen des Altersunterschiedes. Lila indes betrachtete das Ganze mit großer Neugier; was hatte sich denn hier alles abgespielt? Sie hatte gar nicht gewußt, daß Camilla und Eotan etwas zusammen hatten, und jetzt auf einmal Bregard?

Zu ihr hatte Milla doch gerade neulich noch gesagt, daß sie ihn lästig fand, und jetzt knutschte sie mit ihm rum! Das bedeutete für die Zukunft vermutlich leider auch, daß sie mehr mit Bregard als mit ihr unternehmen würde.

"Bitte kommt jetzt alle wieder zusammen, wir sollten von hier wegkommen, damit sich solche Ereignisse nicht noch einmal abspielen!" äußerte Histran, "mit dem Verarzten der Zauberin wart ihr doch fertig, oder?"

"Ja, ja", bestätigte Killy, "von mir aus kann es weitergehen."

In der Zwischenzeit war Meliolantha auch wieder zu Bewußtsein gekommen und entschied, daß sie nicht mehr von Bernhard getragen werden müsse.

"Es reicht, wenn ich mich ein wenig bei dir aufstützen darf", sagte sie und sah ihn fragend an.

"Meine Güte, das ist doch selbstverständlich!" entgegnete Bernhard und nahm ihren Arm. In langsamem Tempo verließen sie die ungastliche Stadt und machten sich daran, die Hochebene zu überqueren. Nachdem sie eine Weile unterwegs waren, hatte sich die Magierin so weit erholt, daß sie alleine gehen konnte. Bernhard bemerkte, wie sie sich immer wieder umsah und ihre Stirn in sorgenvolle Falten legte.

"Darf man fragen, was dich bedrückt?" erkundigte er sich, als sie sich wieder einmal umgedreht hatte, und Bernhard, als er dasselbe tat, eigentlich nichts Ungewöhnliches hatte feststellen können.

"Mich beunruhigen die Wolkenformationen", antwortete Meliolantha, "vorhin noch gewöhnliche Cumulus, breiten sie sich nun seit einiger Zeit nahezu ringförmig um uns aus, als wollten sie uns einkreisen! Sag, Bernhard, weißt du, ob Urkalan schon mal irgendwelche Wettermanipulationen vorgenommen hat?"

"Hat er!" rief Lila, die zugehört hatte, "wo er früher war, in der Pyramide, hat er alles dauernd in Nebel gehüllt, und als wir uns darin mal verirrt hatten und nach oben herausfliegen wollten, folgte uns der Nebel, und es kam dann auch jedes Mal starker Wind auf, der uns zur Aufgabe zwang."

"Dann fürchte ich, sind meine Vermutungen richtig. Er will versuchen, uns mit Sturm, Gewitter, oder Ähnlichem aufzuhalten. Wir müssen deutlich schneller vorwärtskommen, denn in dieser Ödnis gibt es nirgends Schutz für uns, und Wettermagie gehört nicht zu meinem Repertoire, dagegen bin ich machtlos!"

Schnell hatte sich herumgesprochen, was los war, und die Gesichter, die in den letzten Stunden hier draußen hoffnungsvoller geworden waren, verdüsterten sich nun ebenso rasch wie der Himmel.

"Sollten die Elfen nicht einfach schon mal vorfliegen?" schlug Bernhard vor, sie sind gegenüber den Naturgewalten besonders hilflos und könnten so schon eher als wir Deckung suchen."

Meliolantha nickte: "Das ist nur vernünftig. Vielleicht könnt ihr ja einen Ort aussuchen, wo auch wir Menschen dann Zuflucht finden können."

"Wir werden uns Mühe geben", versicherte Camilla, die Seite an Seite mit Bregard flog. Mit hohem Tempo entfernten sie sich und waren bald den Blicken der langsamer Weiterziehenden entschwunden, zu denen auch Renatas Eltern gehörten, die es sich nicht hatten nehmen lassen, die Verwundeten in dem Korb zu betreuen. Die letzte blaue Lücke in den vorwärtsstrebenden Wolken war fast verschwunden, und der Kreis der sich ständig höher und dunkler auftürmenden feuchten Schwaden schloß sich immer enger um die verloren wirkenden Gestalten am Boden. Zudem gerieten die bedrohlichen Formationen in erst langsame, dann zunehmend schnellere rotierende Bewegung, bis das ganze über ihnen wie ein monströser Strudel wirkte. Anfangs schien die Sonne noch durch das Loch in der Mitte und bildete mit dem runden Lichtstrahl einen grotesken Kontrast zu den schwarzgrauen Wolken. Schließlich wurde auch dieser letzte Halt für die Augen abgeschnitten, Wetterleuchten und Blitze begannen aus den Rändern des Strudels zu zucken, und dumpf hallender Donner sowie schmetternde Schläge betäubten ihre Ohren. Zuletzt verschwand die Umgebung in einem Ring aus herniederprasselndem

Hagel und Regen. Annas Finger krallten sich in die Hand von Bernhard, der eben noch sein Hemd ausgezogen hatte und es über dem Korb festband, um die zarten Elfen vor den für sie eventuell tödlichen Hagelkörnern zu schützen. Noch hatte der Regen sie nicht erreicht, aber sie konnten es nicht mehr im Trocknen schaffen. Bevor das Wetter ihnen die Sicht genommen hatte, hatte Meliolantha in der Ferne noch die Bäume und Felsen gesehen, die den Anfang der Schlucht zum Kartal markierten. Zumindest den Elfen aber sollte es gelungen sein, rechtzeitig die rettenden Felsen zu erreichen. Die Zauberin prägte sich das gesehene Bild gut ein, um gleich, wenn das Unwetter sie einhüllte, nicht den Weg zu verlieren. Allerdings schien die Wand aus Wasser nicht recht näher zu kommen. Da fuhr ihr blitzartig der Grund durch den Kopf, ein rascher Blick nach oben brachte die Gewißheit, sie sah, wie sich die Innenränder des Strudels nach unten wölbten und begannen, einen Trichter zu bilden, der wie ein gigantischer Finger auf sie wies.
"Lauft, lauft um euer Leben!" brüllte sie gegen den Lärm an und zeigte nach oben. Bernhard genügte ein kurzes Aufblicken, um die Gefahr zu erkennen. Er griff sich Anna, nahm sie unter seinen rechten Arm und rannte dann, was die Lunge hergab. Daß dabei die verletzten Elfen wild hin und hergeschüttelt wurden, ließ sich nicht ändern. Meliolantha und Bernhard holten das Letzte aus sich heraus. Das Heulen und Toben des Windes wurde immer lauter, und darein mischte sich nun noch ein immer lauter werdender unheimlicher Ton, wie ein zischendes Saugen, dazwischen Poltern von hochgewirbelten Steinen. Anna, die Hände auf die Ohren gepreßt, schrie mit dem Wind um die Wette. Bernhards Schulter prallte gegen etwas Hartes, und er wurde herumgerissen.
"Meliolantha, die Felsen, wir sind da!" brüllte er gegen das Toben an. Gemeinsam zwängten sie sich in einen schmalen Felsspalt und drückten sich, sich gegenseitig festhaltend, aneinander, Anna und den Korb mit ihren Körpern schützend.

Die gewaltige Windhose strich über sie hinweg, alles emporreißend, was nicht niet- und nagelfest war; Sand, Steine und kleinere Felsbrocken genauso wie Büsche, Bäume und Tiere, die nicht rechtzeitig Schutz gefunden hatten. Nach wenigen Minuten war der Spuk vorbei, und nur noch herabrieselnder Sand und Dreck zeugten von den entfesselten Naturgewalten. Auch die Wolken verzogen sich ebenso schnell, wie sie gekommen waren. Wären sie noch auf freier Fläche erwischt worden, hätte das ihren sicheren Tod bedeutet!

Bernhard entfernte das Tuch von dem Korb.

"Alles in Ordnung?" fragte er besorgt.

"Es geht so!" antwortete Renatas Vater mit matter Stimme.

"Bevor es weitergeht, muß ich erst mal Ordnung schaffen", sagte seine Frau, die Hände in die Hüften gestemmt, mit Blick auf das Chaos: Die verletzten Elfen waren hin und her und übereinander gefallen, und mehrere hatten sich übergeben müssen.

"Bernhard, könntest du vielleicht mal Ausschau halten, wo die anderen geblieben sind?" bat Meliolantha, "ich helfe hier, den Korb wieder reisefertig zu machen."

Bernhard stimmte zu, während die Zauberin sachte eine Elfe nach der anderen aus dem Korb hob und auf dem Moos, welches hier an etlichen Stellen wuchs, niederlegte.

"Kann ich mitsuchen, Papa?"

"Natürlich Anna, wenn wir zu zweit suchen, finden wir sie auch schneller!"

Sie hatten gerade erst wenige Schritte getan, als ihnen Camilla, Lila und Bregard entgegenkamen.

"Da sind sie!" riefen Anna und Lila wie aus einem Mund und fingen beide darüber erleichtert an zu lachen.

"Sind bei euch alle wohlauf?" erkundigte sich Bernhard.

"Bei uns schon", berichtete Bregard, "wir durften uns ja rechtzeitig aus dem Staub machen. Aber wie ist es euch ergangen?"

"Wir haben es so gerade eben noch geschafft", erklärte Bernhard, "ob es bei den Elfen im Korb noch zusätzliche

Verletzungen gegeben hat, kann ich noch nicht sagen. Renatas Eltern und Meliolantha kümmern sich um sie."

"Ihr könnt ja schon mal mit hinfliegen", bot Bregard an, "ich hole derweil die anderen!"

"Und, hast' Schiß gehabt?" wollte Lila von Anna wissen.

"Mhm", machte Anna und nickte, "ich hatte so dolle Angst, ich hätte nicht mal laufen können. Zum Glück hat Papa mich getragen!"

"Wir hatten eine kleine Höhle gefunden", erklärte Lila, "das war auch gut so, nur so zwischen den Felsen, wären sicher einige weggewirbelt worden."

Als sie bei Meliolantha ankamen, hatte diese bereits den Korb im Bach ausgewaschen und kümmerte sich nun mit Renatas Vater um die Kranken. Renatas Mutter bemühte sich ausschließlich um ihr Kind, da es am schlimmsten betroffen war und sich ihr Zustand durch die Schüttelei erneut verschlechtert hatte.

"Darf ich mal", fragte die Magierin und deutete auf Renata. Die Mutter nickte mit besorgter Miene. Meliolantha beugte sich tief über die Dreizehnjährige und berührte mit den Fingerspitzen ganz zart den Bauch, schloß die Augen und wirkte eine Weile völlig abwesend. Voller Furcht sah die Mutter, wie der eine Zeigefinger der Hexe langsam in die Bauchdecke Renatas eindrang, dann war ein Schimmern durch die Haut des Mädchens zu sehen, worauf die Zauberin den Finger wieder hervorzog, ohne daß eine Verletzung sichtbar blieb. Ungläubig starrten die Elfen auf den Körper, aber bis auf eine leichte Rötung deutete nichts mehr auf den Eingriff hin.

"Das war höchste Zeit", erklärte sie den Staunenden, "ihre Milz war gerissen, und sie hatte starke innere Blutungen. Das ist jetzt soweit in Ordnung, aber sie hat auch noch eine Infektion der Bauchhöhle, darum muß sie auch noch dieses Medikament schlucken."

Die Zauberin nahm eine Flasche aus ihrem Gepäck und öffnete sie. "Du mußt jetzt ein paar Tropfen hiervon schlucken!" informierte sie Renata, "mach bitte den Mund auf und strecke die Zunge heraus! Und keinen Schrecken kriegen, es schmeckt scheußlich!"

Renata tat wie verlangt und kniff dabei schon angewidert die Augen zu, bevor überhaupt der erste Tropfen in ihrem Mund war. Meliolantha träufelte drei Tropfen hinein, die Renata würgend herunterschluckte und sich dabei angeekelt schüttelte.

"Äh bäh, was ist das denn, das schmeckt ja wie, wie ..., ich sag's lieber nicht wonach es schmeckt", sagte sie und schnitt eine Grimasse.

"Ich weiß, es ist widerlich, aber dafür bist du in spätestens drei Tagen wieder ganz gesund!"

"Wirklich, in drei Tagen schon?" fragte die Mutter überglücklich, "danke, oh danke!"

Auch Renatas Vater standen die Freudentränen in den Augen.

Die Zauberin fand nun auch die Zeit, sich um die restlichen Verletzten zu kümmern, und gönnte sich erst Ruhe, als sie allen soweit geholfen hatte, wie es ihre geschwächten Kräfte zuließen. In der Zwischenzeit waren natürlich auch die anderen Elfen eingetroffen, so daß sie jetzt wieder vereint waren.

"Ich schlage vor, daß wir nicht hier oben bleiben, sondern das Tageslicht nutzen, ins Kartal hinabzuklettern, beziehungsweise zu fliegen", meinte Histran.

"Bist du soweit bei Kräften, daß du dir das zutraust?" fragte er die Zauberin.

"Ich schaffe das schon!"

"Wie ist es mit dir Bernhard?"

"Ich kann auch noch."

"Gut, verlieren wir keine Zeit!"

Meliolantha und Bernhard betteten die Elfen, die noch nicht wieder fit waren, neuerlich in dem Korb, den Bernhard dann auch wieder an sich nahm, und machten sich an den anstrengenden Abstieg.

19

"Sollen wir nicht lieber mal eine Pause machen?" fragte Corinna, der Marthas verbissener Gesichtsausdruck nicht gefiel, "dann können sich deine Füße ein bißchen erholen!"

"Lieber nicht!" preßte Martha zwischen den zusammengebissenen Zähnen hervor, "wenn ich aufhöre zu laufen, kriegst du mich hinterher nicht mehr dazu, weiterzugehen."

Oh je, das konnte ja noch 'was werden, besonders beim Aufstieg zur Hochebene! Beide waren durch die hohen Temperaturen und die Sonne schon tüchtig ins Schwitzen geraten, so daß Corinna, die im Gegensatz zu Martha, welche apathisch auf den Boden vor sich sah, auch die Umgebung im Auge behielt, es begrüßte, daß jetzt am frühen Nachmittag Wolken am Nordrand des Tales auftauchten. Nachdem sie diese eine Weile betrachtet hatte, änderte sie jedoch ihre positive Meinung.

"Du, Martha, was hältst du von den Wolken dort? Ich finde, sie wirken alles andere als normal! Sie ziehen von Westen und Osten gegeneinander."

Martha hob den Kopf. "Das ist wirklich sonderbar", bestätigte sie nach kurzer Beobachtung, "ich glaube nicht, daß es ein natürliches Wetterphänomen ist, wahrscheinlich steckt Urkalan irgendwie dahinter."

"Aber warum sollte er so etwas tun, die Wolken unnatürliche Bahnen ziehen zu lassen?"

"Das weiß ich auch nicht, gehen wir weiter und behalten das da im Auge!"

Sie sahen, wie die Wolken dunkler wurden, sich trafen und in langsam rotierende Bewegung gerieten.

"Das sieht aus, als wolle er einen Wirbelsturm, einen Tornado erzeugen", stellte Corinna fest, "das macht er bestimmt nicht nur aus Lust und Laune, vermutlich will er irgendjemandem damit schaden!"

"Glaubst du, er meint uns, Conny?"

"Nein, Martha, ganz sicher nicht, sieh doch, der Sturm wird sich oben auf der Hochebene austoben!"

Der Anblick des riesigen Wolkenstrudels mit seinen zuckenden Blitzen am Rand und den jetzt herabstürzenden Hagelschauern war schon beeindruckend. Fasziniert verfolgten die beiden Frauen das gewaltige Naturschauspiel.

"Dann scheint Urkalan ja noch andere Feinde als uns zu haben", vermutete die Jüngere.

Doch Martha zeigte plötzlich ein bestürztes Gesicht. "Was, wenn nun noch anderen von uns die Flucht gelungen ist und das da oben ihnen gilt?!"

Corinna wurde blaß, "meinst du, das könnte sein?"

"Ich weiß nicht, einerseits hoffe ich es nicht, andererseits wäre es toll, wenn einige entkommen konnten!"

Unterdessen beobachteten sie, wie die Gewalt des Sturmes jetzt schon nach kurzer Zeit schnell nachließ, die Wolkenmassen innerhalb kürzester Zeit in sich zusammenfielen und die Sonne auch dort wieder schien.

"Entweder er hat sein Ziel erreicht, oder ihm ist die Kraft ausgegangen", schlußfolgerte Martha, "laß uns zusehen, dort hinzukommen und zu sehen, ob wir dort jemandem helfen müssen!"

Sie beeilten sich nach Kräften, vorwärtszukommen, wobei Martha durch die Ereignisse derart abgelenkt worden und nun so aufgeregt war, daß sie vorübergehend die Schmerzen in den Füßen vergaß. Sie hatten soeben die Schlucht erreicht und begannen mit der schwierigen Kletterei die Kaskaden hinauf. Als Corinna sich über die Oberkante der dritten Felsbarriere schob, hielt sie überrascht inne. "Martha, schnell, komm hoch, ich glaube, da kommen Elfen!"

Martha beeilte sich, zu Corinna aufzuschließen und sah dann ebenfalls mehrere der Elfen ein Stück weiter oben, aber sieh sah noch mehr: "Bernhard, da ist Bernhard und ... Anna? Das ist doch Anna! Wie kommt die denn hier her?! Annaaa, Bernhaaard!"

Bernhard, der gerade rückwärts eine Felsstufe hinabkletterte und Anna dabei Hilfestellung leistete, drehte sich ruckartig um, wobei er beinahe den Halt verloren hätte. Diese Stimme! Das konnte nicht sein, Martha war doch tot!

"Mamiii!" bestätigte aber sofort die Antwort Annas seinen Eindruck, dann erfaßte auch sein Blick die beiden winkenden Frauen ein Stück tiefer. Heiße Tränen des Glücks stiegen ihm in die Augen, und er mußte mehrfach kräftig blinzeln, um überhaupt seinen Weg fortsetzen zu können. Kaum waren sie unten, rannte Anna auch schon los und warf sich in die Arme ihrer überraschten Mutter. Bernhard, wegen seiner weichen Knie nicht ganz so schnell, schloß dann beide in seine Arme und konnte sich gar nicht fassen.

"Meine Güte, Bernhard, so hab ich dich ja schon lange nicht mehr erlebt", kommentierte Martha, "du benimmst dich ja, als sei ich gerade von den Toten auferstanden!"

"Bist du ja auch", erwiderte ihr Mann und ergänzte, als er ihren verdutzten Blick bemerkte: "Urkalan hat mir erzählt, daß seine Ratten dich gefressen hätten, darum habe ich dich tatsächlich für tot gehalten!"

Er schloß die Augen und genoß einfach nur das Gefühl, seine Familie gesund in den Armen zu halten. Auch zwischen den Elfen und Corinna hatte es großes Wiedersehenshallo gegeben, und es wurden rasch die nötigen Neuigkeiten ausgetauscht.

"Wo ist denn meine Mama, Conny?" wollte Lila wissen, als der erste Rummel vorbei war.

"Deine Mama? Die ist losgeflogen, dich zu suchen; sie konnte ja nichts von euren spontanen Unternehmungen wissen und hat sich natürlich große Sorgen gemacht. Wir müssen zusehen, daß sie dich so schnell wie möglich wieder hat!"

Bernhard hatte zwischendurch auch Meliolantha mit den Neuankömmlingen bekanntgemacht, und Martha hörte gar nicht wieder auf, sich bei ihr für die Rettung ihrer Familie zu bedanken.

"Wenn soweit alles Wichtige ausgetauscht ist", setzte Histran dem Durcheinander vorläufig ein Ende, "sollten wir uns weiter aus Urkalans Reichweite entfernen und überlegen, wie es überhaupt weitergehen soll. Urkalan ist zwar durch die Zerstörung des Rubins von Meliolantha", dabei nickte er der Zauberin dankend zu, "geschwächt, aber noch lange nicht machtlos, wie wir ja vorhin am eigenen Leib erfahren haben."

"Etwas gegen ihn unternehmen, um ihn für immer unschädlich zu machen, müssen wir auf jeden Fall", bestätigte Meliolantha, "aber es ist jetzt nicht der richtige Zeitpunkt, da alle durch erlittene Verletzungen, die Gefangenschaft und die Flucht mitgenommen sind. Auch ich bin nicht mehr ausreichend bei Kräften, um ihm erfolgreich gegenübertreten zu können. Zudem müssen die Schwächeren unter uns, besonders die Kinder, erst in Sicherheit gebracht werden, bevor wir erneut einen Versuch wagen können. Und alle, die dann mitmachen - ich auf jeden Fall - sollten auf der Höhe ihrer Leistungsfähigkeit sein!"

"Das hieße, wenn ich es richtig sehe, daß wir frühestens in etwa zwei Wochen wieder bereit sein können", stellte Jondras fest, "vorher wird es kaum einem gelingen, sich vollständig zu regenerieren."

"Und wo bitte sollen wir uns erholen?" warf Kara ein, "unsere Häuser existieren nicht mehr, wir haben zur Zeit nichts, wo wir unterkommen können!"

"Außerdem kennt Urkalan die Lage unseres Dorfes", fügte Killy hinzu, "er wird uns, soweit er uns nicht durch den Tornado vernichtet glaubt, dort zuerst suchen!"

Lila gesellte sich derweil zu Corinna und nahm vertraulich auf ihrer Schulter Platz.

"Conny?"

"Ja, Lil, was gibt's?"

"Wußtest du schon, daß Camilla und Bregard verliebt sind?"

"Nee, echt? Ich dachte Milla könnte ihn nicht ab!"

"War auch so, aber inzwischen ... ? Jetzt kommen sie kaum noch auseinander! Siehst du?" Sie deutete auf das schmusende Pärchen, "so geht das die ganze Zeit!"

Conny grinste: "Das gibt sich, so extrem ist das meist nur zu Anfang!"

"Na hoffentlich!" sagte Lila ein bißchen brummig, "nicht, daß ich es Milla nicht gönne!" setzte sie noch hastig hinzu.

"Lil, habe ich das vorhin richtig gehört, daß die Hexe die Verletzten geheilt hat?"

"Mhm, hat sie, aber laß sie nicht hören, daß du sie Hexe nennst, das mag sie nicht so gerne. Du hättest mal sehen sollen, wie sie Renata geheilt hat: Sie hat ihr einen Finger in den Bauch gesteckt, einfach so, und als sie ihn wieder herausgezogen hat, war kein Loch, kein Blut, oder sonst 'was zu sehen!"

"Was meinst du, ob ich sie mal bitten kann, etwas für Martha zu tun? Deren Füße müßtest du mal sehen! Blutige Fleischklumpen, mehr nicht!"

"Doch, fragen kannst du sie auf jeden Fall, die ist eigentlich immer nett!"

Die Zauberin erklärte sich auf Corinnas Bitte hin auch sofort bereit, Martha zu behandeln. Als sie deren Schuhe und Verbände entfernt hatte, guckte Bernhard reichlich geschockt. "Mit den Füßen bist du noch die ganze Strecke gelaufen und hast nichts zu mir davon gesagt, seit wir uns wiedergesehen haben?!"

"Ich habe seitdem nur an Anderes, Schöneres gedacht", antwortete sie und sah im zärtlich in die Augen.

"Ach mein Schatz, du ... !"

"Ooh, Papa guck doch mal!" staunte Anna, die sich beim ersten Blick auf die Füße ihrer Mutter die Hand auf den Mund gedrückt hatte, weil sie dachte, sie müsse sich übergeben, und deutete nun mit ihrem Finger auf die Verletzungen. Unter den Händen der Zauberin bildeten sich neue feine Adern, überzog sich das offene Fleisch mit frischer, zarter Haut und heilte zusehends ab. Ungläubig betastete Martha das neue Gewebe: "Das ist ja Zauberei!" staunte sie.

"Genau das", bestätigte Meliolantha lächelnd, und auch die Umstehenden lachten mit.

"Ich fühle mich wie neugeboren!" jubelte Martha, "ich danke dir für alles, was du für uns getan hast! Wenn es irgendwann irgendetwas gibt, was wir für dich tun können, wollen wir uns gern revanchieren!"

"Allein, akzeptiert und nicht als Hexe gebrandmarkt zu werden, ist mir schon Dank genug!" wehrte Meliolantha bescheiden ab, "denn das war in der Vergangenheit nicht immer so. Oft genug wurde ich in den hundertvierundzwanzig Jahren meines Lebens für alles Schlechte und Böse, was sich ereignete, verantwortlich gemacht."

"Was", entfuhr es Corinna, "hundertvierundzwanzig?! Ich hätte dich auf höchstens Ende zwanzig, Anfang dreißig geschätzt!"

"Nun, mit Magie ist vieles möglich", erklärte die Zauberin geschmeichelt, während sie sich nun gemeinsam mit den übrigen zum Aufbruch fertig machte. "Ich bin übrigens bereit, jeden von euch bei mir aufzunehmen, der möchte, bis die Geschichte mit Urkalan geklärt ist. Bei mir dürftet ihr euch in diesem Fall in größtmöglicher Sicherheit befinden."

"Das hört sich gut an", sagte Histran, "ich bin geneigt, dein großzügiges Angebot anzunehmen. Was meint ihr dazu?" wandte er sich an alle Elfen.

"Ich bin auch dafür!" erklärte Lila, die sich bei Meliolantha geborgen fühlte. Auch alle anderen waren dafür.

"Können wir auch mit?" fragte Anna.

"Aber natürlich, ich sagte doch: Jeder von euch ist willkommen! Und solange Urkalan hier draußen noch sein Unwesen treibt, sind alle hier noch in größter Gefahr."

"Ich finde auch, wir sollten mitgehen", meinte Martha, "wir müssen nur möglichst bald Hedwig und Hannes Bescheid sagen, sonst kommen sie noch um vor Sorge!"

"Und meine Mama müssen wir finden und mitnehmen!" setzte Lila hinzu.

"Das werde ich mit der Kristallkugel erledigen, sobald ich wieder genügend Kräfte gesammelt habe!" versicherte Meliolantha.

Langsam setzte sich die ganze Gruppe in Bewegung und beendete den Abstieg in das Kartal. Dort ging es dann schneller weiter, bis sie in den Abendstunden in das größere Flußtal abbogen. Hier holte die Magierin ihr

Boot aus den Büschen hervor, wo sie es versteckt hatte.

"Ab hier geht es zu Wasser weiter", erklärte sie, "meine magischen Sperren lassen sich nur innerhalb dieses Bootes überwinden. Da wir aber nicht alle hineinpassen, müssen wir zweimal fahren. Das geht ziemlich schnell, also werden diejenigen, die hierbleiben, nicht lange warten müssen."

Die Aufteilung, wer mit der ersten und wer mit der zweiten Fuhre mitkommen sollte, war schnell geklärt, indem Histran bestimmte, daß zuerst Frauen und Kinder sowie diejenigen mit sollten, deren Verletzungen noch nicht endgültig verheilt waren. Von den Menschen kamen zuerst Anna und Corinna an die Reihe. Aber auch die Zurückbleibenden fanden kaum Zeit, unruhig zu werden; schon eineinhalb Stunden später war Meliolantha allein mit dem Boot zurück und brachte sie in ihr Domizil.

20

"Da ist sie!" rief Lila glücklich und erleichtert, als sie ihre Mutter in der Kristallkugel erblickte. Meliolantha hatte nicht lange gebraucht, um sie zu finden, denn sie hatte mit ihrer Suche bei dem Elfendorf begonnen, wo Sara, Camilla und Corinna auf Lila gewartet hatten, und genau nach dort war Sara nun auch, nach erfolgloser Suche, zurückgekehrt. Sie sah sehr unglücklich aus und flog häufig auf, um in die Runde zu sehen, ob nicht doch ihr Kind zurückkehren mochte. "Ich muß sofort hin, ich habe Mama schreckliche Sorgen bereitet!"

"Ich komme mit", bestimmte Killy, "schließlich ist es ja meine Schwester."

"Gut, ich werde euch hinausbringen", sagte Meliolantha, "aber beeilt euch, wer weiß, ob und wann Urkalan auftaucht!" Die Zauberin brachte die zwei mit dem Boot nach draußen. "Was denkt ihr, wie lange werdet ihr brauchen?" fragte sie, "damit ich weiß, wann ich ungefähr wieder hier sein muß, um euch abzuholen, denn ich kann euch nicht die ganze Zeit in der Kugel verfolgen, das ginge über meine Kräfte."

"Ich denke, daß wir in etwa vier bis fünf Stunden zurück sein werden", überlegte Killy, "ja, doch, in vier Stunden müßte es zu schaffen sein!"

"Also werde ich ab jetzt in vier Stunden wieder hier sein", versprach die Magierin, drehte ihr Boot und verschwand im Handumdrehen, ohne daß Lila und Killy hätten sagen können, wohin. Lila zögerte auch keinen Moment mehr und flog ihrer Tante voran, in hoher Geschwindigkeit davon. "Lila, ras nicht so, schließlich gibt es noch Urkalan, und wir wollen ihm nicht schon wieder aus Unachtsamkeit in die Hände geraten!"

Das reichte, um Lilas Euphorie soweit zu bremsen, daß sie nun wenigstens ein bißchen die Umgebung im Auge behielt. Aber es war während des gesamten Fluges nichts zu entdecken, was sie hätte beunruhigen können, schließlich fehlten Urkalan ja jetzt auch sämtliche Helfershelfer, so daß sie ziemlich unbehelligt vorankamen. Nur die ständigen Gefahren, wie ihre

natürlichen Feinde, mußten sie auch weiterhin beachten. Schon nach gut eineinhalb Stunden hatten sie den See erreicht. Sie konnten sich die Mühe sparen, nach Lilas Mutter Ausschau zu halten, denn bereits als sie an Killys Haus vorbeiflogen, hörten sie aus kurzer Entfernung einen lauten Freudenschrei, und Sara kam herbeigeschossen. Außer sich vor Erleichterung fiel sie Lila mit derartigem Schwung um den Hals, daß sie diese aus dem Gleichgewicht brachte und sie ins Gras fielen. Das tat jedoch der beiderseitigen Begeisterung keinerlei Abbruch, und Killy mußte sich noch eine ganze Weile gedulden, ehe sie ihre Schwester ebenfalls begrüßen konnte. Bevor sie sich auf den Rückweg zu Meliolantha machen konnten, mußten sie Sara natürlich erst einmal einen kurzen Abriß des Geschehenen geben. Man kann sich vorstellen, mit welcher Freude sie die Nachricht von der Befreiung und Rettung sämtlicher Gefangener aufnahm! "So", schloß Killy, "jetzt müssen wir aber los, damit Meliolantha nicht so lange auf uns warten muß, schließlich ist Urkalan ja noch da!" Der Flug verlief in bester Stimmung, endlich waren alle 'wiedergefunden', zudem noch, jedenfalls mittlerweile, heil und gesund. Als sie den vereinbarten Treffpunkt erreichten, stand die Sonne noch hoch am Himmel. "Ich glaube, wir sind ein bißchen früh dran", bemerkte Killy mit einem Blick auf das Tagesgestirn, "wir werden wohl noch eine viertel- bis halbe Stunde warten müssen, bis Meliolantha uns abholt."
"Is' doch egal", meinte Lila, "jetzt kommt es auf eine halbe Stunde mehr oder weniger auch nicht mehr an."
Doch auch nach Ablauf dieser Zeit war von Meliolantha weit und breit nichts zu sehen. "Ob ich mich in der Zeit verschätzt habe?" mutmaßte Killy etwas später.
"Ich glaube nicht", sagte Lila, "eigentlich hätte sie schon wieder da sein müssen!"
Eine weitere Stunde verging. Mittlerweile war ihnen allen klar, daß irgendetwas hier nicht in Ordnung war. Aber was konnte die Zauberin abgehalten haben, sie zum verabredeten Zeitpunkt abzuholen?

Es war ein ganz schönes Getümmel in ihrer vorläufigen
Bleibe, denn Meliolanthas unterirdisches Zuhause war
zwar relativ groß, doch mit annähernd hundert Elfen
und dazu noch fünf Menschen deutlich überbelegt. Das
beeinträchtigte aber nicht die gute Stimmung, die
herrschte, seit sie sich hier in Sicherheit befanden.
Auch für die Kinder gab es eine Menge Neues und
Geheimnisvolles zu entdecken, wobei sich Meliolantha
nicht als Spielverderberin erwies und sie bis auf wenige
Kleinigkeiten an alles heranließ, ohne groß irgendwelche Verbote auszusprechen. Sie sorgte mit Martha
und Corinna dafür, daß für alle warmes Essen
zubereitet wurde und jeder etwas zu trinken bekam.
Der einzige, der mit mürrischem Gesicht in der Ecke
saß und sich an nichts beteiligte, war Eotan, der, seit er
sich derart bei Camilla abqualifiziert hatte, sich so ein
wenig den Ruf eines Großmauls eingehandelt hatte.
Bregard hingegen schwebte im siebten Himmel und
konnte sein Glück noch immer nicht so recht fassen,
zudem ihn auch noch Killy und Histran für seine mutige
Tat gelobt hatten. Als sie nun bei Tisch saßen, kam
Bregard kaum zum Essen, weil er nur Augen für seine
Camilla hatte. Als er zwischendurch dann doch einmal
die Muße fand, etwas von dem köstlichen Essen auf den
Löffel zu nehmen und zum Mund zu führen, sorgte eine
plötzliche, heftige Erschütterung dafür, daß der Bissen
zurück auf den Teller fiel. Alle hielten inne und sahen
sich überrascht und beunruhigt an. Noch bevor wieder
Ruhe einkehren konnte, erfolgte das nächste, noch
stärkere Beben, bei welchem die ersten Gläser vom
Tisch fielen und zu Bruch gingen.
"Was war das?" fragte Histran und sah Meliolantha an.
Diese war bei der zweiten Erschütterung mit blassem
Gesicht aufgesprungen, hatte die Augen geschlossen
und schien mit aller Macht gegen irgendetwas
anzukämpfen.
"ER ist es", preßte sie hervor, "er hat mein Versteck
gefunden und versucht, den magisch versperrten

Zugang aufzubrechen. Ich glaube, ich kann ihn nicht halten, er ist zu stark!" Der Zauberin standen schon Schweißperlen auf der Stirn, und ihr ganzer Körper zitterte vor Anstrengung. "Versteckt euch", keuchte sie, "dort hinein!" Bei diesen Worten öffnete sie einen Teil der rückwärtigen Wand des Speisezimmers, der überhaupt nicht als Tür zu erkennen gewesen war.

"Wir können dich doch jetzt nicht mit diesem Monster allein lassen, nach allem, was du für uns getan hast!" rief Camilla empört.

"Der Meinung bin ich aber auch!" pflichtete Histran bei, und die meisten anderen schlossen sich an.

"Das ist wirklich lieb von euch", erwiderte Meliolantha, "aber wenn ich der Überzeugung wäre, daß ihr mir helfen könntet, hätte ich euch bestimmt darum gebeten, doch in einem derartigen Duell, wie es jetzt vermutlich bevorsteht, könnt ihr rein gar nichts ausrichten! Und nun beeilt euch, ich kann ihn nicht mehr lange halten!"

"Geh mit Anna, ich muß hierbleiben!" sagte Bernhard mit einer Stimme, die keinen Widerspruch duldete, zu Martha, "irgendwie werde ich schon helfen können!"

Camilla und Bregard folgten den anderen Elfen ebenfalls nicht, sondern versteckten sich unbemerkt hinter ein paar Flaschen in einem der oberen Regalfächer. Auch Bernhard sagte sich, daß er wohl nur dann eine Chance bekäme, wenn er das Überraschungsmoment auf seiner Seite hätte, und verbarg sich ebenfalls. Meliolantha hatte inzwischen die Geheimtür geschlossen, und niemand, der es nicht gesehen hatte, vermutete in dieser massiv erscheinenden Wand einen Durchgang. Die drei verborgenen Helfer sahen nun, wie die Bodenklappe, die zu dem Boot hinabführte, aus ihrer Verankerung gerissen wurde, zerbarst und sich in einem Hagel aus Bruchstücken über den Raum verteilte. Dann erschien ER.

Die dunklen Augen in seinem mittlerweile wieder einigermaßen hergestelltem Gesicht glitzerten unheilverkündend, als er auf die Hexe zutrat.

"Halt, keinen Schritt weiter!" rief sie mit fester Stimme.

"Ach, und wie willst du mich daran hindern?" konterte Urkalan und setzte seinen Weg unbeirrt fort.

"Damit!" schrie Meliolantha, und ein Geflecht aus Blitzen, die aus ihren Fingerspitzen hervortraten, hüllte den Magier ein.

"Ha", flüsterte Bregard, "da hat er sich wohl ein bißchen verschätzt!"

"Meli ist ganz schön mächtig!" wisperte Camilla und drückte erleichtert Bregards Hand. Leider währte ihre Freude nur einen kurzen Moment; scheinbar mühelos streifte Urkalan den Käfig aus Blitzen und Feuer ab und lachte höhnisch. "Ist das etwa schon alles, was du drauf hast? Dann sieh mal zu, wie du damit fertig wirst!" Er richtete seine Hände auf die Zauberin und murmelte etwas. Fast augenblicklich schien Meliolantha zu erstarren. Das Gefühl kannte Bernhard nur zu gut, hatte der Magier es doch auch an ihm schon exerziert! Er ballte in hilflosem Zorn die Fäuste, bereit, sich auf seinen Feind zu werfen, doch noch war es nicht zu Ende. Die heimlichen Beobachter konnten sehen, wie Urkalan wütend seine Anstrengungen immer mehr steigerte, aber Meliolantha setzte ihre Kräfte erfolgreich dagegen und erlangte allmählich ihre Bewegungsfreiheit zurück. Mit einer zornigen Geste brach Urkalan diesen Versuch ab, während nun ihrerseits die Zauberin leise Beschwörungsformeln murmelte und dann plötzlich eine Handvoll Sand in Urkalans Richtung schleuderte. Die Sandkörner prallten um Urkalan herum wie von einer unsichtbaren Wand ab und fielen auf den Boden.

Wieder brach Urkalan in Gelächter aus. "Mir Sand in die Augen werfen zu wollen, ist einfach armselig und schon beinahe rührend! Was willst du denn mit derart stümperhaften Versuchen erreichen?"

Doch Meliolantha sagte nichts und sah ihn einfach nur fest an. Urkalan schien ganz leicht verunsichert. "Komm schon", rief er, "zeig doch mal, was ... !" Er unterbrach sich und blickte erschrocken zu Boden. Dort hatten die 'Sandkörner' inzwischen den Fußboden in einen klebrigen Brei verwandelt, in dem Urkalan nun rasch versank. "Verfluchtes Miststück!" brüllte er und wirbelte in hektischem Bemühen mit seinen Armen. Die Masse zu seinen Füßen fing an zu trocknen und ein lockeres Pulver zu bilden, dem er nun unversehrt entstieg.

"Netter Versuch", lobte er in spöttischer Anerkennung, "aber nicht gut genug! Nimm das!" Er machte Handbewegungen, als schleudere er irgendetwas in ihre Richtung. Es war nichts zu sehen, aber sie sahen Meliolanthas Reaktion! Immer wieder zuckte sie schmerzerfüllt zusammen und fing an, Schritt für Schritt zurückzuweichen.

"Ich glaube, sie schafft es nicht!" flüsterte Camilla entsetzt. Sie bemerkten wohl ihre Bemühungen, die unsichtbaren Angriffe abzuwehren, aber ebenso war nicht zu übersehen, daß ihre Verteidigungsversuche zunehmend erfolgloser wurden. Meliolanthas Körper zeigte erste blutende Verletzungen, und sie stieß immer öfter Wehlaute aus. Der anfänglich langsame Rückzug wurde schneller, schließlich drehte sie sich um und floh durch den Flur und die Eingangstür hinaus in die Höhle, durch die Anna und Lila gekommen waren. Urkalan folgte schnellen Schrittes und hinter ihm unauffällig Camilla, Bregard und Bernhard. Aus Meliolanthas Rückzug war längst eine hastige Flucht geworden, sie hatte Urkalan nichts mehr entgegenzusetzen. Die Hatz ging die steile Treppe entlang der Rutschbahn empor, wobei Urkalan, der sich offensichtlich noch längst nicht verausgabt hatte, kontinuierlich aufholte. Allmählich wurde die Luft spürbar wärmer, und Bernhard geriet immer mehr ins Schwitzen. Das obere Ende der Wendeltreppe lag vor ihnen, und nun ging es dem schwachen Lichtschein entgegen, der von der Spalte herrührte, in die Anna beinahe gefallen wäre. Urkalan war Meliolantha dicht auf den Fersen, es konnte nur noch eine Frage von wenigen Minuten oder gar nur Sekunden sein, bis er sie einholte. Die Zauberin hatte die Brücke über den feurigen Abgrund erreicht und rannte hinüber, von unten loderten die Flammen wie zur Begrüßung auf. Das Feuergesicht, das Lila und

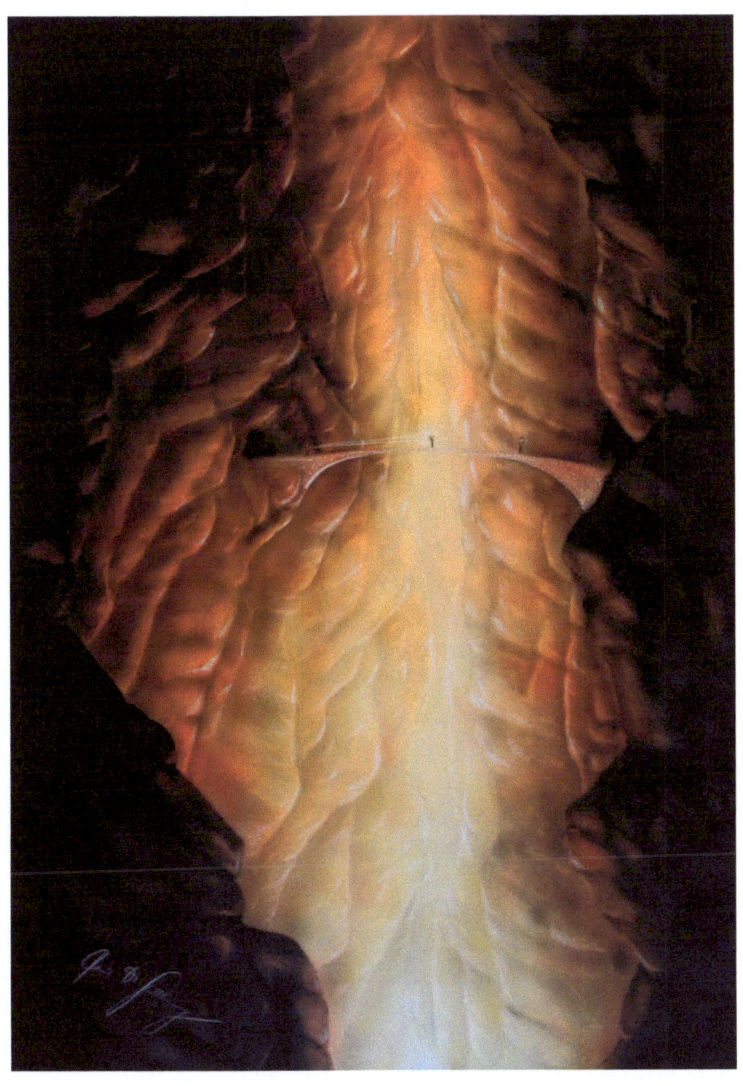

Anna beschrieben hatten, war nicht zu sehen, vermutlich war es zusammen mit Meliolanthas Zauberkräften erloschen. Am jenseitigen Brückenende angekommen, drehte sich die Zauberin zu einem letzten verzweifelten Versuch, Urkalan zu stoppen um und bemühte sich, ihn, der gerade die Mitte der Brücke erreicht hatte, mittels ihrer letzten Kräfte hinabzustürzen. Urkalan war stehengeblieben und trotzte unbeeindruckt den lodernden Flammen und ihren nahezu kraftlosen Angriffen.

"Bernhard schnell", flüsterte Camilla, "tu doch was!"

"Ja, was denn?" fragte er hilflos.

Camilla schaute sich um. "Dort der dicke Felsbrocken, kannst du ihn heben?"

Bernhard umklammerte den Stein und schaffte es tatsächlich, ihn hochzubekommen.

"Knall ihn auf das Brückenende, beeil dich, ehe er Meliolantha tötet oder uns bemerkt!"

Die Zauberin war drüben inzwischen wehrlos auf die Knie gesunken, und Urkalan machte sich daran, seinen Weg fortzusetzen. Bernhard taumelte mit seiner schweren Last dem zierlichen Bauwerk entgegen, jetzt hob er den Fels über seinen Kopf: "Das ist für dich, du widerliches Dreckschwein!" schrie er mit durch die glühende Luft heiserer Stimme und schleuderte den Brocken auf die Brücke. Urkalan hatte sich erschrocken umgedreht, konnte aber Bernhards Tat nicht mehr verhindern. Doch das alte Bauwerk hielt dem Aufprall stand! Wie betäubt stand Bernhard mit vor Anstrengung und Enttäuschung zitternden Knien da. Auch Camilla und Bregard, die sich wegen der enormen Hitze etwas im Hintergrund halten mußten, konnten es nicht fassen: Die letzte Chance vertan! Jetzt waren sie Urkalan schutzlos ausgeliefert! Grinsend kam er auf sie zu. Doch kurz bevor er festen Boden unter die Füße bekam, ertönte ein häßliches Knirschen. Urkalan blieb stehen, seine Augen weiteten sich, Staub rieselte zwischen den Steinen hervor, dann senkte sich die Brücke, zerbrach nahezu lautlos in drei Teile und stürzte in die Tiefe. Sie konnten noch den ungläubigen

Ausdruck in den haßerfüllten Augen Urkalans sehen, bis er mit einem markdurchdringenden Schrei in dem glühenden Inferno verschwand.

"Bernhard, komm zurück, du verbrennst sonst!" rief Camilla. Der Angesprochene kam wie aus Trance zu sich und zog sich von der tödlichen Hitze zurück. Auch Meliolantha hatte sich von der Spalte weggeschleppt und völlig entkräftet weiter hinten an die Felsen gelehnt.

"Geht zurück!" rief sie nun mit kaum vernehmbarer Stimme, "über die Spalte kommt niemand mehr! Ich werde, sobald ich wieder bei Kräften bin, den Aufstieg auf dieser Seite nehmen. Ihr könnt auch ungehindert hinaus, denn Urkalan hat meinen Schutzzauber zerstört."

"Kommt zurück zu den anderen, wir müssen ihnen die gute Neuigkeiten erzählen", rief Bregard, "sie werden sich sicher auch wahnsinnige Sorgen machen!"

In Meliolanthas Wohnung öffnete Bernhard sogleich die Tür, hinter der sich die Wartenden verbargen. Zuerst gab es dort einen großen Schrecken, bis die Eingeschlossenen Bernhard erkannten. Dann aber waren der Jubel und die Erleichterung umso größer, als sie die Nachricht von Urkalans Tod vernahmen.

"Ich schlage vor, der Haupttroß wartet hier, während ich mit einigen Freiwilligen den Berg hinaufsteige und Meliolantha entgegengehe, um ihr zu helfen, denn sie ist so schwach, daß ich Bedenken hege, ob sie den langen Weg hinauf schafft."

"Soll ich auch mitkommen?" fragte Anna, "weil ich die einzige bin, die euch den Weg zeigen kann, wo doch Lila nicht da ist."

"Hm, das sehe ich gar nicht so gerne", meinte Bernhard, "hinterher bekommst du wieder einen Schwindelanfall und fällst in den Abgrund."

"Wieso? Jetzt bist du doch da und kannst mich festhalten!"

"So wie ihr die Treppe beschrieben habt, reicht dafür der Platz wohl kaum aus", urteilte ihr Vater.

"Es ist doch ganz einfach", mischte sich Martha ein, "ich werde euch ebenfalls begleiten, Anna zeigt uns den Weg bis zum Anfang der Treppe, und dann warte ich mit ihr dort am oberen Ende, während die andern, die vielleicht noch mitkommen, dich hinunterbegleiten." "Das hört sich vernünftig an", stellte Histran fest, "ich kann ...."

"Wir wollen auch unbedingt mit", meldeten sich nun nahezu gleichzeitig auch noch Camilla, Bregard und Renata. Histran lächelte: "Ich glaube, das geht in Ordnung, schließlich steht es, zumindest für die Elfen, nicht zu erwarten, daß irgendetwas Bedrohliches auftaucht. Der einzige, der sich dabei in Gefahr begibt, ist Bernhard, der ja die schmale Treppe zu Fuß bewältigen muß."

Damit war die Sache beschlossen, und die sechs Ausgewählten machten sich unverzüglich auf den Weg. Wie Meliolantha gesagt hatte, gab es keine Schwierigkeiten beim Verlassen der Höhle. Neben dem Bach, auf dem das Boot wartete, gab es einen schmalen Fußpfad, der auf kürzestem Weg hinaus führte. Von außen war nun auch, im Gegensatz zu vorher, das Höhlenportal gut zu sehen. Keinerlei Tarnung verbarg es jetzt mehr; allerdings wirkte es wie eine ganz gewöhnliche, natürliche Höhle, nichts deutete darauf hin, daß sie bewohnt war. Die sechs folgten dem Bach und trafen nach wenigen Minuten auf die unruhig auf die Zauberin wartenden Lila, Sara und Killy. Nach der ersten Überraschung, statt Meliolantha diese Gruppe zu sehen, war die Freude riesengroß, zu hören, daß die tödliche Bedrohung endlich ein Ende gefunden hatte. Natürlich schlossen sich die drei an, mitzukommen. Der Aufstieg war für die Menschen anstrengend und unbequem, weil der Pfad zum Quellteich von unten her noch stärker zugewachsen war als der obere Teil, den Anna und Lila benutzt hatten. Außerdem war er steil und der Untergrund lehmig und rutschig. Sie brauchten fast eine dreiviertel Stunde, bis sie vor dem kleinen Tümpel am Eingang der Höhle standen. Dieses Mal machte sich niemand die Kleidung naß: Martha und Bernhard zogen sich aus, und Letztgenannter trug Anna hinüber. Zehn Minuten später standen sie vor der tiefen Schachthöhle und der dort hinunterführenden Treppe.

"Das war aber ganz schön mutig von euch, da runter zu gehen", fand Bernhard mit Blick in den Abgrund, bei dem sogar ihm äußerst mulmig zumute war.

"Oder extrem leichtsinnig!" war Marthas Kommentar, die Anna fest an der Hand hielt. "Also ich ginge da nicht hinunter! Paß du bloß auf", fuhr sie an Bernhard gerichtet fort, "daß du jetzt nicht noch zu guter Letzt da herunterfällst!"

"Ganz bestimmt!" versicherte der Angesprochene, "ich glaube, ich werde es wie Anna machen und im Sitzen hinunterrutschen, gehen kommt mir doch zu riskant vor!"

"Sollen wir, oder einer von uns, nicht schon 'mal vorfliegen und Meliolantha Bescheid sagen, daß du kommst um ihr zu helfen?" fragte Renata.

"Das ist eigentlich keine schlechte Idee, aber wie wollt ihr da unten etwas sehen? Wir haben keine Lampe, die klein genug wäre, daß einer von euch sie tragen könnte!"

"Ach ja, stimmt, da hab' ich gar nicht dran gedacht", gestand Renata. Bernhard seinerseits begann nun mit dem riskanten Abstieg; immer wieder mußte er sich zwingen, weiterzumachen. 'Das gibt's doch nicht,' dachte er bei sich, 'wenn sogar Anna es geschafft hat, ihre Angst zu überwinden, sollte es mir doch auch nicht allzu schwer fallen!' Auch Lila blieb nicht verborgen, daß Bernhard so seine Schwierigkeiten hatte; ihr kam es vor, als sei Anna die Treppe schneller heruntergekommen. Zumindest gab es keinen Zwischenstop wie neulich, als sie erst herausfinden mußten, wie das mit dem fehlenden Treppenstück funktionierte. Je weiter sie kamen, desto mehr wuchs der Respekt der anderen vor der Leistung, die Lila und besonders Anna vollbracht hatten. Bernhard hatte es an der kritischen Stelle auch insofern wesentlich einfacher als Anna, als er nicht aufstehen mußte, um die Mechanik auszulösen, denn bei ihm reichte ein kräftiger Tritt im Sitzen aus. Als sie die Treppe hinter sich gelassen hatten, war von Meliolantha noch immer nichts zu sehen, also begaben sie sich eiligst zu dem unterirdischen See. Wahrscheinlich war Meliolantha einfach zu schwach, um die Tauchstrecke zu bewältigen. Hauptsache war, daß sie es nicht versucht hatte, dabei womöglich vor Schwäche nicht weiter konnte und ertrunken war.

"Ihr wartet am besten hier", schlug Bernhard vor, "ich tauche eben hindurch und hole Meliolantha."

Dazu gab es weiter nichts zu sagen, da sie für Bernhard beim Tauchen höchstens eine unnötige Belastung dargestellt hätten. Der Wissenschaftler entledigte sich des größten Teils seiner Kleidung und tauchte mit einem Kopfsprung in die kalten Fluten. In der Zwischenzeit ließen sich Lila, Sara und Killy von Camilla und Bregard den Zweikampf zwischen Meliolantha und Urkalan beschreiben.

Bernhard tauchte auf. 'Puh, das war eine ganz schöne Strecke zu tauchen! Um so bemerkenswerter, daß Anna, die nicht gerade eine routinierte Schwimmerin war, das geschafft hatte!' dachte er bei sich, 'diese Entfernung unter Wasser mit der Magierin im Schlepp zurücklegen zu müssen, kann noch riskant werden, wenn sie nicht in der Lage sein sollte, mitzuhelfen!' Bibbernd entstieg er dem diesseitigen Teil des Sees und marschierte weiter auf die Spalte zu. Da lag die Zauberin, weit hatte sie es nicht gerade geschafft, schon etwa fünfzig Meter hinter dem feurigen Abgrund hatten sie ihre Kräfte verlassen, und so kauerte sie dort mit offenen Augen, aber bewegungsunfähig auf den harten Steinen und sah Bernhard entschuldigend entgegen. "Es tut mir leid, daß ich solche Umstände mache", flüsterte sie, "ich habe mich noch nie in meinem langen Leben so hilflos gefühlt wie jetzt."

"Na hör mal!" entgegnete Bernhard empört, "wie kommst du nur auf die absurde Idee, dich entschuldigen zu müssen?! Ohne dich lebte wohl keiner mehr von uns!" Er griff unter ihren Körper und hob sie ohne große Anstrengung auf. Ein Wunder, daß sie bei ihrem zarten Körperbau dem Magier derart lange hatte widerstehen können!

"Meinst du, du kannst lange genug die Luft anhalten, daß ich dich hindurchbringen kann?" wollte er wissen, als sie den See erreicht hatten. Die Zauberin nickte nur schwach. Bernhard stieg in das eisige Naß und ließ dann auch Meliolantha hineingleiten.

"So, jetzt gilt's!" sagte er, "bist du so weit?"

"Mhm."

Bernhard faßte sie am Kragen ihres Kleides und zog sie, mit einer Hand und den Beinen heftige Schwimmbewegungen machend, hinunter. Erstaunlicherweise kostete es ihn kaum mehr Mühe als auf dem Hinweg. Sofort, als er unter den Felsen fort war, hob er ihren Kopf über die Wasseroberfläche und brachte sie an Land. Meliolantha hatte es geschafft, aber nun fror die Ausgezehrte derart, daß Bernhard sich genötigt sah, sie auszuziehen, mit seinem T-Shirt abzureiben und ihr seine trockene Kleidung anzuziehen. Nun stand der schwierigste und gefährlichste Teil der Aktion an: Die Hexe die schmale, steile Treppe hinaufzubekommen! Nicht so sehr, weil ihn ihr Gewicht - sie wog ja nicht viel - belastet hätte, es war der mangelnde Platz, der ihm den Angstschweiß auf die Stirn trieb. Schritt für Schritt kämpfte er sich, immer wieder um sein Gleichgewicht ringend, die Treppe empor. Je höher er kam, desto schlimmer wurde es, wußte er doch immer größere Tiefen unter sich. Seine Augen waren starr immer nur auf die nächst folgende Stufe gerichtet, daher merkte er erst, daß er oben war, als er spürte, wie jemand Meliolantha von seinen Schultern nahm und Martha ihn wortlos umarmte.

"Du bist ja ganz kalt, Papi!" stellte Anna fest, als sie sich ebenfalls an ihn drückte.

"Ja, es ist höchste Zeit, in die Sonne zu kommen, auch Meliolantha fühlt sich ganz eisig an", setzte Corinna hinzu.

"Ich finde, sie sieht gar nicht gut aus", meinte Lila, "sie braucht bestimmt 'was Warmes zu essen und etwas zu trinken!"

"Genau", stimmte Martha zu, "wir sollten sie sofort in ihre Wohnung bringen, dort können wir ihr am besten helfen." Den Berg hinab trugen Martha und Bernhard Meliolantha gemeinsam, während Corinna Anna auf den Arm nahm.

"Hoffentlich hat sie nicht soviel Kraft verloren, daß sie stirbt!" flüsterte Bregard Camilla ins Ohr. Genau das Gleiche hatte diese auch gedacht, nur nicht gewagt, es auszusprechen. Doch ihre Sorge erwies sich bald als unbegründet; nachdem Martha der geschwächten Frau Wasser und eine kräftige heiße Brühe eingeflößt hatte, war sie zumindest schon wieder so weit, daß sie alleine aufstehen und einige Schritte gehen konnte. Am folgenden Tag merkte man ihr fast gar nicht mehr an, was sie hinter sich hatte. Ihre Kräfte waren sogar schon wieder so weit aufgebaut, daß sie den Schutzzauber über dem Höhleneingang reaktivierte.

"Ich denke, es ist jetzt an der Zeit, deine Gastfreundschaft nicht länger zu strapazieren", erklärte Histran. "Wenn ihr alle einverstanden seid, schlage ich vor, daß wir unsere vagen Planungen in die Tat umsetzen und ein neues Dorf an den Ufern des Biberteiches im Kartal bauen." Dieser Vorschlag wurde mit einhelligem Beifall aufgenommen, war doch ihr altes Dorf völlig zerstört.

"Und wir", erklärte Martha, "müssen uns auch schnellstens auf den Weg machen, um Hedwig und Hannes ihre Sorgen zu nehmen!"

"Und ich muß zu Tante Lisbeth", warf Anna ein, "und ihr erzählen, was passiert ist. Das wollte sie nämlich gerne."

"Dann grüß sie bitte auch von mir", sagte Meliolantha, "und sag ihr, daß ich sie in Kürze besuchen komme!"

Die Hesius' waren denn auch die ersten, die sich mit vielen Dankesworten von der Zauberin verabschiedeten und sich auf den Marsch nach Hause machten.

"Meine Eltern sind noch nicht zurück", erzählte Corinna, "darum wollte ich fragen, ob ich vielleicht ins Kartal mitkommen könnte. Dann kann ich schnell eine große Hütte bauen, wo erst einmal alle hineinpassen, bis ihr eure Häuser fertiggestellt habt."

"Das ist ein Supervorschlag!" begeisterte sich Histran, "ich hatte schon gegrübelt, wie wir schnell genug Behelfsunterkünfte fertigbekommen."

"Toll, dann werden wir nicht schon wieder so schnell getrennt!" rief Lila.

"Ein bißchen Unterstützung kann auch ich euch noch bieten", sagte die Hexe, "ich werde euch mit dem Boot zum Anfang des Kartales bringen und Corinna das nötige Werkzeug zum Bau der Hütte, wie Hammer, Säge, Nägel und so weiter, mitgeben."

Damit waren praktisch alle den Elfen auf den Nägeln brennenden Probleme gelöst, und entsprechend groß war die Freude. Am späten Nachmittag dann, als sie die Mündung des Karbaches erreicht hatten, kam der Augenblick des – natürlich nur vorübergehenden - Abschieds. Dieser war, durch die Intensität der Beziehung, die sich in dieser kurzen Zeit aufgebaut hatte, trotzdem äußerst tränenreich, und die Elfen winkten teilweise noch, lange nachdem Meliolantha verschwunden war.

"Du, Camilla, wollen wir beide uns zusammen ein Haus bauen?" fragte Bregard, als sie sich nun dem Biberteich näherten.

"Ich weiß nicht", zögerte sie, "ich glaube erstmal baue ich mit meiner Mama, Lila und Sara ein Haus, wo wir dann zusammen wohnen. Aber später können wir das ja auch immer noch in Angriff nehmen", setzte sie hinzu, als sie sein enttäuschtes Gesicht sah. Sofort hellte sich seine Miene wieder auf, und er drängte sie in diesem Punkt auch nicht weiter. Lila, die das Gespräch mit angehört hatte, war froh, daß Camilla so entschieden hatte, dann konnten sie endlich richtig zusammen wohnen! An dem wunderschönen Teich angekommen, schwärmten die Elfen aus, um sich jeweils Plätze auszusuchen, wo ihre Häuser entstehen sollten.

"Wie wäre es damit?" fragte Lila und deutete auf einen kräftigen Baum, dessen dicke Äste sich weit über das klare Wasser streckten, "da oben auf der Astgabel über dem See, das wär doch was, da hätte man auch einen wunderbaren Blick und auch viel Sonne!"

Auch Camilla bedrängte ihre Mutter nach einem Blick auf den von Lila erwählten Platz euphorisch, doch zuzustimmen. Dazu war auch nicht viel Überredungskunst nötig, da Killy wie Sara sofort die Begeisterung ihrer Töchter teilten. Auch Bregard war es nicht unzufrieden, hatten seine Eltern doch einen Bauplatz in unmittelbarer Nähe für sich beansprucht. Als sich alle einig waren, wer wo bauen wollte, bestimmte Histran einen Baum, der in etwa das Zentrum darstellte, um dort das neue Rathaus zu errichten. Im Anschluß machten sie sich daran, Corinna zur Hand zu gehen, die am Rand des geplanten Dorfgebietes begonnen hatte, eine feste Unterkunft für sie alle zu errichten. Da sie durchaus handwerklich begabt und dazu noch mit entsprechendem Werkzeug ausgerüstet war, machte die Arbeit rasche Fortschritte. Schon vor Anbruch der Dunkelheit hatten sie wenigstens ein dichtes Dach über dem Kopf.

"Die wird ja richtig schön!" urteilte Killy, "ich finde, wir sollten sie unbedingt stehen lassen, die Hütte ja so versteckt, daß sie niemandem auffallen dürfte, und so steht dann immer eine Unterkunft zur Verfügung, wenn du Conny, oder Anna, Martha und Bernhard uns besuchen wollt." Da niemand dem widersprechen mochte, war es beschlossene Sache. Am folgenden Tag machten Histran, Corinna und ein paar weitere Elfen eine Exkursion zu ihrem ehemaligen Dorf, um von dort alle noch brauchbaren Elfenwerkzeuge zu holen, ohne die der Häuserbau doch sehr mühselig und umständlich war. Corinna verließ die Elfen erst eine Woche später, als fast alle neuen Behausungen im Rohbau fertig waren.

"Ich komme aber bald wieder", 'drohte' sie an, "um zu sehen, ob ihr das auch ordentlich zu Ende gebracht habt!"

Lila zog sie spielerisch am Ohr, "du bist ganz schön frech, Conny. Das traust du dich ja nur, weil du so groß bist!"

Corinna fing an zu lachen: "Du hast mich voll durchschaut, Lil, das ist mir jetzt aber richtig peinlich!" Dann sah sich das Mädchen noch einem wilden Ansturm von Umarmungen - soweit man davon bei so kleinen Wesen überhaupt sprechen konnte -, Küssen und Abschiedsworten ausgesetzt.

"Grüß Martha, Bernhard und Anna von uns, wenn du dort vorbeikommst, und sag ihnen, sie sollen sich auch bald wieder blicken lassen!" rief Camilla, die Arm in Arm mit Bregard dastand, ihr noch hinterher.

"Mach ich! Und ihr beiden, paßt auf, daß ihr nicht aneinander festwachst!" erwiderte Corinna grinsend, winkte noch einmal und wanderte dann los.

"He, ich komm gar nicht mehr von dir weg!" rief Camilla und zerrte an Bregards Arm, "es ist schon passiert!" Bregard bekam einen roten Kopf, mußte dann aber ebenfalls lachen, "du bist echt blöd!" rief er und stupste Camilla in die Rippen.

"So etwas darfst du zu mir aber nicht sagen, sonst verlasse ich dich!" spottete sie, "dann mußt du dein geplantes Haus für dich alleine bauen."

Am Abend dieses Tages feierten sie ein riesiges gemeinsames Richtfest für das neue Dorf und zugleich als Siegesfeier über Urkalan.

Spät in der Nacht lagen dann Lila und Camilla in den Betten und schauten durch die runden Fenster des Dachgeschosses ihres neuen Heims auf den Vollmond, der sich im Wasser des stillen Teiches spiegelte.

"Ob wir jemals wieder so aufregende Sachen erleben, Milla?"

"Ich hoffe nicht, Lil, nein, das hoffe ich wirklich nicht!"

ENDE

Weitere Bücher der Lila Reihe:

Elfen? Elfen! Sie leben neben uns, ohne daß wir von ihnen wissen. Lila ist eine von ihnen. Doch ihr sorgenfreies Leben ist bedroht. Ihr Elfendorf muß einem Straßenbau weichen, und als sie während des Umzuges bei ihren Verwandten untergebracht wird, damit sie in Sicherheit ist, geraten sie und ihre Cousine in die Fänge des üblen Magiers und Wissenschaftlers Urkalan. Mit viel Mut und Geschick gelingt den beiden die Flucht, und ihnen wird Hilfe von unerwarteter Seite zuteil: Von Menschen! Doch dann überschlagen sich die Ereignisse.

184 Seiten; mit 8 farbigen Illustrationen

Lila und Camilla erhalten überraschenden Besuch: Eine Gumbin bittet die beiden um Beistand, denn das Gumbenvolk wird von grausamen Wesen heimgesucht, die aus den Experimenten des Magiers Urkalan hervorgingen. Lilas Einfallsreichtum ist gefragt um dieser Bedrohung Herr zu werden. Allerdings stellt sich bald heraus, dass es nur die 'Spitze des Eisberges' war und hinter den Überfällen noch jemand anderes steckt, mit dem niemand gerechnet hat.

200 Seiten; 8 Farb-Illustrationen

Lila in großen Nöten! Nicht genug damit, daß sie nach einem Streit durch Unachtsamkeit einen Unfall verursacht, wird sie auch noch unabsichtlich "entführt" und findet sich hilflos in einem fernen unbekannten Land wieder. Als sie überstürzt zu entkommen versucht, wird sie verletzt und gerät in die Hände des Unterweltkönigs Moro. Durch tatkräftige Hilfe ihrer "Entführer" kann sie fliehen, doch Moro denkt nicht daran, sich eine solche Attraktion einfach entgehen zu lassen und beschließt, alles daran zu setzen, ihrer wieder habhaft zu werden. Eine auch für ihre Helfer folgenschwere Entscheidung, denn Moro geht im wahrsten Sinne des Wortes über Leichen.

192 Seiten; 8 Farb-Illustrationen

Eine unbekannte Krankheit, die entweder den Tod oder entsetzliche psychische Veränderungen der Betroffenen zur Folge hat, gibt den Elfen Rätsel auf und stellt sie vor schier unlösbare Probleme. Auch Lila wird mit ihren jugendlichen Freunden auf unangenehmste Art mit dieser neuen Bedrohung konfrontiert, die nicht nur alles intelligente wie auch tierische, sondern ebenso alles pflanzliche Leben bedroht und unwiederbringlich zu zerstören scheint. Kann es noch Hoffnung geben? Die Elfen versuchen alles, doch eine nach der anderen fällt der "tödlichen Königin" zum Opfer.

264 Seiten; 8 Farb-Illustrationen

Weitere Bücher des Autors:

Raven, von einem befreundeten Waldläufer zu einem geheimen Treffen gebeten, findet diesen tot vor. Einziger Hinweis ist ein goldener Ring mit einem Rubin, in dessen Innerem ein Abbild des Schlangengottes Kreatol zu sehen ist: Das Erkennungsmerkmal der dunklen Bruderschaft von Darrak, einer entsetzlichen Sekte, von der alle glaubten, sie sei in den großen Kriegen ausgelöscht worden. Raven zieht mit einer Truppe verwegener Krieger los, der Sache auf den Grund zu gehen. In einer anderen Gegend, in einem kleinen Dorf, wird auch Eskia, eine junge Frau von 19 Jahren, mit den Schrecken der Bruderschaft konfrontiert. Eine Horde Räuber überfällt ihr Dorf, ermordet ihre Eltern und mißbraucht auch noch ihre jüngere Schwester, welche anschließend von einem unheimlichen Wesen auf entsetzliche Art getötet wird. Außer Eskia, die alles aus einem Versteck beobachtet, überlebt niemand. Eskia schwört Rache und zieht los, kämpfen zu lernen, um dieses Vorhaben verwirklichen zu können. Die Wege und Abenteuer Ravens und Eskias, wie auch Lissas, der Prinzessin Shaks und Verlobte Ravens, die auseinander und wieder zusammenlaufen, sich kreuzen und überraschende Wendungen nehmen, bilden das Rückgrat dieses Romans. Abenteuer, Liebe, Eifersucht, Intrigen, Krieg und Tod können hautnah miterlebt werden. Ebenso die Konfrontation mit verschiedensten Wesen, unheimlichen, entsetzlichen oder einfach nur beeindruckenden.

Tauche ein in eine fremde, faszinierende Welt voller Schönheit und Schrecken!

464 Seiten

Weitere Bände der Shaktyri Triologie:

Shaktyri – Durghonds Rache
Shaktyri – Die Stunde der Keehin

Frank-M. Stahlberg

Anna - will nach Hause

Ein Märchen für Kinder ab 4 Jahren

Die fünfjährige Anna ist mit ihren Eltern auf dem Rückweg aus dem Urlaub. Während einer Picknickpause, bei der sich die Eltern vom Auto entfernt haben, um die schlafende Anna nicht zu wecken, erwacht diese, steigt aus und läuft hinter einem Schmetterling her. Ausgerechnet jetzt kehren die Eltern zum Auto zurück, steigen ein und setzen die Fahrt fort, ohne sofort zu merken, daß Anna nicht mehr im Auto ist. Anna sieht das Auto verschwinden und ist natürlich total verzweifelt. Sie rennt hinterher und verirrt sich dabei. Ein Frosch, der Anna weinend auf einer Wiese findet, bietet dem Mädchen seine Hilfe an. Da er jedoch nicht in der Lage ist, sie nach Hause zu bringen, sucht er einen neuen Führer für das Mädchen. So begegnet Anna auf ihrem Weg den verschiedensten Tieren, die ihr mit ihren Möglichkeiten zu helfen versuchen. Ein - trotz der ersten dramatischen Situation - heiteres Märchen, mit Witz, interessanten, wie abenteuerlichen Erlebnissen des Kindes mit den Tieren, bei welchen viele Eigenarten und Fähigkeiten jener, wie z.B. Frosch, Maulwurf, Blindschleiche, Wildschwein, Fledermaus und einigen anderen mehr, kennengelernt werden können.

52 Seiten; 23 Illustrationen